요리를 대하는
마음가짐

일러두기

- 이 책은 北大路 魯山人의 『魯山人味道』를 번역한 것으로, 1930~1950년대에 쓰인 글들이다.
- 첨자로 부연 설명한 것은 옮긴이 주다.
- 이 글이 집필될 당시의 1엔은 오늘날의 화폐 가치로 약 200엔이다.
- 이 책이 쓰인 것은 1930년대로 오늘날과 다른 관점이 있기도 하다.
  시대적 배경과 작품의 가치를 염두에 두고 읽어야 하는 부분이다.

요리를 대하는
마음가짐

미식의
세계에
들어선
이들을
위하여

**기타오지
로산진
지음**

**이민연
옮김**

글항아리

동백 문양 사발椿花鉢, 23.0×3cm. 기타오지 로산진이 즐겨 만든 대표작 중 하나다. 에도시대의 도예 거장 오가타 겐잔尾形 乾山(1663~1743)의 작품을 의식한 것으로 대·중·소 크기의 여러 작품이 전한다.

고슈로 빚은 붉은 바탕의 은 문양 센차 다기吳須赤地銀彩煎茶器. 고슈는 코발
트·망간·철 등을 함유한 천연 안료다.

"은어는 생김새가 아름답고 반짝반짝 빛을 발하는 것일수록 맛도 좋은 만큼 굽는 솜씨가 좋은지 나쁜지도 은어를 먹는 데 결정적인 요소가 된다."「은어를 맛있게 먹는 법」

오리베야키인 부채꼴 모양의 굽접시는 로산진이 가장 아낀 형태의 그릇이었
다고 한다. 그에게 미식은 이렇듯 아름다운 그릇에 좋은 식재료를 올려서 본
연의 맛을 즐기는 것이었다.

로산진의 서예, 「진겐쇼도人間書道」, 26.6×24cm. 그 외에 직접 만든 찻잔, 단
풍잎 모양의 접시, 맥주잔 등. 특히 위로 휜 모양의 단풍잎 접시는 음식을 품
어 올리는 듯한 느낌을 주기 때문에 로산진이 즐겨 만들었다.(오른쪽)

운킨오바치雲錦大鉢, 43.0×20.3cm. 정성 들여 그린 단풍 그림을 넣은 큰 사발.

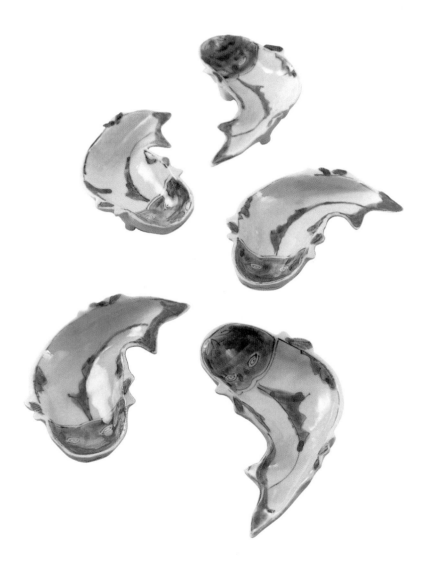

남빛 메기 그림을 넣어 구운 자기 그릇染付鯰魚向付, 17.0×4.2×3.8cm.

진한 초록색의 청동색 유약과 흰색의 무늬, 붓자국이 있는 게 특징인 오리베 야키織部燒き는 생선 요리가 많은 일본에서 넓게 유행한 양식이다. 로산진 또한 오리베를 가장 많이 만들었다. 굽기에 따라 유약의 변화가 큰 오리베 도자기는 번짐과 비정형의 미학으로 미식 문화의 한 첨단을 이루었다.

게 요리를 즐겼던 로산진은 게를 그린 접시와 컵 등을 많이 만들었다.

책머리에

음식에 관한 이야기를 하거나 요리의 맛을 평가하면 사
치스럽다며 눈살을 찌푸리는 이들도 있어 난처해지곤 한다.
하지만 내가 말하려는 것은 결코 그런 사치가 아니다. 요리
에 대한 내 생각이나 방법을 이야기하는 것이다. 재료 본연
의 맛을 살려 맛있게 먹기 위한 비결, 즉 요리의 경제적 맛
에 관한 이야기라고 할 수 있다.

아무 생각 없이 손끝만 움직여 재료 본연의 맛을 죽이는
일이 종종 있는데, 이는 참 안타까운 일이 아닐 수 없다. 좋
은 재료로 형편없는 요리를 만들어 먹는 이들을 볼 때마다

갖게 되는 심정이다. 좋은 재료를 망치는 행동은 무엇보다 조물주에게 죄송한 일이고 벌 받을 일이다. 커다란 손실이자 지혜롭지 못한 일이다.

대부분의 사람은 돈을 현명하게 쓰는 법에 대해 따지곤 하는데, 무 한 개 생선 한 마리로 요리하는 것도 마찬가지다. 식재료를 어떻게 이용하느냐에 따라 굉장한 차이를 가져온다. 재료를 잘 이용하면 훌륭한 요리가 되고 경제적일 뿐만 아니라 먹는 이의 마음까지 기쁘게 한다. 반면 재료에 대해 잘 모르고 솜씨가 서툴면 요리의 가치가 떨어진다. 바로 유능한 요리사와 무능한 요리사의 차이다.

요리에 대해 진지하게 연구하면 할수록 머릿속에 새겨두어야 할 점이 많아진다. 즉 단순한 생각으로는 맛있는 요리를 할 수 없다는 말이다. 어차피 인간은 누구나 하루 세끼를 먹어야 하는데 기왕이면 음식의 제맛을 느끼고, 재료 본연의 맛을 살려 요리할 수 있다면 삶이 더 재미있고 행복하지 않겠는가?

식재료만 잘 알아도 같은 비용과 시간으로 다른 사람보다 훨씬 더 맛있는 요리를 만들 수 있다. 또한 그것 때문에 다른 사람에게 존경을 받느냐 경멸을 당하느냐의 기로에 서기도 하므로 등한시해서는 안 된다.

같은 비용과 시간을 들여 맛있는 음식을 먹을 수 있고

재료 본연의 맛을 살리는 요리의 도를 이해할 수 있고

재료에 정통해 편식을 예방하고, 요리를 평가할 줄 알게

되며

요리의 정취에 흥미를 갖게 되고

흥미 있는 요리에서 삶의 보람을 느끼고, 인생을 이해하게

된다.

요리 연구를 통해 얻을 수 있는 이런 장점들을 가볍게 여겨서는 안 된다. 요리 연구가 도예로까지 발전하여 그릇을 볼 줄 아는 안목이 커진다면 삶이 한층 더 즐거워지리라.

이러한 생각에서 나는 거침없이 요리에 대해 이야기하고자 한다.

기타오지 로산진

2부

요리의
완성은
재료

3부

소박한 맛을 원한다면
오차즈케

4부

모든 사람이
미식가가 되는
방법

1부

최고의 생선이 아니라면
차라리 소고기를 드시지요

말린
청어알은
소리로
먹는 것

정월 초하루가 되면 대부분의 가정에서 '말린 청어알數の子,
자손 번영을 비는 뜻으로 주로 설 명절에 먹음'을 식탁에 올린다. 말린 청어
알을 좋아하는 나는 굳이 정월 초하루가 아니더라도 평소
즐겨 먹는 편인데 그 맛이 아주 일품이다.

어떤 맛인지 묻는다면 대답이 조금 궁해지지만 어쨌거나
맛이 좋다. 그런데 곰곰 생각해보면 말린 청어알의 맛은 이
로 오도독오도독 깨물어 먹는 그 소리에 있다. 씹을 때의 오
도독오도독하는 소리가 없다면 과연 말린 청어알의 제맛을
느낄 수 있을까?

소리가 맛을 돋우거나 깊은 맛을 내는 데 한몫하는 음식으로는 생선알 외에 해파리, 목이버섯, 가키모치(말린 찰떡), 전병, 단무지 등이 있다. 물론 그 외에도 씹을 때의 소리 덕분에 맛이 더 좋게 느껴지는 것은 셀 수 없을 정도로 많다.

본래 음식의 맛이란 미각에만 좌우되는 게 아니다. 바삭바삭해야 맛있는 것, 쫀득쫀득해야 좋은 것, 졸깃졸깃해야 맛있는 것, 끈끈해야 좋은 것, 아삭아삭해야 좋은 것, 흐물흐물해야 맛있는 것, 폭신폭신하고 바슬바슬해야 하는 것, 파삭파삭해야 맛있는 것, 끈적끈적해야 좋은 것, 흐늘흐늘해야 맛있는 것, 오독오독한 것, 탄력이 있어야 맛있는 것, 탄력이 없어서 맛있는 것, 부드러워서 좋은 것과 나쁜 것, 딱딱해도 되는 것과 안 되는 것…… 대강 생각해도 이처럼 다양한 식감 또한 음식 맛에 큰 영향을 끼친다. 그런 의미에서 말린 청어알 역시 입속에서 생선알이 탄환처럼 터지면서 울려 퍼지는 교향곡으로서 그 진미를 발휘하는 것이다. 이가 좋지 않은 사람에게는 이것만큼 안타까운 일도 없을 것이다.

청어알은 여느 생선알과는 달리 암컷 성어成魚의 뱃속에 있을 때에도 말린 알을 물에 불렸을 때와 비슷하게 딱딱해 날로 먹어도 오도독오도독 소리가 난다. 요즘에는 냉장고 덕분에 도시에서도 날청어알이나 소금에 절인 청어알을 먹을 수 있게 되었다. 레스토랑에서는 보기에 좋다는 이유로 청어 알을 날로 사용하지만 일단 맛을 따진다면 전통적인 방식대로 말린 것을 물에 불려 부드럽게 먹는 편이 훨씬 더 맛나다.

날것보다 말린 것을 물에 불려 먹는 쪽이 더 맛있는 식재료는 해삼이나 상어 지느러미, 갖은 버섯류에서 찾아볼 수 있지만 그렇게 많지는 않다.

청어알의 어미, 즉 청어 자체도 말려서 먹는 쪽이 더 맛있다. 청어는 조림이나 구이로는 맛이 좋지 않지만 배를 갈라 손질해서 말린 후 이것을 다시 물에 담가 부드럽게 불려서 요리하면 훌륭한 음식으로 재탄생한다.

청어나 대구포로 만든 요리는 맛이 없으면 그다지 주목받지 못하지만 적절히 간을 맞춘 최상의 요리는 특유의 맛을 내기 때문에 미식가들의 환영을 받기에 족하다. 청어나 대구포의 맛을 모르는 미식가가 있다면 그는 미식가라고 할 수 없다.

말린 청어알을 먹을 때는 다른 맛을 첨가해서는 안 된다. 그래서 말린 청어알의 참맛을 아는 사람들은 결코 된장이나 지게미에 절인 것을 좋아하지 않는다. 간장에 절이는 것도 금물이다. 물에 불려 부드러워진 청어알을 깨끗이 닦아 손으로 적당히 으깬 후 곱고 질 좋은 가다랑어포(가쓰오부시)를 넉넉히 뿌리고 간장에 살짝 찍어 청어알 속으로 간장이 많이 스며들기 전에 먹는 것이 가장 맛있게 먹는 좋은 방법이고, 가장 많은 사람이 따르는 방법이기도 하다. 이외에 색다른 방법으로 요리를 해봤자 그저 모양새에 차이가 있을 뿐 더 맛난 경우를 나는 아직 본 적이 없다.

생청어알이나 소금에 절인 청어알은 부엌칼로 얇게 어슷 썰어서 감식초에 담가두었다가 먹어도 좋은데, 오히려 그편이 더 맛있기도 하다. 그러나 말린 청어알은 칼로 썰면 오도독한 독특한 식감이 사라질 뿐만 아니라 맛도 없다. 말린 청어알은 역시 손가락으로 으깨는 것이 최고다.

어떤 청어알은 입안에서 깨물 때 오독오독하지도 않고 흐물흐물하면서 끈기가 없으며 약간 떫은맛이 나기도 하는데, 이것은 알이 성어의 뱃속에서 덜 자랐기 때문이다. 이를테면 만삭이 아니라 임신 5, 6개월 정도의 미숙한 알이다. 아무리 청어알이라도 이렇게 덜 자란 것은 맛이 없다. 1930년

기품 있는 미식, 구치코

최근 미식가들에게 가장 인기 좋은 안주 가운데 하나로 구치코海鼠(生子)가 있다. 이것은 도쿄에서는 거래되지 않기 때문에 주로 가슈가나자와加州金澤 이시카와현의 옛 명칭에서 들여오는데, 비슷한 맛을 찾아보기 힘들 정도로 풍미가 독특하다. 모양은 창자와 비슷하고 수분을 많이 함유하고 있는 해삼 알집은 도매가가 3.75그램(1돈)에 15~20엔 정도로 상당히 비싼 미식 중의 하나다.

노토能登 이시카와현 북쪽 지방을 이르는 옛 명칭는 해삼 알집의 산지로 유명하다. 해삼 알집은 일본의 태평양 연안에서는 4월경부터 잡히며, 서쪽 연안우리나라 동해에서 잡히는 것보다는 맛이 떨어진다. 구치코란 해삼의 알집을 말린 것으로, 산지에서 직접 말린 것을 도쿄로 가져온다. 이 또한 도매가로 3.75그램당 18엔 정도에 팔리는데 그 맛이 일품이다. 그러나 날것에 비할 바는 아니다. 해삼 알집은 벚꽃색과 연분홍색의 중간 정도인 담홍색으로 그 빛깔이 매우 곱다. 그런데 구치코는 약간 적갈색에 가깝다. 해삼 알집은 묘하게도 프랑스 미인을 연상케 하는 육감적인 향을 내며 코끝을 따뜻하게 자극한다. 어쨌거나 술을 즐기는 사람이든 그렇지 않은 사람이든 그 맛에는 경탄하지 않을 수 없다. 게다가 처음 구치코를 맛본 사람치고 그것이 무엇인지 알아맞히는 사람은 거의 없다.

가나자와를 중심으로 늘어서 있는 호쿠리쿠北陸 현재의 후쿠이福井·이시카와石川·도야마富山·니가타新潟 등 여러 현의 총칭의 일류 음식점에서는 대부분 구치코를 찬으로 내놓는다. 그러나 19그램 정도로 적은 양이다. 추가로 주문하면 한 입에 5엔이 훌쩍 목구멍으로 넘어가는 셈이다. 구치코는 석쇠 불에 살짝 구워서 그대로 먹거나 국으로 끓여 먹는다. 맑은 국물에 성냥개비 두 개 정도의 굵기로 찢은 구치코를 열 점가량 넣고 구치코의 향을 해치지 않는 채소나 해초를 곁들인다. 국그릇의 뚜껑을 열었을 때 은근히 퍼지는 구치코의 향은 분명 대접받는 이의 마음을 설레게 할 것이다. 중국이나 서양에는 이렇듯 기품 있는 미식이 없는 것 같다. 그러나 구치코는 허름한 푸른 다다미와도 잘 어울리고, 게쇼키啓書記 14세기경의 일본 화가이자 선승나 인다라因陀羅 중국 원나라의 화가이자 선승의 초상이 그려진 값비싼 족자가 걸린 방에도 잘 어울린다. 네고로누리根來塗り 일본 옻칠 기법의 일종으로, 와카야마和歌山현의 네고로지根來寺에서 유래된 명칭의 평범한 나무 칠기와도 어울리며 화려한 금색 고급 칠기와도 잘 어울린다.

구치코와 더불어 해삼의 내장으로 만든 젓갈인 고노와다このわた 또한 유명하다. 이것은 보통 사람들에게는 첫눈에 반할 만한 그런 모양은 아니다. 그러나 눅진눅진 실처럼 길게 늘어진 고노와다를 입에 넣어보라. 그 최상의 맛에 당신의 입매에는 흐뭇한 미소가 절로 번질 것이다. 그리고 알맞게 데워진 술 한 모금. 아, 그 맛이란……

그 상쾌한 맛은 달리 표현할 말이 없을 정도다. 수려한 청화백자에 따른 술 한 잔과 조선 백자에 담은 고노와다를 곁들인다면 이보다 더 기쁜 삶의 도락이 있을까? 1931년

아카시
도미보다
조선의
도미

어린 시절 교토나 오사카 지방에서 도미는 역시 대한해협을 건너온 것이 맛있다는 이야기를 자주 듣곤 했다. 대한해협을 건너온 도미는 그 뼈에 진주처럼 보이는 작은 돌기가 돋아 있다고 했다.

1928년 옛 가마터도 돌아보고 도자기의 원료를 수집할 겸 조선으로 건너갔다. 여행 일정은 때마침 5월 1일부터 30일까지였다. 조선 반도의 경성京城(서울)에서 시작하여 서쪽을 돌아 동쪽에 이르는 여정이었다. 나는 목포에 못 미쳐 있는 당진군에서 고려청자의 가마터를 둘러보고 많은 자료를 수집했다. 돌아오는 길에는 암초가 많고 구불구불한 해안가를 따라 순천, 마산, 부산 방면을 여행했다. 그리고 뜻밖에도 이들 지방에서 잡히는 매우 맛있는 도미회를 실컷 먹을 수 있었다. 그곳의 도미회들은 그때까지 내가 맛본 아카시도미 明石鯛와 비교가 안 될 만큼 뛰어난 맛을 자랑했다.

그 후로도 가는 곳마다 질리지도 않고 조선의 도미회를 맛보면서 감탄을 연발했다. 사실 인근에 사는 내륙인이나 그 지역 사람들만 맛보기에는 아까울 정도로 맛있는 도미로, 일본 본토에서는 쉽게 맛볼 수 없는 진미였다. 그 맛은 오늘날까지 잊히질 않는다.

솔직히 조선은 닭 요리든 생선 요리든 통 맛이 없었다. 특히 경성에 머물렀을 때는 한 번도 맛있는 생선을 먹어본 적이 없다. 1928년 조선에 체류하던 당시에도 음식 때문에 고생을 했기 때문에 생선다운 생선을 맛볼 수 있을 거라는 기대는 전혀 없었다. 마산 부근에서 맛있는 도미가 잡힌다는 이야기 따위는 들어본 적도 없었다. 그런데 놀랍게도 아주 우연히 맛있는 도미를 만났으니 그 기쁨은 이루 말할 수 없을 정도였다. 뜻밖에 발견한 진미에 깜짝 놀랄 따름이었다. 그래서 이 훌륭한 도미가 대체 어디로 팔려나가는지 조사해보니, 시모노세키 방면에서 배가 들어와 대부분의 도미를 일본으로 실어간다는 것이다.

도미에 얽힌 또 다른 추억으로 옛날 호쿠리쿠의 야마시로山代나 야마나카山中 온천에서부터 가나자와 지방에 걸쳐 구다니야키九谷燒 일본 구다니 지방에서 만들어지는 자기를 연구하기 위해 한동안 머물렀던 때의 일이 떠오른다.

본래 호쿠리쿠 지방은 정어리, 대구, 해삼, 게, 단甘 새우 등의 특산물로 유명하지만 일반 생선류는 하나같이 맛없는 것뿐이다. 특히 도미는 남쪽 해안에서 잡히는 것에 비해 무색하리만큼 그 맛이 형편없다. 그런데 5, 6월경이 되면 가가加賀 이시카와현의 남쪽 지역의 바다에서는 '도미 그물'이라는 특이한 낚시 기술을 이용한 도미 잡이로 시끌벅적해진다. 이때 그 물로 낚아 올리는 도미는 아카시도미와 놀랄 만큼 맛이 비슷하다. 평소 이 지방에서 잡히는 도미는 아카시도미와는 비교할 수도 없는 하품下品이지만 이 계절에 잡히는 도미만큼은 아카시도미와 구별할 수 없을 정도로 뛰어나다.

이 지역 사람들이 도미 그물로 잡은 도미를 먹고 '아카시 도미보다 훨씬 맛있다'고 자랑하자 간사이關西 주로 교토와 오사카를 중심으로 하는 지방 사람들이 크게 화를 냈다고 하는데 사실 자랑할 만한 맛이었다아카시는 효고현의 남쪽 세토내해를 끼고 있는 해안도시로 오사카부, 교토부와 가까운 거리다.

이 계절에 호쿠리쿠에서 어떻게 이토록 맛있는 도미가 잡히는지 신기했는데, 마침내 그 이유를 알게 되었다. 아카시 도미가 제철인 시기가 4, 5월이라는 점을 토대로 이리저리 추측해보건대, 우선 도미가 대한해협을 건너온다는 것은 암초나 크고 작은 섬들이 벌집처럼 존재하는 조선 남단에 서식한다는 의미다. 그리고 산란을 목적으로 또는 그 외의 다른 원인으로 대부분의 도미가 일본 동쪽을 향해 이동한다. 즉 대한해협을 가로질러 동쪽으로 움직이다가 대개는 세토내해瀨戸內 혼슈·시코쿠·규슈에 둘러싸인 긴 내해로 흘러들거나 혹은 규슈, 도사土佐 부근으로 흩어져 들어간다. 그와 동시에 일부 도미 떼가 일본 동쪽 해안으로 흘러들면서 평소에는 그림자도 볼 수 없던 산란기의 도미들이 '도미 그물'에 걸리는 것이다. 그래서 이 철에는 조선 남단, 세토내해, 호쿠리쿠, 산인山陰 일본해에 면한 일본 지방 모든 곳에서 영양이 풍부하고 맛있는 도미를 맛볼 수 있는 게 아닐까?

호쿠리쿠 지방에서는 이 맛있는 참돔을 매년 가을까지 잡아들인다. 겨울에도 참돔이 잡히기는 하지만 맛은 훨씬 덜하다. 도미도 잡히기는 하지만 희고 긴 백사장에 암초가 적고 좋은 먹이가 부족한 데다 번식 등의 원인에 따른 서식 환경의 변화로 본래 품질 좋은 도미였을지라도 맛이 점점 떨어지는 듯하다.

나는 다시 한번 도미를 맛보기 위해 조선을 방문하고 싶다. 순천, 마산 부근에서 맛본 그 도미는 정말 잊을 수가 없다.

보통 사람들은 조선의 도미라 하면 트롤 어선에서 잡는 납작하고 붉은 맛없는 생선을 떠올린다. 그 조선에 기가 막히게 맛있는 도미가 잡힌다는 이야기를 들어본 적이 없을 것이다. 이 얼마나 안타까운 일인가! 1932년

보기
드문 맛,
우렁이

요즘 논에서는 달각달각 달각달각 하는 규칙적이고 또렷한 소리가 들린다. 때로는 맹렬하게 또는 귀를 찌르듯 시끄럽게 들려온다. 어떤 이는 우렁이가 우는 소리라고 아는 체하며 코를 벌름거린다. 또 어떤 이는 개구리라고 호언장담한다. 이런 입씨름은 매년 우렁이의 계절이 찾아올 때마다 끊이지 않는다. 우렁이가 운다는 게 믿기지 않는다면 항아리에 우렁이를 넣고 방 안에서 들어보라고 하는데, 굳이 그렇게까지 실험을 해볼 별난 사람이 있을까. 그런데 부손蕪村 18세기 에도 시대의 하이쿠 시인이 썼다고 전해지는 시 중에 이런 구절이 있다.

　귀 기울이면 통 속에서 들리는 우렁이 소리.

　그렇다면 부손은 우렁이를 삶기 전에 통 안에서 우렁이가
우는 소리를 우연히 들었던 것일까, 아니면 부러 우렁이를
통 안에 넣어 소리를 즐긴 것일까? 우렁이 소리인지 개구리
소리인지는 끝내 수수께끼로 남아 늘 분주한 도시인의 삶
속에 묻혀버린다.

　개구리가 울든 우렁이가 울든 아무려나 좋지 않을까? 내
가 여기서 하고 싶은 말은 우렁이라는 녀석이 정말 보기 드
문 맛을 지니고 있다는 사실이다.

　논에서 흔히 볼 수 있다는 점 때문에 대개는 우렁이가 얼
마나 맛있는지를 잊어버리곤 한다. 그러나 미식가들은 마치
약속이나 한 듯 우렁이 요리를 좋아한다. 식탁 위에 슬며시
올라온 우렁이 요리를 보면 묘한 친근감이 들고 미소가 절
로 지어진다. 저민 생강을 듬뿍 넣어 삶아낸 우렁이 요리는
평소에도 자주 접하지만 어디에서 먹더라도 입맛을 사로잡
는다. 이즈모出雲 시마네현의 동부 지역을 일컫는 옛 명칭에서는 우렁이를
삶을 때 술지게미를 함께 넣는다. 오이타大分 지방에서 시작

된 이 방법은 합리적일 뿐만 아니라 맛도 일품이다.

그다음은 된장국이 있다. 우렁이와 된장이야말로 최상의 궁합을 자랑한다. 또 산초나무 싹 된장 무침도 있다. 흰 된장에 산초나무 싹을 넣어 살짝 무친 후 우렁이를 넣고 버무린 이것을 간사이 지방에서는 반찬으로 자주 먹는다. 오징어 산초나무 싹 된장무침에 비해 한층 더 세련된 맛이 나기에 전문 미식가의 요리라 하지 않을 수 없다. 산초나무 싹 된장무침을 응용하여 음식점 요리로 발전시킨 것이 바로 된장을 발라 구운 숯불 꼬치구이다. 작은 우렁이를 가느다란 대나무 꼬치에 꽂아서 산초나무 싹 된장이나 또는 일반 된장을 발라 숯불에 살짝 굽는데, 깔끔한 모양새 덕분에 여성들에게 인기 있고 술안주로도 안성맞춤이다. 이 작은 꼬치구이는 식전에 입맛을 돋우는 전채 요리로 내놓아도 손색이 없다.

게다가 우렁이는 건강식이라고 한다. 그래서인지 매일 우렁이를 먹으면 건강해지는 느낌이다. 어쩌면 나만 그렇게 느끼는 건지도 모르겠지만……

내게는 우렁이에 관한 특별한 추억이 있다. 일곱 살 때쯤 장염에 걸린 나를 세 명의 의사가 살펴본 후 모두 포기했을 정도로 상태가 심각했다. (어쩌면 그때부터 난 식도락가가 될 운

명이었을까? 지금은 살 만큼 살아서 천수를 누렸다고 할 수 있지만 그때는 죽음의 문턱에 있었다.) 그런데 당시 부엌에서 우렁이 삶는 냄새가 나자 물 한 모금 못 넘기던 내가 우렁이를 먹겠다고 부모님께 애원했다. 계부와 모친을 비롯해 모두가 난처해하면서 소화가 잘 안 되는 우렁이를 먹지 못하게 하려고 온갖 설명을 했다. 그때 의사가 나서더니 죽음을 앞둔 아이가 그토록 원하니 차라리 먹게 해주자고 설득했다. 뼈와 가죽만 남았을 만큼 쇠약해 있던 내가 비로소 우렁이 몇 개를 입에 넣을 수 있었다. 그때 간병인은 눈썹을 찌푸리며 불안한 표정으로 우렁이를 씹는 내 모습을 지켜봤다. 그런데 어찌된 영문인지 우렁이를 먹은 뒤로 나는 눈에 띄게 원기를 회복했다. 마치 영약이라도 먹은 것처럼. 하루가 다르게 좋아지더니 며칠 안 되어 병을 완전히 털고 일어났다. 그 이후로 수십 년이 지나도록 나는 병치레를 한 적이 없다. 그때의 기억 때문인지는 모르겠지만 나는 지금도 여전히 우렁이를 좋아한다. 1932년

호기로운
줄무늬의
만물
가다랑어

가마쿠라鎌倉에서 산 채로 실려온 신선한 만물 가다랑어._
바쇼芭蕉

눈에는 푸른 숲, 귀에는 산두견의 지저귐, 입에는 만물 가
다랑어._소다素堂

만물(제철에 처음 나오는) 가다랑어가 잡히기 시작했다는
소식이 들리면 도쿄 사람들은 너도나도 가진 돈을 긁어모
아, 심지어 돈을 빌려서까지 만사 제치고 팔딱팔딱 살아 있
는 만물 가다랑어를 사다가 회를 떠서 술 한잔을 하지 않고

서는 배길 수 없었던 듯하다. 지금도 벚나무에 새순이 돋는 계절이 되면 사람들은 만물 가다랑어에 대한 추억을 떠올린다. 앞서 소개한 시를 쓴 두 시인은 17세기의 인물로, 당시 도쿄 사람들이 만물 가다랑어를 얼마나 좋아하고 귀하게 여겼는지를 보여주고 있으나 오늘날과는 많이 다른 모습이다.

"가마쿠라에서 산 채로 실려온 신선한 만물 가다랑어" 얘기가 나왔으니 말인데, 당시 도쿄에서 환영받던 만물 가다랑어는 사실 바닷길을 거쳐 미사키三崎 항구로 들여온 것이 아니다. 육로를 통해 급행으로 수송되었겠지만 니혼바시日本橋의 어항에 도착할 무렵이면 이미 신선도가 떨어질 수밖에 없었으리라. 그래도 도쿄 사람들은 크게 기뻐했고 그 덕분에 만물 가다랑어의 품질까지 덩달아 높이 평가되었으니 만물 가다랑어의 인기는 정말 대단했던 모양이다.

내 경험으로, 만물 가다랑어는 가마쿠라 고쓰보小坪(어촌) 해안의 작은 어선에서 잡아 올린 것이 최상품이다. 그때나 지금이나 사람들은 이런 내 생각에 동의할 것이다. 도쿄의 가다랑어가 최고니 어쩌니 떠들어도 가마쿠라 고쓰보의 가다랑어를 따라올 수는 없으리라.

오늘날 도쿄로 들어오는 가다랑어는 어장이 멀어서 도쿄까지 오는 데 시간이 지나치게 많이 걸린다. 그렇듯 유명한 만물 가다랑어지만 사실 그 맛은 기대에 못 미친다. 그래서 나는 그 시절 도쿄 사람들이 너무 과장한 것은 아닌가 싶기도 하다.

당시 만물 가다랑어에 심취했던 도쿄 사람들의 신분을 생각해보자. 맛이 있건 없건 일단 먹고 보자고 나섰던 것을 보면 갑부나 귀족은 아니었으리라. 외려 신분이 낮은 이들이 아니었을까? 만물 가다랑어 맛에 법석을 떨 정도였으니 짐작건대 어떤 사람들이었는지 가늠하면서 이야기를 들어주길 바란다.

겨우내 먹는 참치에 질려 있던 도쿄 사람들, 술안주에 어울리지 않는 참치에 만족해야 했던 도쿄 사람들, 게다가 선도鮮度 낮은 참치에 식상한 도쿄 사람들, 싱그러운 푸른 잎을 보고 마음이 들떠 색다른 것을 찾아 나선 그들의 눈앞에 참치와는 전혀 다른 모양새의 호기로운 줄무늬 옷을 입은 경쾌한 맛의 주인공, 만물 가다랑어가 나타났으니 참기 어려웠으리라. 일단은 만사 제치고 달려드는 수밖에……

만물 가다랑어의 참맛은 당연히 조림도 구이도 아닌, 신선한 회에 있다. 그리고 가다랑어 회는 껍질이 붙은 것과 껍질을 벗긴 것 두 종류로 나뉜다. 입안에 껍질이 남는 게 싫어서 껍질만 재빨리 굽는 요리를 고안했는데, 그것이 바로

도사土佐 시코쿠의 고치高知현을 일컫는 옛 명칭의 다타키叩き 식재료를 칼과 절굿공이로 두드려서 요리하는 방법다. 그러나 도사의 다타키는 맛있는 도시 요리를 접해보지 못한 시골 사람들이 명물이라 떠들어대서 유명해진 것으로, 내가 보기에는 실패작일 뿐 아니라 서툴기 그지없는 요리에 불과하다. 뜨뜻미지근하고 살짝 비린내까지 풍기면서 식탁에 오른 도사의 다타키를 대할 때면 나로서는 난감할 따름이다. 어쨌든 도사의 다타키는 가다랑어의 껍질을 벗기지 않고 재빨리 구워 껍질째 먹는 데 그 의미가 있으리라.

본래 어떤 생선이건 껍질 바로 아래쪽 살이 진짜 맛있는 부위다. 그래서 껍질을 벗기고 뼈를 발라내버리면 생선 본연의 맛이 떨어지게 마련이다. 생선에 따라서는 그 맛이 완전히 없어진다고 해도 과언이 아니다. 비단 가다랑어만이 아니다. 도미鯛 뼈 조림이 맛있는 것도 사실은 껍질과 뼈, 살코기를 한꺼번에 넣고 조렸기 때문이다.

옛날에는 초봄의 만물 가다랑어가 유명했지만 요즘은 여름에서 가을에 걸쳐 잡히는 가다랑어가 가장 맛이 좋다. 아마도 수송, 냉동, 냉장 기술이 발달한 덕분이리라. 아울러 가다랑어를 회로 먹으려면 2~4킬로그램쯤 되는 것이 적당하다. 1938년

와카사에서 잡히는 봄 고등어 나레즈시

고등어 초밥은 예부터 누가 뭐래도 역시 교토가 가장 유명하다. 그 이유는 일본에서 최고라는 와카사 오바마若狹小浜에서 봄가을에 잡히는 고등어를 가지고 만들기 때문이다. 고등어는 와카사 산이 가장 뛰어나고 그다음이 간사이 산으로, 이는 결코 나의 독단적인 판단이 아니다. 전문가들 사이에서는 꽤 정평이 나 있는 의견이다.

이세伊勢만에서 동쪽 바다로 나갈수록 좋은 고등어를 잡기가 어려워진다. 도쿄 시장에 나오는 근해에서 잡은 고등어는 혐오감마저 들 정도로 묘한 냄새를 풍겨서 간사이 산이나 와카사 산 고등어만큼 즐길 수가 없다. 교토, 오사카 시장에 등장하는 고등어에 비하면 한참 뒤지는 잡품이다. 그런데 오사카에서도 찾아보기 힘든 것이 와카사 오바마의 고등어다. 평소에 흔히 먹는 값싼 생선이라고 생각하기 힘들 정도로 맛이 고상하여 한 입 맛보고 나면 도저히 잊을 수 없다.

고등어는 회로 먹는 대신 초절임 방식으로도 먹는데, 이 또한 고등어 요리의 진수라 할 수 있다. 고등어 초절임은 초밥을 만들어 먹어도 좋고, 무를 나박나박 썰어 찌개를 끓여도 좋고, 구이를 해 먹어도 일품이다. 아무튼 인상적인 뒷맛을 남기는 묘한 힘을 갖고 있다. 고등어에 대해 이러니 저러니 아는 척을 하는 사람 중에 와카사 산 봄 고등어를 맛보지 못한 이라면 고등어에 대해 논할 자격이 없다. 봄 고등어라 해도 3월에 잡힌 것은 아직 철이 일러 제맛이 안 나고 4월에 잡힌 것이 적당히 기름져서 둘이 먹다 하나가 죽어도 모를 맛이다.

나는 이 봄 고등어도 구하고 아울러 와카사 지방을 두루두루 둘러볼 작정으로 2월 하순에 와카사 오바마로 향했다. 그러나 막상 와카사에 도착했더니 근해의 해산물을 거의 찾아보기 힘들어 크게 놀랐다. 최근 개체수를 보호하기 위해 무제한 채취와 남획을 금지한다는 현령縣令이 공포되었기 때문이다. 결국 몇 척에 불과한 작은 배들이 부업 삼아 낚싯바늘을 드리우고 있는 실정이었다. 하지만 봄 고등어를 찾는 이들은 날이 갈수록 늘어났고 오사카는 물론 도쿄 방면의 수요도 급격히 확대되었다. 상황이 이렇다보니 처음에는 돗토리鳥取, 마쓰에松江, 이즈모出雲 등 지방의 연안에서 잡아온 고등어와 거리가 먼 가자미鰈, 고등어, 작은 도미 등이 와카사 산 생선의 수요를 충당하고 있었다.

그러던 것이 오늘날에 이르러서는 오바마 어시장에서 거래되는 어류의 70~80퍼센트가 홋카이도나 이세 등의 다른 해안 지방에서 잡은 것이라 한다. 실제로 내가 와카사를 방문했던 때는 봄 고등어를 잡기에 딱 좋은 철이었음에도 불구하고 시장에 나온 봄 고등어는 불과 열대여섯 마리에 불과해 적잖이 실망스러웠다. 그러나 3, 4월에 접어들면 어획량이 상당히 늘어난다는 이야기를 듣고 나는 시기를 놓칠세라 산해진미 미식가 클럽을 위해 대량의 봄 고등어 구입을 예약했다. 1939년

산오징어 흰 된장 절임

도쿄에서 '사이쿄 절임西京漬け'이라 부르는 것은 교토 산 흰 된장에 생선을 절인 요리를 말한다. 흰 된장은 교토가 본고 장으로, 다른 지역에서도 만들기는 하나 품질이 뒤지는 편 이라고 한다. 흰 된장은 염분이 많은 짠 된장에 비하면 콩과 누룩의 비율이 높고 소금이 적기 때문에 감주만큼은 아니 더라도 단맛이 강하다. 흰 된장에 절여 먹는 생선은 대개 정 해져 있는데, 병어眞魚鰹, 옥돔甘鯛, 갈치太刀魚가 대표적이다. 삼 치鰆나 도미 등도 흰 된장에 절이기는 하지만 육질이 단단해 질 우려가 있어 아주 적합하다고는 할 수 없다. 방어鰤도 육질이 단단해지기는 하지만 흰 된장 절임이 오히려 좋은 맛을 내므로 예외다. 본래 흰 된장 절임은 고급 요리로 인정되며, 된장 자체가 비싸기 때문에 시시한 생선을 쓰지는 않는다. 그러나 오징어는 특별한 경우에 속한다. 오징어 중에서도 주로 육질이 두터운 갑오징어墨烏賊, 무늬오징어障泥烏賊를 흰 된장에 절이며, 화살오징어槍烏賊 한국에서는 '한치'로 불린다는 값싼 식재로 취급되지만 사실 신선한 화살오징어만큼 소박하고도 섬세한 맛을 내는 것은 잘 없다.

살아 있는 화살오징어의 껍질을 벗겨 회로 먹는 맛은 갑오징어나 무늬오징어 회와 견줄 수 없을 만큼 좋은데 그 맛을 아는 사람이 적다는 점이 다만 애석할 따름이다. 더욱이 살아 있는 화살오징어를 흰 된장에 절여본 경험이나 그 맛을 본 사람은 거의 없다고 해도 무방하리라. 이는 화살오징어의 본고장에서만 전해지며, 가정요리에도 빠져 있다는 건 맹점이라 할 것이다.

가정에서 흰 된장으로 생선 절임을 할 때의 요령

• 흰 된장만으로는 단맛이 부족하므로 상당량의 설탕을 넣는다.

• 흰 된장의 수분기로는 부족하므로 차가운 정종을 넣어

촉촉하게 만든다.

• 생선의 배를 가른 후 소금을 뿌려 간이 속까지 배도록 (5시간 정도) 절여둔다. 흰 된장에 절이는 시간은 봄철 햇빛에 따라 다른데 꼬박 이틀에서부터 5, 6일까지가 좋다. 냉장고에 보관하느냐에 따라 차이가 있으므로 절이는 시간은 각자의 상식에 맡긴다.

• 흰 된장에 절인 생선은 구워 먹는 것이 가장 좋다. 생선에 묻은 된장을 씻어내고 굽는다.

• 생선살이 석쇠에 눌어붙으므로 석쇠에 직접 굽는 것은 금물이다.

• 반드시 쇠꼬치에 꽂아 구워야 하며, 쇠꼬치를 부챗살 모양으로 꽂아주면 어떤 생선이든 보기 좋게 구워질 뿐 아니라 굽기도 쉽다.

• 흰 된장에 절인 생선은 불에 금방 타므로 약한 불에 굽는 것이 좋다. 금속의 냄비 뚜껑으로 생선을 덮어두면 마치 생선찜처럼 속까지 잘 익고 맛있게 구워진다.

• 금속 냄비 뚜껑을 덮고 구우면 어떤 생선도 실패할 리가 없다. 이는 맛있는 생선구이의 비결이라고 할 수 있다.

1939년

도쿄
요리의
명물,
전복

지금부터 가을까지 이어지는 여름철 미식으로는 특히 귀한 전복鮑을 꼽을 수 있다. 예로부터 전복 요리는 다양하지만 도쿄에서는 많은 이가 전복 물회나 전복찜처럼 날것으로 먹거나 쪄 먹는 방식을 즐길 만큼 명물이 되었다. 사실 전복은 도쿄에서 엎어지면 코 닿을 데 있는 미사키三崎, 보슈房州 방면이 본고장인데 다른 곳에서는 구경도 할 수 없는 질 좋은 전복이 난다. 이 점 또한 도쿄의 여름철 미식을 풍성하게 만드는 데 한몫한다. 무게가 2킬로그램쯤 되는 전복은 매일 아침 어시장에 흔히 볼 수 있다. 알이 굵은 것이 주로 암컷으로 점토 빛깔만 봐도 부드럽다. 수컷의 빛깔은 검푸르고 무게도 1~1.5킬로그램이며 육질은 단단해 보인다.

전복을 찜으로 요리할 때는 암컷이 적합하고 물회나 식초 절임으로는 수컷이 좋다. 도쿄의 전복찜에는 흔히 술과 소금을 넣는데, 전복을 깨끗이 씻어 소금을 충분히 뿌리고 한 시간 이상 쪄도 괜찮다. 3시간, 5시간, 10시간…… 찌는 시간이 길어질수록 전복 살은 부드러워지지만 대신 전복 본연의 맛은 사라진다는 점을 염두에 두어야 한다. 사실 맛 자체는 1킬로그램이 조금 넘는 크기의 전복이 가장 맛있다. 암컷은 살이 부드러워 물회로 먹기에는 씹히는 맛이 덜하고, 수컷에 소금을 넉넉히 뿌리면 살이 돌처럼 단단해지므로 치아만 튼튼하다면 여름철 보양식으로 최고의 전복 물회를 맛볼 수 있다. 이 맛의 기쁨은 교토나 오사카에서는 누릴 수 없으므로 원한다면 도쿄에서 구입하여 가져가는 수밖에 없다. 오사카의 중앙시장에도 알 굵은 전복이 있지만 대부분 조선에서 들여온 것이다.

가격은 약 4킬로그램에 8엔 정도인 도쿄의 전복에 비해 2, 3엔 정도라서 꽤 저렴한데 아무리 오래 쪄도 살만 쪼그라들 뿐 부드러워지질 않는다. 그 점만 빼면 맛은 괜찮다. "이세 전복을 향한 짝사랑"이라는 말이 있을 정도로 이세에서도 전복이 나기는 하지만 품질의 우열을 가리자면 도쿄의 미사키, 보슈의 전복을 따라오지 못한다. 일본해_{조선의 동해}에 면한 산지의 전복 중에는 맛이 꽤 뛰어난 것도 있지만 대개는 1킬로그램 남짓으로 알이 잘아서 전복의 풍미를 느끼기에는 아쉬운 감이 없지 않다.

요릿집 메뉴에 '전복 감자 장국'이라는 것이 있다. 가끔 만들어 식탁에 올릴 경우 상차림에 색다른 맛을 더해주는 이 요리를 하려면 우선 검푸른 색의 물 좋은 수컷 전복에 소금을 듬뿍 넣고 문질러서 돌처럼 단단해지면 강판에 간다. 그다음 같은 양의 감자를 갈아서 섞은 후 장국을 끓인다. 아주 간단하지만 초보 요리사의 솜씨라고는 믿기지 않을 만큼 세련된 요리가 된다.

전복의 내장 요리도 호불호가 갈리는데, 날것을 된장처럼 으깨서 간을 하고 조개찜이나 조개회에 곁들여 먹는 방법도 전문가를 감탄케 할 만한 요리다. 가정에서라면 식구들에게 솜씨를 뽐낼 수 있다. 어쨌거나 껍데기를 그릇 대신으로 담아서 넓은 접시 위에 올리고 남녀노소가 함께 즐길 수 있기를 추천하는 바이다. 1938년

전복 물회
먹는 법

전복 물회는 전복을 썰기만 하면 되는데, 본래 도쿄의 요리다. 그도 그럴 것이 간사이 지방에는 전복이 나지 않기 때문이다. 전복뿐 아니라 조개류는 도쿄가 본고장이라 할 수 있을 만큼 종류도 다양하고 갖가지 요리법이 발달했다. 나 또한 도쿄 요리에서 그 요령을 습득했는데, 전복 물회는 전복을 단단하게 만드는 것이 비결이다. 먼저 물 좋은 수컷 전복에 소금을 듬뿍 뿌려 살을 문지른다. 그렇게 하면 소금기 때문에 전복의 안쪽 부위까지 돌처럼 단단해진다. 소금을 많이 사용할수록 더 단단해진다. 소금이 적으면 충분히 단단해지지 않으며, 겉은 더 단단해도 속이 무르면 맛있는 물회의 맛이 나지 않는다. 결국 전복의 속까지 단단해지게 하는 필수 요소는 싱싱한 전복과 대량의 소금이다. 이것이 맛있는 전복 물회를 만드는 비결이다.

마치 김이 붙어 있는 것처럼 살 표면에 검푸른 빛이 도는 것이 수컷이므로 반드시 이것을 사용한다. 껍데기 안쪽에 붙은 살을 떼어내는 방법은 여러 가지가 있지만 요리사들은 주로 부엌칼이나 강판의 손잡이 끝을 사용한다. 그러나 가장 안전한 방법은 작은 주걱을 전복 살 밑바닥에 넣어 떼어내는 것으로, 이렇게 하면 전복에 상처가 나지 않으며 내장이 터질 염려도 없다. 특히 얇은 막에 싸인 전복의 푸르스름한 내장은 흐물흐물하기 때문에 찢어지지 않도록 조심해야 한다.

물회를 만들 때 내장을 살과 함께 넣으면 물이 탁해지므로 따로 담아 먹는 것이 좋다. 날것을 그냥 먹을 때도 별도의 그릇에 담아 먹는 편이 좋다. 또는 부드러운 내장을 대충 썰어서 뜨거운 물에 잠깐 넣어 속은 익지 않고 겉만 살짝 익힌 상태, 즉 반숙으로 만들어 레몬즙을 찍어 먹는 방법도 좋다. 그러나 본래의 맛을 즐기려면 날로 먹을 수 있는 것은 날것 또는 날것에 가까운 방법으로 먹는 편이 맛있다. 삶거나 굽는 등 열을 가할수록 본래의 맛이 달아난다는 사실에 유의해야 한다. 일본인이 회를 즐기는 이유도 어쩌면 생선은 날로 먹는 것이 가장 맛있다는 사실에 대한 증명 아니겠는가.

또는 달콤매콤하게 양념을 하여 삶아 먹어도 좋다. 그냥 삶기만 하면 되므로 요리법도 간단하다. 아무튼 저마다 좋아하는 방법으로 요리해서 먹으면 된다. 1934년

계절별로 다양한 참다랑어

도쿄만큼 참다랑어鮪를 먹을 만한 곳이 많은 지역도 별로 없을 것이다. 여름철 도쿄 어시장에서 팔려나가는 참다랑어는 하루에만 1000마리 가까이 된다고 한다. 가을부터 겨울철에는 평균 300마리 정도가 판매된다 하니 도쿄의 참다랑어 사랑이 어느 정도인지 짐작할 만하다. 이처럼 겨울에는 어획량이 여름의 3분의 1에도 못 미치는데 대부분 홋카이도에서 잡히는 것이라 한다.

작년 여름, 홋카이도의 어장에서는 참다랑어 한 마리에 1엔이었는데도 거래가 없었다고 한다. 도쿄에서 참다랑어회

1인분이 1엔인 것과 비교하면 실로 어마어마한 차이다. 한 마리에 1엔이라면 말할 것도 없이 미끼로 쓰이는 생선값에 불과하다. 무엇보다 초봄인 2월에서 5, 6월경까지는 규슈 다네지마九州種子島 방면에서 상당한 양이 입하되는데, 그 질은 형편없는 것으로 알려져 있다. 가장 맛있는 참다랑어가 나는 곳은 누가 뭐래도 산리쿠三陸, 즉 이와테岩手의 미야코宮古다.

내 경험으로도 이 미야코의 참다랑어가 최고다. 이곳의 참다랑어는 무게가 200~400킬로그램 정도나 되는 상품上品이다. 이 커다란 참다랑어가 해안에 펼쳐놓은 어망 속으로 자연스럽게 들어오면 작은 배들은 기술적으로 끌어올리는데, 미야코에서는 참다랑어가 그리 많이 잡히지 않아 귀하신 몸이다. 다른 지역에서 잡은 것은 미야코 산만큼 맛이 좋지 않으므로 당연히 미야코 산의 가치는 더 올라간다.

다랑어 중에서 가장 맛없는 것은 날치飛魚처럼 지느러미가 긴 날개다랑어鰭長로, 그 생김새 때문에 붙은 이름이다. 이 날개다랑어는 살이 흐물흐물하고 색깔도 허여멀겋고 맛 또한 형편없어서 미식가의 입을 만족시키기에는 한참 못 미치는 대용물일 뿐이지만 다랑어가 귀할 때에는 삼류 요릿집의 메뉴에 오르기도 한다. 그런 날개다랑어도 세상에 빛을 발하는 날이 마침내 찾아왔다. 재작년 날개다랑어가 미국으로 날개 돋친 듯이 팔려나가면서 큰 호황을 누린 것이다. 미국에서는 이 날개다랑어를 기름에 절여 샌드위치 재료로 사용한다는데, 새로 개발한 이 날개다랑어 샌드위치가 대단한 인기를 끌고 있는 모양이다.

일본에서는 대접받지 못하는 날개다랑어가 미국에서 인기를 얻기 시작하자 작년에 어촌의 중간 상인들은 일제히 수출을 준비했다. 그런데 운 나쁘게도 미국 근해에서 날개다랑어 떼가 발견되어 대량 수확되면서 일본의 날개다랑어는 다시 푸대접 신세가 되었다.

이 밖에도 도쿄 사람들이 좋아하는 다랑어로는 청새치梶木와 황다랑어黃肌가 있다. 아울러 메지마구로めじまぐろ라는 작은 다랑어가 있는데, 그 맛은 참다랑어보다는 가다랑어鰹에 가깝고 먹는 이들도 그 점을 알고 먹기 때문에 굳이 설명을 덧붙일 필요가 없을 것 같다. 앞서 말한 청새치나 황다랑어도 도쿄에서는 1년 내내 즐기는 생선이지만 12월부터 이듬해 3월에 걸쳐 선보이는 것은 거의 타이완 산이다. 당연히 도쿄의 맛을 기대하기는 어렵다. 뭐니 뭐니 해도 황다랑어는 8, 9월경 누마즈沼津나 오다와라小田原 부근에서 잡히는 것이 최고이고, 청새치는 보슈조시房州銚子나 동북東北의 산리쿠三陸에서 온 것을 최고로 치는데 나가사키長崎에서도 잡힌다.

이처럼 미야코의 참다랑어를 시작으로 계절에 따라 다랑어를 사랑하는 이들을 기쁘게 하는 생선들이 하나둘씩 도쿄로 모여든다.

참다랑어 이야기를 하다보니 문득 지난 기억이 떠오른다. 언젠가 나는 다이젠大膳 일본 궁내청 소속으로 천황의 식사를 관장하는 관리의 장이었던 우에노上野 씨에게 미야코의 참다랑어를 소개한 적이 있다. 그때 우에노 씨는 "이렇게 맛있는 참다랑어는 태어나서 처음"이라며 크게 기뻐했는데, 결코 인사치레로 하는 말이 아니었다. 적어도 다이젠의 우두머리라는 이가 빈말을 하지는 않았을 것이다. 세상의 모든 맛있는 음식, 최상의 음식을 알고 있을 거라 여겨지는 인물로부터 예상치 못한 칭찬을 듣고 우쭐해진 나는 그 참다랑어가 미야코 산이라는 것과 부위 설명까지 하나하나 해주었다. 그때 우에노 씨의 머릿속에는 참다랑어를 좋아하는 주군을 위해 최상의 참다랑어를 올려야겠다는 생각이 가득하지 않았을까?

어쩌다가 요리법도 소개하기 전에 이야기가 샛길로 빠져 시답잖은 얘기를 늘어놓고 말았다. 어쨌거나 참다랑어란 역시 어떤 것이 최상품이라고 한마디로 정의하기 어렵다. 그럼, 이제부터 요리법에 관한 이야기를 한두 가지 해보자.

참다랑어 요리의 전문가들이 의외로 소홀히 하는 부분은

바로 무즙이다.

"이 무는 별로야. 좀더 좋은 것으로 갈아주게."

이렇게 말하는 사람은 거의 없다. 고추냉이에 대해서는 색, 매운맛, 단맛, 끈기 등을 세세하게 따지면서도 무즙에 불만을 표하는 미식가는 드물다. 그런데 참다랑어나 튀김 요리 같은 것은 곁들여 먹는 무즙의 상태에 따라 그 맛이 상당히 달라진다.

튀김 요리는 밭에서 갓 뽑은 무를 갈아서 간장과 함께 내면 튀김 기름이 조금 나빠도 신경이 덜 쓰인다. 갓 뽑은 무는 매운맛이 적당하여 참다랑어에 군이 고추냉이를 곁들이지 않아도 좋기 때문이다. 원래 고추냉이는 무가 시원찮을 때 필요한 것으로, 사실은 참다랑어와 잘 어울리진 않는다. 무즙이 있다면 고추냉이는 없는 편이 낫다.

초밥처럼 무즙을 전혀 사용하지 않는 경우 고추냉이가 반드시 필요하다는 데는 물론 이의가 없다. 그래서 참다랑어 초밥에는 눈물이 쏙 빠질 정도로 매운 고추냉이가 들어간 것을 먹는다. 그런데 양갱처럼 붉은 살은 지방이 적기 때문에 매운 고추냉이가 초밥의 맛을 돋우지만 지방이 중간 이상이거나 살코기가 많으면 고추냉이의 매운 맛이 지방과 중화되어 매운 맛이 잘 느껴지지 않는다. 시장통의 작은 초밥집을 찾는 손님들 중에는 고추냉이를 많이 넣어달라고 주문하는 이들도 있는데 참다랑어 값이 쌀 때는 고추냉이 값이 더 비싸게 먹히기도 한다. 그런 손님들만 온다면 가게는 망하고 말겠지만 고추냉이를 빼고 달라는 식도락가도 있는 덕분에 타산이 맞는다는 게 초밥집 주인의 말이다.

아울러 참다랑어는 약간 비린내가 나서 생강 초절임과 함께 먹는 것이 좋다. 나는 고추냉이를 적당히 넣고 생강 두세 쪽을 초밥 위에 올려 먹는다. 초밥은 술안주로도 애용되는데 참다랑어 초밥은 술안주로는 어울리지 않는다. 따라서 술안주보다는 한 끼 식사로 먹는 편이 좋다. 초밥으로 먹는 것이 가장 좋고, 다음은 뜨거운 밥 위에 올려 먹어야 제맛이다. 밥 위에 참다랑어를 올리고 뜨거운 차를 부어 먹는 방법도 인기가 있다. (갓 지은 밥 위에 참다랑어 두어 점과 무즙을 올리고 간장을 뿌린 후 그 위에 뜨거운 차를 부어 먹는다.) 사실 도쿄에서 소비되는 참다랑어의 70퍼센트는 초밥 재료로 쓰인다고 한다.

본래 도쿄가 자랑하는 음식은 대체로 술과는 궁합이 맞지 않는다. 초밥, 튀김, 메밀국수, 장어, 어묵탕 등은 모두 술안주로는 낙제다. 술안주로 어묵탕을 곁들이는 경향도 있지만 이는 적당한 술안주가 달리 없을 때다. 참다랑어의 70퍼센

트가 초밥에 쓰인다고 했는데, 대개 여름이 지나 날이 선선해지면서 겨울로 들어서는 시기에 그렇다는 얘기다. 여름철에 하루 1000여 마리씩 잡히는 참다랑어는 대부분 토막으로 분해되어 생선 가게 진열대를 가득 채우고 있다가 구이와 찜 요리로 식탁에 오른다. 참다랑어의 배 부위에는 지방이 많기 때문에 겨울철에도 질긴 껍질 부분을 잘게 썰어 '네기마ねぎま'라는 찌개 요리에 넣어 도쿄 사람들의 입맛을 돋운다. 말하자면 참다랑어의 지방 부위와 파를 듬뿍 넣어 스키야키すき焼き처럼 끓여 먹는 식이다. 노인들은 느끼해서 좋아하지 않지만 혈기 왕성한 이에게는 더할 나위 없는 요리다.

옛날 도데이핫초土堤八丁나 아사쿠사淺草 논밭에서는 밤샘을 한 이튿날 아침식사로 뜨겁게 데운 술 한 잔과 네기마를 먹곤 했다는데, 그 맛이 기가 막힐 뿐만 아니라 순식간에 원기를 회복해주는 영양식이었다고 한다. 이야기가 또다시 옆길로 새어버렸지만, 남자의 맛이라고 하는 최상의 참다랑어 회는 소고기의 안심 또는 마블링이 좋은 부위와 비슷한데 참다랑어 한 마리에서 아주 조금밖에 나오지 않는다. 배의 통통한 부분에서 등에 이르는 중간, 머리에서 복부가 끝나는 부분까지를 다랑어의 뱃살로 즐겨 먹는다. 이 부분만 먹으려면 특별히 투자를 해야 한다. 여성은 양갱처럼 붉고 지방이 적은 부분을 좋아하는데 남자들은 대체로 맛이 없다고 불평하는 부위다. 이는 체질이 다른 탓일 뿐 여성이 다랑어 맛을 모른다고 매도할 일은 아니다. 남자 중에도 은어鮎는 구이가 최고라거나 청어鰊나 대구포棒鱈 따위는 사람이 먹을 게 못 되는 사료라고 하는 이도 있으니 말이다.

다랑어는 간장구이로도 즐겨 먹는다. 다랑어의 배 부분을 껍질째 두껍게 잘라 양념을 발라 굽는 방식으로, 몸통에서 지방이 가장 풍부한 부위이므로 굽기가 상당히 까다롭다. 집에서 굽는다면 집 안이 온통 연기로 가득 차버릴 것이다. 하지만 배가 고플 때면 입천장이 델 정도로 뜨겁게 구워진 다랑어에 무즙을 듬뿍 올리고 간장을 뿌려 갓 지은 밥과 먹으면 밥도둑이 따로 없다. 솜씨 없는 장어구이보다 훨씬 더 맛있다. 그렇지만 장년층이나 좋아할 어설픈 미식임에는 틀림없다.

어설프다는 점에서 다랑어 자체는 사실 일류 미식가를 만족시킬 만한 식재는 아니다. 아무리 최상의 미야코 산 다랑어라 해도 빼어난 미식은 될 수 없다. 다랑어 종류로는 지금까지 소개한 것 외에도 값이 싼 흰살 생선인 황새치目梶木(구이용)가 있고 마찬가지로 흰살 생선인 흑피 다랑어黒皮まぐろ도 있는데, 이들 종류는 고기가 두껍고 무게도 300킬로그램이 넘지만 가격이 싸다. 또한 백피 다랑어_{白皮まぐろ}는 조시, 산리쿠 방면에서 잡힌다. 더욱이 110킬로그램 이하나 90킬로그램 정도 크기의 청새치 암컷 수컷이 여름철에 잡힌다. 최하품으로 눈이 크고 몸통이 굵은 눈다랑어_{横太なめばち}와 중간치의 새끼 다랑어_{中メジ}, 중간치보다 큰 새끼 다랑어_{大メジ}, 넙적한 새끼 다랑어_{平メジ} 등에 대해서는 다음 기회에 이야기하기로 하자. 1930년

아라이즈
쿠리의
맛

생선이라면 누가 뭐래도 몇몇 종류를 제외하고는 간사이 지방의 것들을 꼽을 수 있다. 생선 종류에 따라서는 기슈紀州, 시코쿠四國, 규슈도 세토내해에 뒤지지 않으며, 이세만 서쪽의 세토내해 부근에서도 물 좋은 생선이 잡힌다는 사실은 예로부터 천하가 인정하는 바이다. 반면 간토 지방의 생선은 이 점에서는 감히 나설 처지가 못 된다. 그러나 몇몇 예외가 있다. 지금으로부터 7, 8월경까지 도쿄 근해에서 잡히는 어류 중 단연 돋보이는 노랑가자미星鰈의 아라이즈쿠리洗い作り 생선의 저민 살을 찬물이나 얼음물에 담가 꼬독꼬독하게 먹는 회에 비하면 간

사이 지방의 생선 따위는 고개를 들 수 없을 것이다. 나는 음식에 관한 한 천하일품이라는 표현을 거의 쓰지 않지만 이것만큼은 천하일품이라고 외치지 않을 수 없다.

아침에 도쿄 쓰키지築地의 어시장을 찾으면 노랑가자미는 그 위용을 자랑하며 활어조의 바닥을 유유히 헤엄치고 있다. 노랑가자미의 맛은 크기에 따라 차이가 나는데 1.5킬로그램 정도가 가장 맛이 좋다. 흔히 맛볼 수 있는 감성돔黑鯛의 아라이즈쿠리보다 약간 두툼하게 썰어 찬물에 씻은 것을 곧바로 혀 위에 올리면 실로 한여름 천하제일의 미식이라고 손꼽는 데 부족함이 없다. 이 가자미는 4킬로그램 넘게 자란 것도 흔하지만 그 맛까지 기대하기는 어렵다.

본래 아라이즈쿠리는 활어가 아니면 안 된다. 그런데 교토의 어시장은 물론 오사카의 시장에도 도쿄와 같은 활어조 설비가 없으며, 있다고 해도 불완전하다. 이 때문에 아라이즈쿠리라 하면 역시 도쿄의 독무대라 할 수밖에 없다. 하지만 도쿄에서도 감성돔을 종잇장처럼 얇게 썬 방식의 아라이즈쿠리가 있어 실망을 금치 못할 때가 있다. 반면 1킬로그램 안팎의 농어鱸나 양태鯒 아라이즈쿠리도 빼어난 맛을 보이곤 한다. 1.5킬로그램 안팎의 참돔 아라이즈쿠리도 훌륭하지만 노랑가자미나 농어, 양태에는 미치지 못한다. 특이한 것으

로 노랑가오리赤鱝, 메기鯰, 문어 등 약간 거무스름한 것도 있
는데 일단은 진미에 가까운 것으로 봐야 한다. 본래 아라이즈쿠리는
흰살 생선을 재료로 하기 때문에 거무스름한 생선살 아라이즈쿠리를 독특한 것으로 여기고 있
음. 잉어鯉와 붕어鮒 중에서는 붕어가 훨씬 더 맛있고, 대하伊勢
海老와 참새우車海老 중에서는 참새우가 낫다. 장어나 미꾸라지
의 아라이즈쿠리를 초된장에 찍어 먹는 방법도 있지만 넓적
한 박잎이 없으면 미끄러워서 잡아 옮기기가 어렵다.

　마지막으로, 최고의 맛으로 정평이 나 있는 아라이즈쿠리
를 소개한다. 다름 아닌 400그램 정도의 곤들매기岩魚 아라
이와 성숙기인 7월경에 잡히는 은어의 아라이다. 도시에서
는 찾아보기 어렵지만 산지에서는 어렵잖게 맛볼 수 있다.
곤들매기 아라이를 맛보려면 깊은 계곡을 찾아가는 것 외에
는 달리 방법이 없다. 나는 종종 곤들매기를 찾아 구로베黑部
계곡, 구타니九谷의 깊은 골짜기, 가나자와의 고리야ごりや 등
지를 돌아다니곤 하는데 그 맛이 노랑가자미 못지않다. 게
다가 각별한 풍미를 지니고 있어 극찬을 받기에 충분한 가
치가 있다.

　또 하나, 각별한 맛을 과시하는 것이 있다. 호쿠리쿠 지방
의 무당게鱰場蟹 아라이, 도쿄의 갯가재蝦蛄 아라이가 그것으
로, 이 또한 매우 귀할 뿐 아니라 미식의 왕자 격이다. 아울

러 조선 동해에 면한 연안지역에서는 메기 아라이가 유명한
데, 이 또한 노랑가자미에 필적할 만한 맛을 지녔다. 1938년

아라이즈
쿠리의
세계

앞으로 한동안은 본격적인 생선 아라이즈쿠리의 계절이
다. 아라이에는 다양한 종류가 있는데 가장 맛있는 것은 역
시 은어 아라이다. 18~20센티미터 크기의 갓 잡은 은어 또
는 생물 은어로 아라이를 만드는데, 먼저 은어 살을 세 장
으로 발라내고 각각 대여섯 점이 되도록 회를 친 후 여뀌
를 넣어 만든 식초, 고추냉이 등을 넣은 양념과 곁들여 먹는
다. 은어 특유의 물기를 머금은 맑은 향이 어우러진 아라이
의 맛은 이것이 신의 음식이 아닐까 싶을 만큼 경탄을 자아
낸다. 사실 은어 아라이는 도쿄에서 굉장히 사치스러운 요

리에 속하지만 산지에서는 특별히 귀한 대접을 받지 못한다. 그러나 산지에서 시원한 산바람을 맞으며 상에 오른 은어 아라이에 젓가락을 가져가는 그 기분이란 이루 말할 수 없다. 은어는 주로 세코시뼈째 썰어 먹는 회로 먹기 때문에 아라이는 많이 알려지지 않은 듯한데 사람들의 입이 점점 더 고급스러워지고 좀더 깊은 맛을 추구하게 되면서, 나아가 교통이 발달하면서 앞으로 더 널리 알려지지 않을까?

은어 외에 아라이가 맛있는 산천어로는 곤들매기가 있다. 이 곤들매기라는 녀석은 깊은 산속 눈 녹은 물이 흐르는 차가운 물에서 산다. 큰 놈은 40센티미터가 넘기도 하지만 대개는 25센티미터 정도로, 이 곤들매기로 아라이즈쿠리를 해 먹는 맛이란 실로 경탄스럽다. 은어와는 달리 곤들매기는 맛이 산뜻하진 않지만 쫀득쫀득한 데다 말할 수 없는 담백함과 기품이 어우러져 있다. 전체적으로 투명한 살빛에 엷은 분홍색과 온화한 흰빛이 감도는 모습만 봐도 입안에서 저절로 침이 고인다. 허나 이것도 도시에서는 그림의 떡일 뿐이다. 한여름 더위를 피해 떠난 산속에서 만약 곤들매기를 손에 넣었다면 반드시 아라이를 시도해보라.

바다에서 잡히는 생선 중에는 5, 6월에 많이 잡히는 가자미류가 아라이즈쿠리에 어울린다. 별넙치ガンゾウカレイ도 맛있

지만 잡히는 양이 적어서 도쿄에서도 웬만한 식도락가가 아니고는 먹어본 이가 드물 것이다. 보통 사람에게는 가자미류에서 왕자로 귀한 대접을 받고 있는 노랑가자미의 아라이즈쿠리도 맛있을 뿐 아니라 물량도 넉넉한 편이다. 그래서 매일 아침 어시장에 가면 그 모습을 확인할 수 있고 도쿄의 일류 요릿집 열 군데쯤은 노랑가자미의 아라이즈쿠리를 내놓는다.

문치가자미真子鰈의 맛도 나쁘지 않다. 반면 돌가자미石鰈는 그 맛이 확연히 떨어질 뿐 아니라 비위에 거슬리는 특유의 풍미 때문에 결코 좋은 맛이라고는 할 수 없다. 넙치鮃도 아라이즈쿠리를 못 할 것은 없지만 도쿄의 넙치는 그저 그런 평범한 맛이다. 농어鱸 아라이즈쿠리는 일반적으로 1킬로그램 조금 넘는 게 가장 맛있다고 하며, 마른 것과 살집이 좋은 것 중 반드시 후자를 선택해야 한다. 도쿄의 어시장에서는 매일 아침 소금물에 풀어놓은 참돔真鯛이 펄떡거리는 모습을 볼 수 있는데, 400그램짜리부터 5킬로그램이 훌쩍 넘는 것까지 다양하다. 따라서 참돔 아라이즈쿠리를 해 먹기로 가장 수월하다. 물론 맛이 감탄스러울 정도는 아니지만.

도쿄에서 아라이즈쿠리로 꽤나 알려진 도미도 농어 앞에서는 고개를 숙이지 않을 수 없다. 그러나 도미 아라이즈쿠리의 모양만큼은 최고다. 더구나 감성돔은 당당하고 품위 있는 모양에 맛도 뛰어나다. 도미 아라이 역시 1킬로그램 안팎의 크기가 가장 적합한데, 바다의 노랑가오리나 산에서 나는 메기도 아라이즈쿠리의 색다른 맛을 즐길 수 있다. 바다와 산이라는 산지의 차이는 있지만 이 둘은 성질이 비슷해서 고기와 맛에 있어 닮은 부분이 있다. 둘 중 어떤 것이 더 맛있냐고 따져 묻는다면 대답하기 곤란할 정도다. 한여름 복더위에 매운 양념을 해서 가끔 먹는 것도 나쁘지 않다. 또한 문어 아라이즈쿠리도 비슷한 듯하면서 다른 맛을 낸다.

도쿄에서는 맛좋은 붕어나 잉어를 구하기가 어렵지만 간사이 지방에 가면 과연 자부심을 느낄 만큼 뛰어난 맛을 자랑하는 붕어와 잉어를 맛볼 수 있다. 그 대신 징거미새우手長蝦는 단연 도쿄 산이 최고로, 아라이즈쿠리 또한 꽤 고급 요리에 속한다. 육질이 단단하고 맛이 깔끔하며 단맛도 강하지 않아서 미식가들이 좋아할 만하다.

참새우車海老와 대하도 그 독특한 맛을 좋아하는 사람들에게는 인기가 있다. 참새우와 대하 중에서는 물론 참새우의 맛이 더 뛰어나다. 최근에는 아라이즈쿠리를 할 때 얼음물을 사용하는 게 당연시되고 있지만 사실 이는 썩 바람직한 요리법이 아니다. 적은 양의 얼음물을 사용하는 탓에 재료를 충분히 씻어내기도 어려우며 완성된 요리도 청결하지 않다. 아라이즈쿠리를 할 때는 뭐니 뭐니 해도 우물물이 최고다. 좋은 우물물이라면, 아니 반드시 우물물이어야 한다고 말해도 지나치지 않을 만큼 아라이즈쿠리는 솟아나는 우물물로 충분히 씻어내어야 좋다.

회는 지나치게 두껍게 썰거나 얇게 써는 것 모두 좋지 않다. 그저 생선의 성질에 맞게 두께를 적절히 조절해야 하는데, 이는 굉장히 어려운 일이다. 그러나 지나치게 얇은 쪽보다는 두꺼운 편이 씹는 맛을 느낄 수 있어 좋다. 다만 질긴 식감을 싫어하는 이도 있으리라.

한낮의 뙤약볕이 어느덧 서늘한 바람을 머금은 저녁의 어둠 속으로 사라지고 이마에 송골송골 맺힌 땀을 닦고 정갈하게 차려진 밥상 앞에 앉는다. 술잔이 있든 없든 주저 없이 젓가락을 가져가는 아라이즈쿠리. 모처럼의 진수성찬인데 맛이 없어서야 되겠는가? 1931년

새끼 은어의
품격을
맛보다

사치스러운 입이니 어쩌니 말이 많지만, 모름지기 높은 것
에는 더 높은 게 있고 낮은 것에는 더 낮은 게 있는 법이다.
새끼 은어를 맛볼 수 있는 사람은 가장 높은 입맛을 가졌다
고 할 수 있다. 하물며 그것이 후나미舟波의 슈잔秀山이나 와
치가와和知川 산 새끼 은어라면 더 이상 말이 필요 없다. 먼저
그 반듯한 외양부터 마음을 사로잡는다. 그리고 훌륭한 향에
코가 벌름거린다. 한 점 입에 넣으면 술 한잔이 간절해진다.
만물 새끼 은어 크기는 머리에서 꼬리 끝까지 6~8센티미터
정도 되는데 그 섬세한 맛을 뭐라 표현할 도리가 없다. 새끼

은어는 품격이 느껴진다. 그 품격은 25센티미터 크기의 은어 1인분과 맞바꿔도 아깝지 않을 정도다. 그것은 입으로 누릴 수 있는 최고의 사치를 누린 후에야 비로소 알 수 있는 맛이다.

새끼 은어는 보통 가는 쇠꼬챙이에 끼워 소금을 살짝 뿌려 구워 먹지만 붉은 된장을 풀고 새끼 은어를 산 채로 넣어 된장국을 끓이기도 한다. 온실에서 키운 여뀌를 곁들이거나 산초를 한 꼬집 넣어도 좋다.

은어는 머리부터 꼬리까지 통째로 한입에 먹거나 두 번에 나눠 먹는다. 씁쓸한 은어 내장은 색다른 맛과 정취를 입안에 남긴다. 물살이 약한 강에서 사는 은어는 살이 퉁퉁해서 맛이 없다. 물살이 빠르고 맑은 물에 사는 은어가 아니면 역시 은어라 할 수 없다. 도쿄 부근에서는 사카와강酒匂川 하류에서 잡히는 새끼 은어가 비교적 맛이 좋다. 다마多摩나 아쓰기厚木 산은 내 입맛에는 맞지 않는다. 새끼 은어도 10~12센티미터쯤 자란 것은 제법 반듯한 모양새를 갖춰 육안으로 보기만 해도 입안에 군침이 돌 만큼 식욕을 돋운다. 그러나 잡은 지 열 시간이 지나면 은어의 가치는 떨어진다. 신선도가 떨어지지 않도록 충분히 조치를 취했다 해도 마찬가지로, 그런 것은 조림으로 먹는 방법 외에는 별 도리가 없다. 은어는 역시 강을 떠난 지 서너 시간 안에 먹는 것이 가장 좋다.

12센티미터쯤 되는 새끼 은어를 세 장으로 발라내어 아라이즈쿠리를 만들고, 고추냉이 혹은 여뀌 식초를 곁들여 먹는다면 때가 때이니만큼 역시 최상의 미식 도락이 아닐까 싶다. 은어는 같은 곳에서 동시에 낚아올린 것이라도 크기가 제각각이다. 큰 것은 발육이 양호한 것이고 작은 것은 발육이 부진한 것이다. 당연히 발육이 양호한 은어가 맛있다.

요리법 중에는 생선에 된장을 발라 굽는 '교덴魚田'이라는 방식이 있다. 시골에서는 대충 집에 있는 된장을 발라 굽는데 시골의 정취가 듬뿍 묻어난다. 그러나 요릿집에서 맛을 냅답시고 조미료가 첨가된 된장을 발라 구운 은어는 모양새만 좋을 뿐 맛은 그저 그렇다. 은어는 은어가 지닌 본래의 맛을 음미할 수 있어야 한다. 따라서 강에서 잡은 지 얼마 안 되는 신선한 은어라야만 한다. 새끼 은어가 남아돌 정도로 많이 있다면 삶아 먹든 튀겨 먹든 상관없지만 조금밖에 없다면 익혀 먹기엔 정말 아깝다. 기름에 튀기는 방법도 은어의 특징을 거의 사라지게 하므로 미식가로서는 견디기힘들다. 또한 머리나 내장을 떼어내고 새끼 은어를 먹을 생각이라면 굳이 은어가 아니라도 좋을 테니 차라리 소고기를 먹는 게 어떻겠는가? 1938년

살이 섬세하고
부드러운
은어를
먹을 것

은어는 물이 맑고 물살이 거세고 비교적 폭이 넓은 강에서 사는 것이 아니면 발육이 충분치 않은 데다 맛과 향이 좋지 않다. 이것이 은어의 좋고 나쁨을 결정하는 중요한 요건이다. 은어를 먹을 때는 내장을 떼지 말고 소금을 뿌려 굽거나 여뀌 식초를 곁들여 먹어야 가장 완전하게 그 향과 맛을 음미할 수 있다. 간장이나 맛술을 발라 구우면 간장의 향이나 맛술의 영향을 받아 은어 본래의 향이 순식간에 사라져버린다. 또한 은어 내장을 떼어버리면 은어 본래의 맛을 논할 필요조차 없을 것이다.

도쿄로 운반되는 은어는 이즈(伊豆 시즈오카현의 동남 지역을 이르는 옛 명칭), 규슈 산이 많은데 대개가 잡은 후 산지에서 사나흘 또는 일주일 동안 얼음에 재워놓은 것이다. 그 외에 각 지방에서 속속 도쿄로 수송되는 은어는 십중팔구 내장을 제거한 것이다. 설령 특별한 방법을 써서 내장을 제거하지 않고 잘 보존한 은어라도 굽는 동안 내장이 터지게 마련이다. 그래 가지고는 은어의 진정한 맛을 보기란 쉽지 않다. 다시 말해 도쿄에서 은어의 진정한 맛을 기대한다는 건 숲에서 생선을 찾는 것이나 마찬가지다.

　은어는 잡는 방법에 따라 그 맛도 다르다. 기후(岐阜) 사람들은 가마우지를 이용해서 잡은 은어가 최고라며 자랑한다. 아마도 가마우지가 은어를 순식간에 잡아 죽이기 때문에 살이 뻣뻣해지지 않아 그럴 것이다. 가마우지가 삼킨 은어에는 가마우지의 이빨 자국이 남아 있어서 보기에는 흉하지만 그 맛은 확실히 기후 사람들이 자랑할 만하다. 은어는 그 크기나 잡는 방법에 따라 맛이 상당히 다르다. 규슈와 간토 지방을 싸잡아 이야기할 수는 없지만 교토 부근은 일단 6월 중에 잡히는 은어의 맛이 가장 좋으며, 길이는 15~18센티미터가 좋다. 길이가 25센티미터 이상이나 되어 전갱이나 고등어처럼 큰 것도 있는데, 도쿄 사람들이 커다란 은어를 자랑하는 것은 좀 우스운 일이다. 알을 밴 은어 또한 그런 의미에서 은어를 좋아하는 이들에게는 환영받지 못한다. 은어는 새끼 은어에서부터 알을 배기 전까지, 다시 말해 살이 섬세하고 부드러운 은어가 가장 맛있다.

가쓰라강桂川 부근에서 은어를 잡기 위해 투망을 던지면 은어는 투망 밑으로 도망치려고 버둥거리다가 모래를 삼킨다. 그래서 모래를 토해내게 하려고 은어를 하루쯤 수조에 넣어두는데, 수조 안에서 사흘을 넘기면 맛이 떨어진다. 은어의 지방이 줄어들면서 살이 마르기 때문이다. 또한 가모강 근처의 요릿집에서는 은어를 수조에 넣어 살아 있는 은어를 고객에게 맛보이려고 노력한다. 그러나 이것 역시 강에서 잡은 지 이틀 정도까지는 상관없지만 사나흘 지나면 겉만 번지르르할 뿐 제맛은 기대하기 힘들다.

구울 때 꼬리지느러미에 뿌린 소금이 은어 자체의 기름기에 조금씩 스며들어 노릇한 색을 띠면서 녹을 정도가 아니라면 진정한 은어 구이라 할 수 없다. 소금을 뿌려서 보기 좋게 구워진 은어가 밥상에 올라왔다고 치자. 이때 젓가락으로 살을 파헤치며 뜯어 먹거나 구운 은어를 반으로 갈라 등에 붙은 가시를 머리부터 쭉 빼서(교토나 오사카 사람들은 생선을 먹을 때 머리부터 등뼈를 능숙하게 발라 먹는 습관이 있다)

게걸스럽게 먹지 말고 머리부터 차근차근 순서대로 먹어야 은어의 참된 맛을 음미할 수 있다. 당연히 가시는 뱉어내야 겠지만.

말이 나온 김에 덧붙이자면 기후처럼 은어가 많이 잡히는 곳에서는 손님이 오면 상차림의 기본을 무시한 채 기다렸다는 듯이 은어로 소금구이, 조림, 간장구이, 찜, 죽, 튀김 등 온통 은어 요리로 상 전체를 채우는 습관이 있다. 이는 삼가야 할 차림이다. 특히 신선한 은어를 튀김으로 내놓다니 이보다 더 지혜롭지 못한 일이 있을까? 1931년

은어의
참맛은
역시 내장

은어는 크기로 말하자면 5~15센티미터까지가 가장 맛있
다. 더 큰 것은 향이 먼저 사라지고 그다음은 맛이 떨어진
다. 은어가 알을 배기 시작하면 알에 영양분을 빼앗기기 때
문인지 향을 잃을 뿐 아니라 살이 부실해지고 품질이 떨어
진다.

　은어는 내장 부근의 맛이 가장 좋다. 신선도는 물론 말할
필요가 없다. 머리도 특유의 맛을 내지만 15센티미터나 되
는 은어의 머리를 한입에 뼈째 꿀꺽하기는 어려우므로 머리
부위는 먹지 않는 사람이 많다. (물론 미식가들은 머리부터 달

려들어 맛을 본 후 가시를 뱉어낸다.) 그리고 꼬리 쪽의 총배설 강 아래쪽 역시 맛이 없어서 관심 밖이다. 결국 은어는 뭐니 뭐니 해도 머리와 꼬리 부분을 제외한 중간 부분이 맛있다.

은어는 등의 위쪽, 특히 머리에 가까워질수록 지방이 많다. 그리고 그 지방 아래 부위가 내장인데, 지방과 내장 모두 붙어 있는 부위의 맛이 가장 좋다. 물론 살아 있는 상태나 다름없는 은어가 아니면 최상품이라 할 수 없지만 살아 있는 은어일지라도 항상 맛이 좋은 건 아니다. '연어年魚 일년생 물고기'인 은어는 성장이 왕성해 한 해 동안 송사리目高 크기로부터 25센티미터까지 자란다. 그런 만큼 먹이를 하루만 걸러도 금세 비쩍 말라버린다. 먹이 없는 물속에 은어를 넣고 인공적으로 물결을 만들어 움직이게 하면 불과 하루나 이틀 만에 자신의 지방을 전부 소모해 지방이 많은 내장 부위가 사라지고 만다. 나는 과거 도쿄에서 이런 상황을 겪은 적이 있다. 최고의 식품만 취급한다는 니혼바시 야마시로야日本橋山城屋의 주인이 자랑하는 은어를 구해다가 구운 뒤 머리부터 덥석 베어 물었다. 그런데 은어의 뱃속이 텅 비어 있는 게 아닌가. 어라, 대체 이 은어는 뭐지? 내장이 없네. 내장이 없는 은어라니 있을 수 없는 일이다 싶어 접시에 떨어졌나 하고 찾아봤지만 보이지 않았다. 그렇다면 이미 내 입속으로 들어간 게 아닐까 하고 씹어봤는데 그런 것 같지 않았다. 도무지 내장 비슷한 맛이 느껴지지 않았다. 아무래도 이상해서 나머지 한 마리를 찬찬히 먹어봤지만 그것 역시 내장이 없었다. 속이 완전히 비어 있었던 것이다. 그때 처음으로 나는 은어를 수조에 넣어 억지로 살려두면 내장이 녹아버릴 수 있다는 사실을 알게 되었다.

곰곰이 생각해보면 그것을 이상히 여기는 것이 오히려 더 이상한 일이다. 짧은 기간에 급격히 성장하는 은어를 먹이도 없는 물속에 넣고 빠른 물결을 만들어 계속 헤엄치게 만들면 지방이 풍부한 내장이 유지될 수 없는 것이다. 그런 점에서는 아무래도 물살이 자연스러운 수조 속에 은어를 보관한 요릿집을 찾아가서 수조 안에 하루 정도만 머문 은어를 먹는 게 최상이라 할 수 있다. 요즘은 도쿄에서도 살아 있는 은어를 먹을 만한 곳이 있기는 하지만 애석하게도 진정한 은어의 맛을 음미하기는 어렵다. 그저 살아 있는 은어를 도쿄 시내에서 먹었다는 사실에 만족해야 하리라. 1935년

은어를
맛있게
먹는 법

이런저런 사정으로 일반 가정에서는 은어를 맛있게 요리하기가 어렵다. 은어는 일단 10센티미터 안팎의 것을 소금구이로 먹는 것이 정석이지만 일반 가정에서는 살아 있거나 신선한 은어를 손에 넣기가 쉽지 않다. 지방에 따라서는 일반 가정에서도 신선한 은어를 구할 수 있지만 도쿄에서는 상황이 상황이니만큼 절대로 불가능한 일이다. 설령 살아 있는 은어를 손에 넣었다 하더라도 초보자가 그것을 능숙하게 쇠꼬치에 끼워 굽기는 어려울 것이다.

사람들은 은어가 물을 떠나면 금방 죽어버린다는 생각 때문에 굉장히 약한 생선으로 생각하곤 하는데, 사실 은어는 도마 위에 올려놓고 머리를 쳐도 팔딱팔딱 뛰어오를 정도로 힘이 넘치는 생선이다. 뿐만 아니라 살아 있는 은어는 굉장히 미끈거리기 때문에 이것을 잡아 쇠꼬치에 끼우는 일은 초보자에게 결코 쉽지 않다. 하물며 이것을 보기 좋게 굽기란 더욱 간단치가 않다.

게다가 불이 금방 붙는 가정용 검은 숯으로는 굽는 데는 애를 먹을 수밖에 없다. 어쩌다 꼬리지느러미를 새까맣게 태우기라도 하면 애써 구한 은어의 맛을 놓치고 만다. 사정이 이러하니 가정에서 은어를 구울 수 없다는 데 조금도 부끄러워할 까닭이 없다.

사실 보기만 해도 군침이 돌 정도로 노릇노릇하게 모양 하나 흐트러지지 않게 구워진 은어라는 것은 그 맛을 음미할 이로 하여금 감동 속에서 훌륭한 맛을 상상케 하는 즐거운 첫인상이므로 대단히 중요한 일이 아닐 수 없다. 결국은 일류 요릿집에 의존할 수밖에 없다. 어쨌거나 맛의 감각과 형태의 아름다움은 떼려야 뗄 수 없는 관계를 맺고 있으며, 은어는 특히 형태의 아름다움이 매우 중요하다.

은어는 수려한 생김새를 자랑하는 생선이다. 그렇지만 산지에 따라서 다소 보기 흉한 은어가 없는 것은 아니다. 은어는 생김새가 아름답고 반짝반짝 빛을 발하는 것일수록 맛도 좋은 만큼 굽는 솜씨가 좋은지 나쁜지도 은어를 먹는 데 결정적인 요소가 된다. 은어를 맛있게 먹으려면 산지에 가서 일류 요릿집을 찾는 것 외에는 달리 방법이 없다. 가장 이상적인 방법은 아마도 낚아올린 은어를 그 자리에서 구워 먹는 것이리라.

은어는 소금을 뿌려 구워 먹는 방법이 일반적이지만 신선한 은어를 아라이즈쿠리로 먹는 게 최상일 것이다. 어린 시절 교토에 살았을 때의 일이다. 어느 날 생선 장수가 은어의 머리와 뼈를 잔뜩 가져왔다. 은어 살을 발라내고 남은, 이를테면 은어의 찌꺼기인 셈이다. 잡어의 찌꺼기라면 쳐다보지도 않았겠지만 그래도 은어가 아니겠는가. 그것을 구워뒀다가 국물을 낼 때 사용하거나 구운 두부나 다른 것과 함께 끓여 먹으면 틀림없이 맛있을 것이다. 나는 어린 마음에도 그 많은 은어 찌꺼기가 어디서 났는지 궁금해 생선 장수에게 물어봤다. 그러자 생선 장수는 교토에 있는 미쓰이三井 씨의 주문으로 은어의 아라이를 만들고 남은 찌꺼기라고 했다.

그때 나는 그렇게 사치스러운 사람도 있나 하며 놀라고 감탄했다. 그때 처음으로 나는 은어를 아라이즈쿠리로 먹는 방법도 있다는 사실을 알게 되었다.

그 후 오랫동안 가난했던 내게는 그런 사치가 허락되지 않아 은어 아라이즈쿠리를 맛볼 기회는 없었다. 그런데 어느 날 내게도 은어의 아라이즈쿠리를 충분히 맛볼 기회가 찾아왔다. 벌써 25년이나 지난 일로, 가가加賀의 야마나카山中 온천에 머물렀을 때다.

야마나카 온천이 위치한 시내 변두리에 고오로기교蟋蟀橋라 불리는 이름도 무척이나 우아한 다리가 있었는데, 그 다리 근처에 조키로增喜樓라는 요릿집이 있었다. 그 요릿집에는 늘 활어조에 은어나 독중개鰍, 곤들매기 같은 깊은 산골짜기에 사는 물고기들이 헤엄치고 있었고, 가격도 쌌다.

산속 벽지의 온천에는 특별히 먹을 만한 게 없기 때문에 나는 밥을 먹으려면 아무래도 그 요릿집을 찾아가는 수밖에 없었고, 그런 이유로 조키로를 자주 찾았다. 그곳에서 생선을 먹다가 문득 어린 시절 알게 된 은어의 아라이즈쿠리가 떠올랐다. 값도 싸서 곧바로 은어 아라이를 주문해 먹어봤다. 그 맛을 본 나로서는 감동하지 않을 수 없었다. 과연 미쓰이 씨가 음미한 것이 이 맛이었던가. 어찌나 맛있던지 당시 꽤 많은 양의 은어 아라이를 먹었던 기억이 난다. 그 이후로 손님이 찾아올 때마다 나는 조키로로 데려가 아라이즈쿠리를 대접했다. 그런데 습관이라는 게 참 묘해서 대부분의 사람은 선뜻 먹으려 하지 않는다. 머리는 어떻게 하냐는 둥 뼈는 발라내냐는 둥 걱정을 한다.

당시 교토에서는 한 마리에 2엔 정도 하는 은어를 조키로에서는 30전에 먹을 수 있었다. 그런데 아라이즈쿠리로 먹으려면 1인분에 1엔이 넘는다. 귀한 은어를 아라이즈쿠리로 먹는 것은 왠지 아깝기도 하고 나쁜 짓을 하는 것 같은 마음에 그 맛을 알면서도 선뜻 용기를 내기 어렵지만 시기만 맞아떨어진다면 지금이라도 아라이즈쿠리를 할 수 있다. 은어의 아라이즈쿠리에서 힌트를 얻은 나는 그 후 곤들매기를 아라이즈쿠리로 먹는 방법을 생각해낸 것이다. 15센티미터 정도 크기의 곤들매기로 아라이즈쿠리를 하면 은어에 버금가는 맛이 난다.

그 외에도 기후에서는 은어로 어죽을 끓이기도 하고, 가가에서는 칡잎에 말거나 대통 속에 넣고 구워 먹기도 하는데, 이는 모두 소금구이를 하지 못할 경우의 요리법이다. 굳이 말하자면 촌스럽게 먹는 방법으로, 모두 훌륭한 요리법이기는 하지만 가장 좋은 방법이라고는 할 순 없다. 이런 방법을 굳이 도쿄에서 흉내 내며 좋아하는 이도 있다. 그런 사람은 진짜 은어를 먹을 줄 모르는, 이른바 먹는 시늉에 만족하는 무리가 아닐까? 역시 은어는 소금을 뿌려 구워서 입천

장이 밸 정도로 뜨거운 것을 덥석 베어 먹는 것이 최고이리
라. 1935년

그대는
아는가?
간 요리의
참맛을!

생선 간 중에 꽤 맛있는 것들이 있다. 조류의 간도 맛있는 게 있지만 생선 간에 비할 바는 못 된다. 아울러 육류의 간은 맛있다고 느껴본 적이 없다. 생선 간 중에서는 특히 도미, 갯장어(鱧), 쥐치, 복어, 아귀, 장어, 대구가 맛있다. 조류로는 프랑스의 푸아그라(집오리의 간)가 유명해 나도 병조림으로 맛본 적이 있는데 그 맛이 굉장히 좋았다. 일본의 조류 중에는 특별히 간이 맛있다고 할 만한 종류가 없는 듯하다. 그나마 닭의 간이 가장 낫지 않을까. 생선 간 중에서도 아마 가장 뛰어난 맛을 자랑하는 것은 갯장어일 테고, 그다음이

도미와 쥐치일 것이다. 복어 간도 맛있기는 하지만 살만큼
이나 특별한 매력은 느낄 수는 없다. 아귀와 대구 등의 간은
저급한 맛으로, 품격이 다소 떨어진다.

장어 간을 넣은 국은 상당히 세련된 국 요리 중 하나로,
이 요리는 간만 넣는 것이 아니라 쓸개를 제거한 내장 전부
를 넣어 만든다. 단순히 간만 넣고 만들었다면 특별히 눈에
띨 만한 음식은 아니었을 것이다. 또한 자라 간이라고 하면
어쩐지 맛있을 것 같지만 실제로는 전혀 맛이 없다. 그래도
교토 시내에서는 자라 간을 정성스럽게 냄비에 끓여 내오는
데 그때마다 맛있다며 자꾸만 권하는 바람에 혹시나 하고
먹어보지만 몇 번을 먹어도 도무지 맛있다는 생각이 들지
않는다. 생선 중에서 생선살도 맛있고 내장도 맛있고 그 알
까지 각별히 맛있는 것은 갯장어뿐이다. 쥐치의 살은 그리
맛있다고 할 수 없지만 간만큼은 보통 이상의 특별한 맛을
지닌다. 바로 그 점이 쥐치의 가치라 할 수 있다. 그러니 쥐
치의 간을 버리는 짓이야말로 웃지 못할 촌극이 아니고 무
엇이겠는가.

복어의 간 또한 잘 손질하면 독도 제거될뿐더러 상당히
맛있는 음식이 되지만 맹독이 있다는 이유로 버려지기 일쑤
다. 혹은 지나치게 오래 삶아 아무런 맛도 향도 없이 억지로

먹는 경우가 있다. 복어 간의 맛을 살리고 독도 없애는 안전한 요리법을 알고 있기는 하지만 쓸데없는 말을 늘어놓아 섣부른 요리를 하게 만들면 큰일이므로 굳이 찾아와 묻는 이에게만 직접 전하기로 하겠다.

더러 으깬 복어 간에 간장을 섞어 복어 회를 찍어 먹으며 맛있다고 하는 사람도 있는데, 이는 맛에 문외한들이나 하는 방법이다. 복어 맛은 굳이 지방을 곁들여 먹어야만 음미할 수 있는 그런 맛이 아니다. 복어는 오히려 지방이 적고 독이 있다는 신비로운 매력을 지닌 생선이므로 완전히 지방 덩어리인 간의 맛으로 부담을 줄 필요는 전혀 없다. 오히려 그것은 복어 본연의 맛을 해치는 요리법일 뿐이지 않겠는가. 그러나 생대구에 이 방법을 적용한다면 그 절묘한 생각에 칭찬을 아끼지 않으리라. 1938년

맛있는
건어물의
각별함

맛있는 건어물을 맛봤을 때의 기쁨은 아주 각별하다. 특히 반건조나 설말린 건어물의 최상품을 맛봤을 때의 기쁨이란 말로 다 표현할 수 없을 정도다. 도쿄 부근에서는 아타미熱海의 건어물이 유명하다. 본래 아타미의 어장에서는 전갱이·오징어·가자미·옥돔 등 다양한 종류의 생선이 잡히며, 말릴 때 최상의 조건인 바닷바람과 기온 덕분에 아타미에서는 맛있는 건어물이 생산된다고 한다. 건어물은 기온과 바닷바람의 조화가 무엇보다 중요하다. 아타미에서는 건어물이 아침 반찬에 어울린다 하여 아침상에 거의 빠지지 않고 올린

다던 말도 떠오른다.

그런데 최근에는 피서객이 늘어나면서 어획량이 줄었고, 때로는 주산물이 아닌 어류가 잡힐 뿐 아니라 우기에는 건조기의 힘을 빌려 건어물을 만든다 하니 맛 좋기로 유명했던 건어물 구하기도 운에 맡겨야 할 모양이다. 전갱이, 가자미, 눈퉁멸潤目鰯, 옥돔 모두 제대로 자연의 바닷바람과 기온에 맞춰 말리면 훌륭한 맛을 낸다. 그러나 반건조 건어물이라는 것은 오늘 맛이 좋다고 해서 이튿날에도 맛이 좋다는 보장이 없다. 그러므로 먹는 순간의 즐거움으로 기억하는 것이 바람직하리라.

바짝 말린 옥돔은 특이하면서도 뛰어난 맛을 발휘한다. 말린 옥돔 중에서는 오키쓰興津 해안에서 생산되는 것을 최고로 친다. 교토나 오사카에서는 옥돔을 '구치ぐち'라고 하며 와카사 오바마 산을 최고로 치지만 구치와 버들가자미柳鰈만큼은 오키쓰 산이 더 뛰어나다. 다만 오키쓰의 옥돔은 와카사 산에 비해 비늘을 먹을 수 없다는 단점이 있다. 비늘이 붙은 채로 구워 먹는 옥돔 또한 각별한 풍미가 있는데 오키쓰 산 옥돔은 비늘째 먹는 맛을 기대할 수 없다. 교토와 오사카에서는 맛있는 눈퉁멸이나 꼬치고기魳 건어물을 쉽게 구할 수 있는데, 기름이 뚝뚝 떨어지는 구이를 입에 넣으면 혀끝에 남는 그 뒷맛에 감탄이 절로 나올 정도다. 버들가자미는 시즈오카静岡 동쪽이 본고장인 듯하고 도다리目板鰈, 즉 교토나 오사카에서 불리는 '마쓰바카레이松葉カレイ'는 단연코 와카사 산이 최고다. 이것은 건어물 중에서도 특히 맛이 뛰어나 게이한京阪 방면에서는 널리 알려져 있으나 값은 다른 건어물에 비해 비싸다. 그래서 밑반찬으로 상에 올리기는 힘들고 술안주로 제격이다.

이 말린 마쓰바카레이의 결점이라면 지나치게 맛이 좋다는 것이다. 어떤 음식이건 맛이 과하게 좋으면 특등품의 자리를 차지하기 힘들다. 마쓰바카레이는 그러한 이유로 특등품보다 아래 등급인 일등품으로 취급된다. 대체로 꽉 차 있는 맛은 최고급 미식으로 평가받기 어렵다. 그 점에서 간토 지방에서 나는 버들가자미는 특등품의 지위를 차지할 만하다. 다만 마쓰바카레이는 어획량이 버들가자미만큼 많지 않기 때문에 그 맛과 적은 어획량에 기대어 특등의 왕좌에 올린다 한들 아무도 부인할 수 없는 건어물이라 하겠다.

이즈제도에서는 구사야〈さや 신선한 어류를 발효액에 담갔다가 말린 건어물가 유명한데 교토나 오사카의 미식가들은 그 특유의 냄새 때문에 싫어한다. 그러나 맛으로는 건어물 중 백미라 할 수 있다. 다만 요즘에는 옛날 방식으로 만든 게 드물어서 찾

는 이들을 서글프게 하고 있다. 도야마富山 방면 히미氷見에서 생산되는 말린 정어리도 별미를 자랑한다. 그래봤자 정어리 맛에 지나지 않겠지만. 그런데 구사야는 같은 전갱이라도 전갱이의 맛과 다른 묘미를 낸다는 점에서 독특하다고 할 수 있다.

교토와 오사카 지방에서 최고급 간장을 발라 말린 보리 멸, 와카사의 마쓰바카레이, 오키쓰, 아타미의 옥돔, 시즈오 카의 버들가자미 등은 건어물 중에서 고급에 속하고, 나머 지 것들은 한 수 아래라 할 수 있다. 말린 복어도 맛있다고 는 하나 단 한 번도 내 입을 즐겁게 해준 적이 없다. 마지막 으로 잊어서는 안 될 것이 간사이의 눈퉁멸과 간토의 옥돔 건어물로, 옛일을 추억하며 부지런히 젓가락을 놀리게 만드 는 맛들이다. 말린 연어는 언뜻 보면 훈제 연어와 비슷하지 만 맛은 전혀 다른데 에치고越後 일본의 호쿠리쿠 지방 사람들은 이 것을 '지가와地川'라 부른다. 지가와에 대한 현지 사람들의 자부심은 대단하며, 일단 먹어보면 그것이 과장이 아니라는 걸 알 수 있다. 그러나 웬만한 미식가가 아니면 훈제 연어와 전혀 다른 맛이라는 걸 확실히 깨닫기는 쉽지 않을 듯싶다. 아울러 지가와는 구이에 어울리지 않는다. 1938년

독특한
맛의
미꾸라지

미꾸라지どじょう탕은 맛있고 값싸고 영양가도 풍부하며 서민
적일 뿐 아니라 가정에서도 쉽게 만들 수 있는 팔방미인 요
리라 할 수 있다. 다만 귀족적이지는 않다. 이러한 미꾸라지
탕이 어느 곳에서나 환영받는 건 당연한 일이다.

일반적으로 탕류는 겨울에 인기가 많지만 미꾸라지탕만
큼은 여름에 많이 먹는다는 사실도 굉장히 흥미롭다. 도쿄
에서는 미꾸라지탕보다는 '야나가와柳川'라는 명칭으로 더
많이 불린다. 어째서 야나가와라고 하는 것일까? 옛이야기
에 따르면 에도 막부 시대1603~1867, 도쿠가와 이에야스德川家康가 천하통일

을 이루고 에도, 즉 지금의 도쿄에 수립한 일본의 부케武家 정권 말기 니혼바시 1가에 '야나가와야柳川屋'라는 가게가 있었는데, 그 가게에서 새롭게 미꾸라지탕이라는 요리를 선보였다. 그런데 미꾸라지탕이 선풍적인 인기를 끌어 유명해지면서 야나가와라는 이름으로 불리게 되었다. 이러한 유래로, 요즘에도 사람들은 '야나가와에다 술 한잔 하자'는 말을 자연스럽게 주고받게 된 것이다.

어떤 사람은 야나가와가 규슈의 야나가와梁川에서 변한 말이 아닐까 한다. 이곳은 일본에서 자라 요리로 가장 유명한 고장이다. 끝없이 펼쳐진 들판을 주사위 모양으로 수놓은 물길로 인해 자라와 더불어 질 좋은 미꾸라지가 자란다. 다른 곳에서는 찾아보기 어려울 정도로 그 맛이 훌륭한 데다 생산량도 많아서 실제로 오사카 시장까지 팔려나간다. 미꾸라지에는 독특한 풍미가 있는데 그 독특함은 양면적이다. 즉 없어서는 안 될 미꾸라지 본래의 맛을 내면서 동시에 저급한 냄새를 풍긴다는 점이다. 그런데 야나가와梁川의 미꾸라지는 그 저급한 냄새가 전혀 없어 더할 나위 없이 맛이 좋다.

일반적으로 자라 또한 께름칙한 독특한 성질을 나타내는데 야나가와의 자라는 그러한 성질이 없다. 이 보기 드문 특색은 앞으로 더욱 널리 알려져 그 가치가 한층 높아질 것이

다. 야나가와에서 나는 미꾸라지 중에서 15센티미터쯤 되는 큰 것은 양념구이蒲燒き 생선 뼈를 바르고 토막 쳐서 통째로 양념을 발라 구운 요리에 어울리는데, 장어와는 전혀 다른 풍미로 먹는 이의 마음을 기쁘게 한다. 미꾸라지 양념구이만큼은 크기가 작은 놈이 전혀 반갑지 않다.

미꾸라지는 무엇보다 알이 전혀 없는 것을 상품으로 치며 되도록 알이 적은 것을 고르는 게 좋다. 알이 많은 미꾸라지는 살이 적어서 먹을 것이 없다. 미꾸라지의 배를 갈라 손질하는 일은 송곳으로 급소를 정확히 찌르기가 쉽지 않기 때문에 초보자에게는 버거운 작업이다. 미꾸라지의 급소는 머리와 몸통의 경계를 이루는 곳의 등뼈다. 이곳을 송곳으로 찌르면 미꾸라지는 순식간에 힘을 잃는다. 크기에 상관없이 미꾸라지는 된장국에 통째로 넣고 끓여 먹는 것이 가장 맛있다고 하지만 열에 아홉은 그 모양만으로도 섬뜩해하니 이는 색다른 식성을 가진 이들의 즐거움으로 남겨두어야 하리라. 길이가 15센티미터 안팎의 미꾸라지를 통째로 양념구이해서 머리와 꼬리를 떼고 접시에 담아 상에 올리는 정도는 가정에서도 충분히 시도해볼 수 있는 요리다.

사이타마埼玉의 고시가야越谷 근처에서 잡히는 '지구로地黒'라는 미꾸라지는 제법 크고 맛이 좋아서 예전에 장어로 유

명했던 오와다大和田 식으로 이것을 양념구이한 '도카바どかば'요리가 한때 도쿄에서 인기를 얻었다.

　미꾸라지탕의 맛은 국물에 있다. 달걀 푼 것을 모양이 흐트러지지 않도록 탕 위에 살며시 올려 국물 속에 섞이지 않도록 하고, 어슷 썬 우엉을 바닥에 깔아 국물이 위로 올라오지 않도록 하며, 계란이 우엉 밑으로 가라앉지 않도록 하는 것, 이 세 가지만 잘 지킨다면 맛있는 미꾸라지탕이 완성된다. 1938년

질 좋은
장어가
맛있는
장어

교토에서 태어나 20년 동안 살았던 만큼 나는 교토와 오사
카에 대해서는 훤히 꿰고 있으며, 이후 도쿄에서 살았기 때
문에 도쿄에도 아는 곳이 많다. 그래서 요리에 대해 나름대
로는 공정한 평가를 내리고 있다고 생각한다. 장어를 굽는
방법에 대해서도 도쿄가 낫다거나 오사카가 낫다는 식으로
고집할 생각 없이 공정하게 평가해보려 한다.

　여름철에는 특히 장어를 찾는 사람이 많다. 따라서 여기
저기서 장어를 둘러싼 논평이 활발하다. 이 시기에는 장어
요릿집에서도 "도요노우시노히土用の丑の日 일종의 복날에 장어를

먹으면 건강해진다"거나 "여름철 원기 회복에는 장어"라는 등 선전에 열을 올린다. 보통 식욕이 떨어지는 여름철에 장어의 인기가 올라가는 이유는 장어가 그만큼 특별하고 맛있는 음식이기 때문이라 한다. 그러나 장어에도 여러 종류가 있고 맛이 좋고 나쁜 것이 있는데 무턱대고 장어를 '특별히 맛있는 음식'으로 취급하는 게 과연 옳은 일일까?

여기서 내가 말하고자 하는 것은, 맛있는 장어란 이른바 질 좋은 장어라는 것이다. '맛있다'는 표현은 양질의 식재에만 사용할 수 있는 것으로, 먹었을 때 맛이 없다면 좋은 장어라 할 수 없을 것이다. 게다가 맛없는 장어는 영양가도 적으며 먹고 나서도 큰 만족감을 느끼기 어렵다. 또한 장어는 같은 종류라도 크기나 신선도에 따라 맛이 다르기 때문에 장어라는 이름이 맛과 영양가의 표준이 될 수는 없다.

하여간 장어는 그 냄새만 맡아도 군침이 돈다고 할 정도이니 과연 그 맛이 특별한 음식임에는 분명하다. 사람들은 '어디어디 장어가 좋다'거나 '우리 지방 장어가 최고'라며 옥신각신하지만 장어라 하면 도쿄의 우오가시魚河岸 지금의 쓰키지築地, 게이한의 어시장에서 판매되는 것이 대표적이다. 대개 초보자는 좋은 장어를 구별하기 쉽지 않지만 장어 요리사는 직업상 장어에 적당한 가격을 매길 줄 안다. 그러므로 좋은 장어, 맛있는 장어는 거의 비싼 가격에 거래된다. 맛은 물론 양식 장어보다 자연산 장어가 월등하며 계절, 산지, 하천에 따라서도 차이가 난다.

어느 달에는 어느 강의 장어가 좋다거나 어느 달에는 어느 바다의 장어가 좋다는 말이 있듯이, 장어 맛은 계절과 장소에 따라 달라진다. 이는 장어가 끊임없이 자신의 감각에 따라 먹이를 쫓아 이동해 서식하는 바다나 먹이 환경이 달라지기 때문이다. 장어는 본능적인 후각으로 먹잇감이 풍부한 장소를 찾아내고, 좋은 먹잇감을 발견하면 재빠르게 달려들어 식욕을 채운다. 가장 좋아하는 먹이를 배부르게 먹은 장어야말로 우리 입맛을 가장 만족시키는 장어로, 이는 비단 장어에만 해당되는 이야기가 아니다.

예를 들어 제비를 보자. 제법 유식한 사람들도 '제비는 날이 추워지면 따뜻한 곳으로 이동한다'고 아이들에게 가르치는데, 이는 사실과 다르다. 제비는 가녀린 생명을 이어가는 데 반드시 필요한 식량, 즉 곤충이 사라졌기 때문에 먹이를 찾아 이동할 뿐이다. 즉 남쪽으로 이동하지 않으면 제비들은 삶을 이어갈 수 없다. 종족 보존을 위해 먹이를 찾아 이동하는 것은 제비뿐 아니라 모든 동물의 본능이라 할 수 있으리라. 마찬가지로 장어의 이동도 자연의 섭리인 셈이다.

저 호리호리하게 길고 무심(?)한 장어 무리도 보금자리로 삼은 강의 먹이를 전부 먹어치우고 나면 다른 곳으로 이사를 한다. 바다의 어느 곳에 먹이가 있는 동안에는 그 장소에 머물지만 먹이가 없어지면 다시 다른 곳을 찾아 나서는 것이다. 이런 이유에서 로쿠고강六鄉川의 장어가 좋다든가 요코하마혼모쿠横浜本牧의 장어가 좋다는 말은 궁극적으로 그곳에 좋은 먹이가 있다는 의미다.

인공적으로 먹이를 주고 키우는 양식 장어 또한 토지나 양식 환경에 따라 차이가 크다. 이렇듯 인공적으로 키운 장어조차 맛의 질이 다른 이유는 우선 물이 다르고 조수潮水의 차이가 있기 때문이다. 그러나 장어의 질을 결정하는 중요한 요소는 무엇보다 먹이다. 양식 장어라도 좋은 먹이를 주면 맛 좋은 장어로 자란다. 그러나 장어 양식업자는 경제적인 면만을 중시해서 되도록 싼 먹이를 주고 크게 키우려 하기 때문에 자연산 장어와 격차가 점점 벌어질 수밖에 없다. 이러한 경제적인 측면도 있겠지만, 사실 값비싼 먹이를 준다고 해서 장어의 질이 더 좋아진다고 장담할 수는 없다. 어차피 인간은 장어가 어떤 먹이를 좋아하는지 알 수 없기 때문이다.

먹이와 장어 품질의 관계를 더욱 확실히 알기 위해 자라를 예로 들어보자. 자라가 좋아하는 먹이는 바지락이나 그 밖의 작고 부드러운 조개류다. 그래서 자라의 대장 속을 들여다보면 조개류로 가득 차 있다. 그러나 자라 양식업자는 값이 비싸다는 이유로 자라가 좋아하는 조개 대신 청어를 주로 먹인다. 그러면 자라에서는 어느새 청어의 냄새와 맛이 나면서 조개 먹이를 먹던 자라의 참맛을 서서히 잃어간다. 이처럼 먹이 하나가 자라의 질에 결정적인 영향을 끼칠 수밖에 없다.

마찬가지로 양식 장어라도 좋은 먹이를 먹었을 때는 그 맛이 좋고, 자연산 장어라도 좋은 먹이를 먹지 못한 때는 그 요리도 맛을 보장하기 어렵다. 결국 장어 맛은 장어가 먹는 먹이에 달려 있는 것이다. 양식 장어도 어떤 먹이를 주느냐에 따라 자연산 장어보다는 못하겠지만 자연산에 가까운 맛으로 키워낼 수가 있다.

현재 시판되고 있는 장어는 모두 양식 장어라고 해도 좋을 만큼 자연산 장어는 찾아보기 어렵다. 그 이유는 자연산이 귀해서가 아니라 장어를 잡는 데 드는 인건비가 비싸기 때문이다. 문제는 지나치게 이익을 추구하는 상술이라 하겠다. 양식 장어의 값이 자연산 장어보다 비싸다면 일반 사람들은 선뜻 사 먹을 수 없게 될 것이고, 그렇게 되면 오히려 자연산 장어가 번창하는 결과를 낳을 것이다. 양식 장어는 앞서 말했듯이 출하될 정도의 크기가 되면 내다 팔 수 있는데, 양식 장어의 맛을 무시하는 것은 아니지만 아무래도 맛은 부차적인 문제가 된다. 오늘날 장어라고 하면 양식 장어의 시세를 거론하는 게 보통이다. 도쿄에서는 대여섯 군데의 요릿집에서 자연산 장어를 취급하고 있고 교토나 오사카에서는 전무하다. 그중에는 자연산과 양식을 섞어서 내는 곳도 있다.

한편 자연산 장어는 천연의 먹이를 먹기 때문에 약간의 차이는 있겠지만 대체로 맛이 좋다고 봐도 무방하다. 양식 장어 중에도 맛이 훌륭한 게 있지만 꽤 유명한 장어집이 아니고서는 그런 맛을 보기 힘들다.

마지막으로 장어가 가장 맛있는 시기는 더위와는 거리가 먼 1월경의 한겨울이다. 그러나 묘하게도 한겨울에는 좋은 장어, 맛있는 장어가 있다고 해도 여름철만큼 장어를 먹고 싶은 욕구가 생기지 않는다. 맛있다는 것을 알고 있어도 입맛이 당기지 않는 것이다. 그런데 한여름의 찌는 듯한 무더위 속에서는 겨울철의 맛있는 장어가 아니라도 먹고 싶은 욕구가 샘솟는다. 이는 아마도 갈증을 해소하기 위해 물을 마시듯이 더위에 지친 몸이 요구하는 것이리라. 여름철에 많은 사람이 장어를 찾는 데는 이런 배경이 있다. 물론 더러는 '도요노우시노히'에 장어를 먹는 오랜 풍습 때문이기도 할 것이다.

소고기를 먹고자 하는 욕구는 여름이건 겨울이건 시기와 무관하게 일지만 장어나 작은 참치 등에 대한 식욕은 여름에만 생기는 듯하다. 예를 들어 가와쿠지라皮鯨 고래의 피하지방 부위를 소금에 절인 음식는 여름철에는 굉장히 맛있게 먹는 반면 겨울철에는 전혀 먹고 싶은 마음이 들지 않는데, 이는 결국 인간의 생리적인 욕구와 깊은 관계가 있다고 볼 수 있다.

내 경험에 따르면 매일 장어를 먹으면 질리게 마련이므로 사흘에 한 번 정도 먹는 게 좋을 듯싶다. 앞으로 양식 방법이 발전해서 더 질 좋고 맛있는 장어가 나와 입을 기쁘게 해주기를 기대해본다.

참고로 일류 장어 요릿집을 소개하자면 고마쓰小滿津, 치쿠요테이竹葉亭, 다이코쿠야大黒屋 등을 들 수 있다. 현대적인 감각에 소박한 정취가 풍기는 괜찮은 요릿집들이다. 그중에서도 선대 지쿠요테이의 주인은 명화名畫를 매우 좋아해 린파琳派 17~18세기 일본의 야마토에大和繪 전통에 중국의 수묵화 기법을 조화시켜 형성된 에도 시대의 독창적 장식화파의 작품을 많이 수집했다고 한다. 그는 오늘날 특히 유명한 소다쓰宗達 린파의 시조로 인정되는 17세기 화가, 고린光

琳 다와라야 소다쓰와 더불어 린파의 시조로 평가되는 에도 중기의 화가의 작품 수십 점을 소장하고 있는데, 이것만으로도 대단하다 싶다. 지금까지 지쿠요테이가 품격을 지키고 있는 이유도 아마 그 때문이리라. 아름다움을 감상할 줄 아는 자는 비록 하찮은 물건을 파는 장사치에 불과하더라도 어딘가 다른 데가 있다.

장어를 굽는 방법은 지방에 따라 숯불구이를 하는 곳도 있고 도쿄에서는 찜 구이를 주로 하는데, 말할 나위 없이 도쿄의 찜 구이가 더 맛있다. 1935년

복어는
독어
인가?

복어야말로 최고의 미식 중 하나라고 나는 자신 있게 말할 수 있다. 다른 식재와 비교해도 복어만큼 우수한 것은 발견하지 못했기 때문이다.

복어의 맛이라는 것은 아카시도미가 맛있다거나 비프스테이크가 맛있다거나 하는 것과는 차원이 다른 문제다. 최상품의 해삼이나 해삼 내장에 견준다 해도 경쟁이 안 된다. 자라를 들이밀어도 마찬가지다. 프랑스의 거위 간이나 달팽이와도 비교가 안 된다. 물론 튀김이나 장어, 초밥 따위는 명함도 못 내밀 것이다.

억지스럽긴 하지만 화가에 빗대어 말하자면 세이호栖鳳나 다이칸大觀의 맛이 아니다. 유키히코靫彦나 고케이古徑도 아니고 호가이芳崖나 가호雅邦도 아니다. 가잔崋山이나 다케다竹田, 모쿠베이木米는 더더욱 아니다. 고슌吳春이나 오쿄應擧일까? 그것도 아니다. 그렇다면 다이가大雅나 부손蕪村이나 교쿠도玉堂? 아니, 아니다. 그러면 고린光琳이나 소다쓰宗達인가? 그것도 아니라면 모토노부元信나 마타베又兵衛는 어떤가? 아니, 한참 상대가 안 된다. 고에쓰光悅, 산아미三阿弥, 그도 아니라면 셋슈雪舟인가? 아니, 아니 아직 멀었다. 인다라因陀羅인가, 양해梁楷중국 남송시대 중기의 화원 화가인가? 상당히 가까워졌지만 아직 더 나아가야 한다. 그렇다면 하쿠호白鳳『일본서기』에는 없는 연호지만 역사서에 많이 나타나는 연호 시대의 작품인가, 덴표天平 일본 연호의 하나로 729~749년 무렵 시대의 작품인가, 혹은 스이코推古 일본 최초의 여성 천황인 33대 스이코 천황의 연호인가? 바로 그렇다, 스이코다. 스이코 시대의 불상, 호류 사法隆寺의 벽화. 그것이다. 복어의 맛을 회화나 조각에 빗대어 말한다면 바로 스이코 시대의 작품에 비할 수 있으리라.

사실 그림을 금방 이해하기에는 어려움이 있지만 복어는 어디까지나 음식이고, 더욱이 그림에 비하면 적은 돈으로 맛볼 수 있는 만큼 서너 번 먹어보면 마침내 그 맛에 익숙해져 다시 그 맛을 찾게 되리라. 곧 복어를 먹지 않고는 못 배기게 된다는 뜻이다. 아마도 이 점은 술이나 담배와도 비슷하지 않을까?

일단 한번 복어를 맛보게 되면 아카시도미의 회도 쑤기미虎魚 탕도 평범하게 느껴져 구미가 당기지 않는다. 그러면서 복어 맛의 특별함을 알게 되는 것이다. 복어의 맛은 산에서 나는 고사리처럼 뭐라 표현하기가 어렵다. 그러나 복어에도 맛있는 것과 맛없는 것이 있으며, 나는 이른바 시모노세키 산 복어가 최고라고 생각한다. 아니 그것이야말로 진짜 복이다.

"복어탕이라니, 대구도 있는데 어리석구나군이 위험한 복어를 먹는 사람에 대한 조롱."

복어가 아니더라도 무지한 인간은 그 무지함으로 인해 쓰러지는 일이 많다. 무지한 자와 어리석은 자에게 주어진 숙명이다.

사람은 여러 이유로 죽음을 맞이한다. 좋아하는 길을 걷다가 죽기로서니 그게 대수인가. 죽을 운명의 사람은 원하지 않는 길을 가다가 쓰러져 세상을 떠나기도 한다. '하필이면 복어를 먹고 죽다니' 하고 망신스럽다며 자못 지혜로운 척 말하는 이도 있지만 아무려면 어떤가.

바쇼芭蕉 일본 에도 시대의 대표적인 하이쿠 시인라는 인물은 꽤 상식적인 것에 집착했던 모양이다. 바쇼의 글이 그것을 증명하고 있다. "대구도 있는데 어리석구나"라는 말을 들으면 마치 대구가 복어의 대용으로 쓰일 자격이 있는 것처럼 들리고, 또는 복어 이상으로 맛있는 생선인 것처럼 들리기도 한다. 어차피 대구는 복어 대신이 될 수 없다. 명시名詩일지는 모르나 단순한 말장난에 불과하다.

내가 보기에 바쇼는 복어를 모르고 이야기한 듯하다. 그가 쓴 다른 시들이야 어떻든 간에 이 구절만큼은 이해하기 어렵다. 아무리 좋은 대구라 해도 복어에 비할 수는 없다고 나는 단언한다. 복어와 대구는 전혀 다른 생선이다. 복어의 매력은 절대적이어서 다른 무엇도 복어를 쫓아갈 수 없다. 단편적인 말장난에 묻힐 정도로 복어의 특질은 간단한 것이 아니기 때문이다. 그 독특한 맛은 좀더 깊이 음미되어야 할 것이다.

그렇다고 해서 모두들 먹어보라고 강요할 생각은 없다. 누구나 당연히 싫어하는 음식이 있지 않겠는가? 그저 내 경험에 따르면 복어가 두려워 입에 대지 않으려는 사람은 제 아무리 장관이고 학자라 하더라도 지적인 수재형이지만 대체로 패기가 없고, 타인을 배려하지 않는 사람인 경우가 많다. 이는 상식을 중시하는 사람의 비상식적인 태도라고 할 수 있다.

죽음이라는 것은 본래 숙명적으로 정해지는 것이다. 헛되이 죽음에 공포를 느낀다면 그것은 상식을 갖추지 못하고 아직 삶을 깨우치지 못한 탓이 아닌가.

참으로 복어라는 놈이 지닌 맹독은 치명적이어서 인간을 두려움에 떨게 했으며, 바로 그런 이유로 예부터 복어라는 존재는 널리 인간의 호기심을 자극해왔다. 그러나 그런 독어毒魚도 인간의 지능에 의해 정복되고 말았다.

인간은 복어에서 독이 있는 부분을 제거하고 천하의 미식을 자랑하는 부분만 안심하고 먹을 수 있는 방법을 발견했다. 도쿄를 예로 들자면, 이제 복어는 수많은 생선을 제압하고 미각의 왕자로 군림하게 되었다. 그리하여 복어 요리 전문점이 나날이 늘어가고 회사 차원에서 접대를 하는 자들에게 점령당하기에 이르렀다. 간사이 지방에서는 회사원이든 단골손님이든 복어 요릿집 처마 끝에 서서 요리를 간단히 즐길 수 있지만 도쿄에서는 가벼운 마음으로 즐기기 어려운 안타까움이 있다. 시모노세키에서 올라온 복어는 도쿄에서는 최고 지위를 누리는 생선이다.

일류 요릿집에서는 애초에 가격 따위는 문제 삼지 않는다. 오랜 전통을 자랑하는 유명 요릿집에서도 더 이상은 '복어를 취급하지 않는다'는 말을 하지 않으며 오히려 너 나 할 것 없이 복어 요리 간판을 내걸고 있는 게 오늘날의 풍경이다. 그러나 나는 이 같은 현상을 우려하지 않는다. 아니 오히려 환영하는 사람 중 하나다.

과거에는 무지한 탓에 두려워했고, 무지한 탓에 즐기지 못했고, 무지한 탓에 꺼렸으며, 지식이 부족하여 이 독어를 정복할 방법을 알지 못했다. 그래서 일본 주변에 풍부한 천혜의 진미를 돌아보지 않았다. 그러나 이제는 무지한 당국의 단속 정책을 무책임하게 방치할 것이 아니라 독이 있다는 이유로 바다에 넘쳐나는 이 어종을 무조건 포기해왔던 과거를 반성해야 할뿐더러 복어를 더욱 연구하고 그것의 충분한 가치를 인정해야 한다는 게 내 주장이다.

복어는 과연 독어일까? 중독될 위험이 있는 것일까? 복어를 요리하여 즐겨 먹던 내 경험에 비추어 말하자면, 복어를 먹고 중독될 위험은 절대로 없다. 지금으로부터 15, 16년 전의 일로 기억하는데, 분명 『오사카마이니치大阪每日』지에 다음과 같은 유익한 기사가 실렸던 적이 있다. 다음은 그 기사를 발췌한 것으로, 규슈데이코쿠九州帝國 대학 의학부의 후쿠

다 도쿠시輻田得志 박사를 주축으로 복어의 독에 대해 7년에
걸쳐 연구 검토한 결과를 담고 있다.

　다음은 후쿠다 도쿠시 박사의 이야기다.

　나는 지난 7년 동안 복어의 독에 관해 분석하여 다음과 같
은 독성 표를 얻었다.

　표에서 '맹'은 맹독으로서 10그램까지는 먹어도 생명이
위험하지 않으며, '약'은 약독으로서 100그램까지 먹어도
생명이 위험하지 않고, '무'는 1000그램까지는 생명에 위
협이 되지 않는다는 사실을 뜻한다. 이 독성 표는 한 종류
의 복어 수십 마리를 연구하고 그중 독성이 가장 강한 예
를 나타낸 것이다.

복어의 독성

종　류	난소	정소	간장	창자	껍질	살
흰점복 Takifugu poecilonotus	◎맹	○강	◎맹	○강	○강	약
졸복 Takifugu pardalis	◎맹	약	◎맹	○강	○강	무
검복 Takifugu porphyreus	◎맹	무	○강	○강	○강	무
황복 Takifugu obscurus	◎맹	무	○강	○강	○강	무

매리복 Takifugu snyderi	◎맹	무	약	약	○강	무
붉은눈복어 Takifugu chrysops	○강	무	약	약	○강	무
복섬 Takifugu niphobles	○강	무	약	약	○강	무
자주복 Takifugu rubripes	○강	무	○강	약	무	무
까치복 Takifugu xanthopterus	약	무	○강	약	무	무
까칠복 Takifugu stictonotus	○강	무	○강	무	무	무
검은밀복 Lagocephalus gloveri	약	무	무	무	무	무

이 표를 보면 어떤 종류의 복어든 복어 살에는 독이 없다는 사실을 알 수 있다. 복어의 난소와 간장, 창자만 먹지 않으면 중독될 염려는 없다는 것이다. 나 또한 이에 동의한다. 결국 맹독이라 해도 복어 살에 있는 것이 아니므로 생선을 먹는 데는 전혀 문제가 없다는 매우 간단한 해명이다. 다시 말해 복어의 혈액만 멀리하면 되는 것이다. 게다가 미미하게 스며 나온 피 정도로는 치사량에 이르지 않는다. 오히려 그것이 복어의 깊은 맛을 받쳐주는 역할을 하는지도 모른다. 어쨌거나 복어 살은 날로 먹는 것이 가장 맛있으므로 복어를 처음 맛보는 사람이라면 껍질이나 내장은 굳이 먹지

않아도 된다. 그러나 머리 부분, 입술, 수컷의 정소는 맑은 탕으로 끓여 먹으면 좋다. 이제 시모노세키에서 신선한 복어의 내장을 빼고 손질해 항공편으로 공수하고 있으니 이것이라면 맛을 보장할 수 있으리라.

복어를 꺼리는 것은 이제 과거의 일이 되었다. 복어를 안심하고 먹을 수 있는 요리법이 연구된 덕분으로, 요즘은 복어 요릿집에서 복어를 먹다가 죽었다는 이야기는 들리지 않는다.

그럼에도 불구하고 여전히 위생 당국은 그 무지함으로 복어 요리를 독이 있는 식품으로 규정하고 각 지역에서 단속을 계속하고 있다. 부디 단속을 하더라도 깊이 숙고하여 이 천하의 진미를 살리는 방향으로 배려해주었으면 좋겠다.

1954년

도미
눈알과
옆구리
살

5월에 발생한 대사변(1932년 5월 15일, 육해군 장교 등이 수상 관저를 습격해 이누가이犬養 수상을 사살했다. 세간에서 말하는 5·15 사건) 직후, 사이온지사이온지 긴모치西園寺公望, 일본의 정치가 공公은 오기쓰興津에 있는 자신의 별장 자교소坐漁莊를 떠나 긴장 상태에 있는 교토에 칩거 중이었다. 지난 5월 28일자 『도쿄아사히신문東京朝日新聞』에는 스루가다이駿河台에서의 긴장된 일상생활 속에 사이온지 공의 기호를 엿볼 수 있는 내용이 이 글의 제목과 같은 타이틀 아래 다음과 같이 소개되었다.

사이온지 공이 교토에 체제하는 동안 스루가다이 주민들이 이상히 여겼던 몇 가지 일이 있다. 사이온지 공의 저택에서는 이따금 시골집 굴뚝에서처럼 연기가 피어올랐는데, 이는 노공老公이 소나무 장작으로 지은 밥이 아니면 입에 대지 않았기 때문이다. 또한 생선가게에도 도미 눈알만을 가져오라거나, 사방 4센티미터 크기의 도미 옆구리 살을 가져오라거나, 순무 3전어치를 사오라는 등 마치 새 모이로나 쓰일 것 같은 묘한 주문을 하는 바람에 스루가다이 주민들은 사이온지 공의 주문을 '영광'으로 여기면서도 두려워했다는 것이 사이온지 공이 스루가다이 경제 전선에 끼친 진귀한 영향이었다.

이 기사에 따르면 사이온지 공은 떠돌던 소문대로 음식에 상당히 민감했다는 사실을 알 수 있다. "새 모이로나 쓰일 것 같은"이라는 문구를 보면 단순히 부드럽거나 소화가 잘되는 것을 뜻한다기보다는 사이온지 공이 영락없는 식도락가임을 나타내는 듯하다.

신문 기사를 다 믿을 수는 없겠지만 "소나무 장작으로 지은 밥이 아니면 입에 대지 않았기 때문"이라는 문장에서 소나무 장작은 상수리나무 장작을 잘못 말한 것이 아닐까? 소나무 장작으로 밥을 짓는다는 이야기는 별로 들어본 적이 없다. 소나무 장작은 송진이 많이 나오는 탓에 화력이 순식간에 세지고 연기도 심하게 나서 밥을 짓는 데 적합하지 않다. 아마도 상수리나무 장작과 헷갈린 모양이다.

교토 사람 중에서 밥 짓는 방법에 특히 민감한 이들은 상수리나무를 이용하는데, 상수리나무로 밥을 지으면 불 조절이 잘된다. 나 또한 상수리나무로 밥을 지어본 적이 몇 번 있다.

다음은 '도미 눈알'이다. 생선가게에 도미 눈알만 주문하는 것은 교토에서는 흔히 볼 수 있는 일이다. 이는 교토 사람이 미식을 추구하기도 하지만 상당히 인색하기 때문이다. 식도락을 즐기는 교토 사람들은 맛있는 음식을 혼자 즐기려는 버릇이 있어서 가족과도 나눠 먹으려 하지 않는다. 그래서 경제적으로 생선가게에 도미 눈알만 주문하는 것이다.

"도미 옆구리 살을 사방 4센티미터 크기로" 주문하는 것도 도미 눈알과 같은 이유에서다. 그러므로 도미 한 마리 중에서 눈알과 사방 4센티미터의 옆구리 살을 먹는다는 것은 그가 도미의 맛있는 부분을 정확히 알고 있다는 뜻이다.

그 밖에도 도미는 간과 이리白子 물고기 수컷에만 있는 정소 덩어리 부위가 맛있다. 이것은 눈알이나 옆구리 살 이상으로 맛있는 부위라 할 수 있다. 간은 지방 덩어리나 다름없어 80세가 넘은 사이온지 공에게는 지나치게 기름진 음식일 수 있으나 이리라면 분명 입맛에 맞았으리라. 내 생각에 사이온지 공은 도미의 이리를 즐겨 먹었을 것으로 추측된다.

도미의 옆구리 살이라는 것은 이른바 도미의 배 쪽으로 붙은 얇은 살을 가리킨다. 이 부분의 살과 등 쪽에 붙은 살은 그 질이 전혀 다르다. 예를 들어 보다라棒鱈 대구포의 일종. 대구를 세 갈래로 째서 머리와 등뼈를 잘라내고 말린 것를 먹을 때 미식가는 항상 배 쪽의 얇은 살에 먼저 젓가락을 가져가며 등 쪽 부위에는 관심을 보이지 않는다. 도쿄 사람들이 좋아하는 참치 뱃살도 다름 아닌 참치의 배 쪽에 붙은 얇은 살로, 이 얇은 뱃살이 더 맛있는 것은 비단 도미뿐만 아니라 대부분의 생선에 해당된다.

사이온지 공은 음식을 잘 아는 사람이니 도미 눈알과 사방 4센티미터의 옆구리 살을 주문한 데는 다 이유가 있었으리라. 설마 교토 사람처럼 인색하여 '도미 눈알, 옆구리 살 사방 4센티미터'만 주문하진 않았으리라 본다.

이제 사이온지 공이 주문한 재료를 어떻게 요리해서 먹었는지 요리에 관한 이야기를 해보자. 도미 눈알이라고는 해도 눈알만 쏙 빼서 요리하는 것이 아니라 눈알 주변의 살과

뼈에 둘러싸인 부분을 함께 요리하는 것이다. 도미 눈알은 구워 먹기도 하고 끓여 먹기도 하는데 보통은 맑은 탕을 끓여 먹는 것이 가장 좋은 방법이라 할 수 있다. 구워 먹을 때는 산초 가루 넣은 간장을 발라 굽는 식인 '도미 머리 산초구이'로 먹고, 삶아 먹을 때는 아라니あら煮 생선 살 외의 부분을 넣고 끓인 요리로 먹는다. 아울러 도미와 순무를 넣고 끓인 '다이카부たいかぶ', 도미와 두부를 넣고 끓인 '다이도후たい豆腐' 등도 있다. 도미 눈알을 날것으로 먹는 경우는 없으므로 일단 도미 눈알을 먹는 방법은 지금 열거한 세 가지다.

다음은 사방 4센티미터의 도미 옆구리 살인데, 크기가 4센티미터짜리의 옆구리 살은 없을 테니 사방 8센티미터 정도로 고쳐 이야기하겠다. 이것도 굽거나 삶거나 또는 끓여서 먹는데, 식도락가의 입맛을 만족시키려면 역시 가늘게 썰어 회로 먹어야 제맛이리라. 회를 뜰 때는 껍질을 제거하고 가늘게 저미는데 이런 방식을 호소즈쿠리細作り 또는 이토즈쿠리糸作り라 한다. 또한 소금 간을 약하게 하고 감식초를 곁들이면 좀더 특별한 맛을 즐길 수 있다.

옆구리 살은 등살에 비해 지방이 매우 풍부해서 맛이 상당히 좋다. 다만 고기가 질겨서 나이 든 사이온지 공이 과연 회로 먹었을지는 의문스럽다. 옆구리 살은 불에 익으면 등

살보다 더 연해지고 껍질도 훨씬 맛있다. 그러므로 추측건 대 사이온지 공이라면 청주를 넣어 깔끔한 국물 맛을 낸 뒤 생강즙을 몇 방울 떨어뜨려 먹지 않았을까?

또 다른 한 가지 방법은 구워 먹는 식이다. 구우면 찌개나 탕요리보다 가볍게 먹을 수 있고 껍질도 고소해지는데, 산 초 가루가 섞인 간장을 발라 굽는 산초구이는 도미의 맛을 한껏 즐길 수 있는 훌륭한 요리법이다. 한편 양념장을 발라 굽는 것보다 깔끔하게 즐길 수 있는 방식은 소금구이다. 소 금구이는 구울 때 폰즈ボン酢 간장, 식초, 다시 등을 혼합하여 만든 혼합 식초나 레몬 식초를 조금 뿌리면 더 맛있게 구워지고 도미의 비린 내도 사라진다.

사이온지 공이라고 특별히 독특한 요리법을 알고 있는 것 은 아닐 테니, 지금 설명한 요리법 중 하나를 선택하지 않았 을까?

애당초 도쿄의 생선가게에는 사이온지 공이 반가워할 만 한 물 좋은 도미가 없었을 게 분명하다. 분명히 해안 지역의 좋은 도미를 특별 주문하여 그중 도미 눈알과 사방 4센티미 터 크기의 옆구리 살만을 음미하였으리라. 그러나 사이온지 공 수준의 미식가라면 분명 도미 눈알뿐만 아니라 도미의 입술도 맛봤을 것이다. 도미 입술은 지방뿐 아니라 젤라틴

이 풍부해서 옆구리에 붙은 얇은 살 이상으로 맛이 있다. 다만 그것은 1, 2킬로그램짜리 도미에 해당되며 2킬로그램이 넘으면 그 맛이 안 난다. 아울러 이성적으로 판단하건대 3전어치의 순무란 과장된 말이리라. 1932년

도미 눈알과 옆구리 살

특별한
진미,
도롱뇽

재미있는 이야기를 하나 해보자.

그동안 꽤 여러 음식을 먹어봤는데, 이른바 일반인들이 먹을 수 없는 나쁜 음식 중에는 그리 맛있는 것이 없다. 그런데 '특이한 음식 중에서 맛있는 것은 뭔가?'라는 질문을 받는다면 필시 나는 도롱뇽山椒魚이라 답할 것이다. 도롱뇽은 먹을 수 없는 이상한 음식은 아니지만 널리 알려진바 보호동물로 지정되어 포획이 금지되어 있고, 더욱이 어디서나 쉽게 구할 수 있는 것이 아니어서 사람 입으로 들어가는 경우는 극히 드물다.

그러나 내가 도롱뇽을 진미라 하는 이유는 단순히 귀하기 때문만이 아니다. 아무리 귀한 것이라도 맛이 없다면 진미라 할 수 없다. 세상에는 많은 귀한 음식이 있지만 그중에는 맛없는 것도 얼마든지 있다. 그런데 도롱뇽은 귀하면서도 맛있다. 그래서 도롱뇽은 명실상부한 진미라 할 수 있다.

꽤 오래전 일로, 옛 메이지자明治座 도쿄에 있는 가부키 등을 공연하는 극장 앞에 있던 핫신八新이라는 요릿집의 주인으로부터 도롱뇽 요리의 경험을 직접 들은 적이 있다. 그 주인은 "도롱뇽을 죽일 때는 작은 절굿공이로 머리를 단번에 내리치는데 단말마의 비명을 내지르며 죽지요. 말로 표현하기 힘들 정도로 으스스한 기분 나쁜 소리입니다"라며 생각만 해도 소름이 끼친다는 듯 말했다.

중국의 『촉지蜀志』『삼국지』의 일부이며 촉한蜀漢의 역사. 14열전으로 나뉘어 있음라는 책에는 "도롱뇽은 나무에 묶어 막대기로 두드려 요리한다"고 적혀 있는데, 도롱뇽 요리법을 아는 자는 그리 많지 않을 것이다. 나 역시 도롱뇽을 처음으로 요리했을 때는 이 이야기를 떠올리며 그대로 따라 해봤다.

지진 재해1923년 9월 간토 지방 전역에서 발생한 대지진 재해 전의 일이니 꽤 오래된 이야기인데, 수산 강습소의 소장이었던 이타니 지로伊谷二郎라는 사람이 도롱뇽을 서너 마리 손에 넣었다면서 그중 한 마리를 내게 선물한 일이 있다. 크기는 60센티미터쯤 됐을까, 생김새가 그로테스크하고 피부도 번들거리는 것이 언뜻 보기에도 기분 나쁜 형상이었는데 막상 도마 위에 올려놓고 보니 그리 흉하지는 않았다. 두꺼비처럼 꺼림칙한 느낌도 들지 않았다.

핫신의 주인장이 들려준 말을 떠올리며 도롱뇽의 머리를 단번에 내려쳐 죽인 후 배를 가르자 도롱뇽의 냄새가 확 퍼져 나왔다. 뱃속은 생각보다 깨끗했고 살빛도 대단히 아름다웠다. 과연 깊은 산 맑은 물에 사는 도롱뇽이로구나 싶었다. 뿐만 아니라 배를 갈라 고기를 자르니 도롱뇽의 냄새가 순식간에 온 집안으로 퍼져나갔다. 아마도 '산초어山椒魚(도롱뇽)'라는 이름은 여기서 비롯된 것이리라.

껍질과 고기를 잘라 자라를 삶을 때처럼 삶아봤는데 좀처럼 부드러워지지 않았다. 부드러워지기는커녕 점점 딱딱해지는 듯하여 더 오래 삶았는데 여전히 부드러워질 기미가 보이지 않았다. 두세 시간 동안 삶아도 딱딱했다.

아무튼 오랫동안 삶아서 겨우 씹을 수 있을 정도로 부드러워졌을 때 한입 넣어봤더니 마치 잘 요리한 자라처럼 맛이 훌륭하고 국물도 좋았다. 자라와 복어를 섞어놓은 듯한 맛이라고 하면 조금 묘한 비유겠지만 대략 그 정도 수준의 맛이라고 할 수 있을까? 자라도 꽤 맛있지만 자라에게는 특유의 냄새가 나는 데 비해 도롱뇽은 자라의 냄새를 제거한 듯한 깔끔한 맛이다.

그 후 기회가 없어 꽤 오랫동안 도롱뇽 요리를 맛보지 못했는데 우연찮게 니혼바시의 야마시로야山城屋에 산인山陰 일본해에 면한 지방인지 어딘지, 아무튼 그 부근에서 잡은 도롱뇽을 서너 마리 입수했다는 소식을 들었다. 그중 한 마리를 사다가 예전과 같은 방법으로 요리를 해봤다. 이번에는 전보다 커서 60센티미터가 훨씬 넘는 도롱뇽이었다. 앞서 말한 이타니 씨와 미술학교의 마사키 나오히코正木直彦 씨를 비롯하여 열 명 정도 독특한 취향의 사람들을 초대하여 도롱뇽 요리를 대접했는데, 이때도 전과 마찬가지로 도롱뇽 고기는 좀처럼 부드러워지지 않았다. 독특한 취향의 손님들이 도롱뇽을 요리하는 모습을 보고 싶다고 하여 모두 모인 가운데 도롱뇽 요리를 시작한 탓에 결국 요리를 꽤 늦은 시간에 먹게 되었는데 그렇다고 도롱뇽 고기가 충분히 부드러워졌다고는 할 수 없었다. 아무튼 손님들은 모두 도롱뇽 요리를 상당히 맛있어하며 더 달라고 할 정도였지만 이전과 마찬가지로 이튿날 먹은 도롱뇽 고기가 더 부드럽고 맛도 훨씬 좋았다.

세 번째로 도롱뇽을 맛보게 된 것은 가마쿠라鎌倉의 집에
서였다. 이것 역시 산인 지방에 사는 지인에게 선물 받은 것
이었는데 야마구치山口현의 산에서 잡은 것이라 했다. 그 지
역 사람들은 평소 자주 먹기 때문에 도롱뇽 요리가 귀한 음
식은 아니라는데, 그때 들은 이야기로는 현지 사람들은 산
길에서 도롱뇽을 발견하면 그 자리에서 바로 구워 먹는단
다. 아마도 소금이나 간장을 발라 구워 먹지 않을까? 도롱뇽
은 산에서도 사는 모양이다. 아무튼 당시에는 오사카 제일
의 골동품 상인들을 불러 도롱뇽 요리를 대접했는데, 박학
다식한 골동품상들조차 도롱뇽의 맛을 아는 이가 없었던 것
을 보면 역시 도롱뇽은 진미임에 틀림없는 듯하다.

참고로 도롱뇽 요리법을 간단히 소개하면, 먼저 내장을
제거한 다음 미끈거림을 없애기 위해 소금으로 문질러 깨끗
이 씻는다. 다시 한번 소금으로 문질러 씻은 후 1~1.5센티
미터 두께로 잘라 술과 생강, 파를 함께 넣고 푹 삶는다.

도롱뇽은 고기도 맛있지만 젤라틴 성질의 두꺼운 껍질이
대단히 맛있다. 자라 껍질이 흐물흐물하다면 도롱뇽은 쫄
깃쫄깃하고 품위 있는 맛이 난다. 도롱뇽의 배를 가를 때 강
하게 퍼지는 산초 냄새는 냄비에 넣고 삶는 동안 점점 사라
진다.

사실 가마쿠라에서도 손님들에게 요리를 내놓을 때까지 도롱뇽 고기는 충분히 부드러워지지 않았다.

이렇듯 몇 차례의 경험으로 보건대 만찬에 도롱뇽 요리를 내놓으려면 아침부터 삶아야 할 것 같다. "도롱뇽 요리를 할 때는 먼저 대바구니에 도롱뇽을 넣고 뜨거운 물을 부어 죽인 후 껍질을 벗기고 고기를 발라내는 방법이 가장 좋다"는 말도 있다. 그럴듯하게 들리긴 하지만 그런 우스운 방법이 과연 통할까?

근래에는 지난해 마쓰에松江에 사는 지인을 방문했다가 우연히 도롱뇽 서너 마리를 손에 넣어 배불리 먹은 적이 있다. 그때 초밥집을 운영하는 규베에久兵衛가 자리를 함께했는데, 무엇이든 열심히 배우고자 하는 그는 요리할 기회를 얻고 싶다고 청해 그에게 요리를 부탁했다. 하지만 무엇보다 생긴 것이 아주 기묘한 도롱뇽이 아닌? 호기롭게 나선 규베에도 막상 도롱뇽을 보자 섬뜩한지 손을 대지 못하다가 결국은 눈을 질끈 감고 도롱뇽의 머리를 강타한 뒤 도롱뇽 세 마리 전부를 요리했다. 그때도 산초 향이 손님방까지 흘러들어 제법 운치가 있었던 것으로 기억한다. 1959년

두꺼비를
먹은
이야기

구하기 힘든 도룡농과는 달리 쉽게 구할 수 있고 사람들이 거의 먹지 않으며 아울러 상당한 진미를 자랑하는 것으로, 일본의 두꺼비蝦蟇를 들 수 있다.

한때 식용 개구리가 인기를 얻어 꽤 유명했는데, 식용 개구리 따위는 두꺼비에 댈 바가 아니다. 다만 이러한 사실을 아는 사람은 의외로 적은 듯하다.

내가 처음으로 두꺼비 요리를 먹은 곳은 상하이였다. 어느 요릿집에 들어갔더니 벽에 두꺼비 요리 메뉴가 특별히 큰 글씨로 써 붙여져 있었다. '다이톈지大田鷄'중국어로 '전계'란 개구리를 뜻함. 즉 두꺼비 종류가 아닌 큰 개구리를 뜻함라고 크게 써서 붙인 것을 보면 중국에서도 두꺼비 요리는 귀하거나 적어도 특별 주문을 해야 하는 요리임이 분명하다. 과연 중국이라는 나라에서나 볼 수 있는 재미있는 이름이다. 두꺼비를 '밭에 사는 닭'이라고 하다니 기막힌 표현이 아닌가?

구미가 당긴 나는 곧바로 주문을 했다. 큼지막한 사발에 두꺼비 요리가 담겨져 왔다. 삶은 두꺼비 위에 묽은 갈분薄粉 칡뿌리를 찧어 물에 담근 뒤 가라앉은 앙금을 말린 가루. 보통 녹말가루를 뜻함이 뿌려져 있었다. 대개 중국 요리라는 것은 언제나 그 양이 지나칠 정도로 많은데, 이때도 예외는 아니었다. 아무리 맛있어도 그 많은 것을 어떻게 다 먹나 했는데, 막상 먹어보니 맛이 대단히 좋아서 한 그릇 깨끗이 비우고 말았다.

어떤 두꺼비인지 궁금해서 알아봤더니 일본 두꺼비보다는 크기가 약간 작고 붉은빛을 띤 개구리赤蛙의 일종이라는 것이다. 아마도 동면에 들어가는 겨울철에 제맛일 것이다. 나는 5월의 산란 후에 먹었던 것으로 기억하는데 그래도 맛은 훌륭했다.

그런데 산해진미도 뜻이 없는 자에게는 인연이 닿지 않는 것인지, 중국에서 10년이나 살았거나 중국을 자주 방문한다는 이른바 중국 전문가라는 사람들 중에도 중국에 두꺼비 요리가 있다는 사실을 모르는 이가 많다. 내가 두꺼비 요리가 맛있다고 하면 그들은 깜짝 놀라며 믿을 수 없다는 표정을 짓는다. 상하이를 잘 모르는 내가 그런 중국통들을 데리고 두꺼비 요리를 먹으러 갈 때면 모두들 그 맛에 경탄한다.

그런 이유로 나는 일본의 두꺼비도 꽤 맛있지 않을까 기대하며 기회가 되면 꼭 먹어보리라 생각하고 있었다. 하지만 아무래도 두꺼비의 피부가 너무 흉해서 선뜻 손이 갈 것 같지 않았다. 습관이라는 것은 참으로 무서워서, 특별한 계기가 있지 않고서는 그런 요리를 입에 넣기가 쉽지 않다.

그러던 어느 날 세토瀨戶에서 온 도공으로부터 이런 말을 들었다. 세토 사람들은 두꺼비를 평소에도 자주 먹으며 누구든지 손쉽게 두꺼비를 잡곤 한다는 것이다. 거북龜 같은 것도 자주 잡아 먹는다고 했다. 과연 흙을 만지며 살아가는 도공들은 농민과 다름없으니 그럴 만도 하겠다고 생각하면서 나는 그 이야기를 마음에 새겨두었다.

그 후 세토의 아카즈赤津를 방문했을 때 그 말을 떠올려 도공들에게 물었다. 이 지역에서는 모두 두꺼비를 먹는다고 들었는데 사실인가요? 그러나 도공들은 그런 말이 금시초문이라고 했다. 어떻게 된 영문인지 귀신에 홀린 것 같았다. 그러나 어쩌면 두꺼비를 먹는다는 사실을 부끄러워하는 것일지도 모른다는 생각이 들어 그 지역에서 상당한 자산가이기도 하고 도공들과도 친분이 있는 가토 사쿠스케加藤作助 씨를 만나 물어봤다. 그런데 가토 씨도 그런 이야기가 있기는 하지만 실제로 먹지는 않는다고 했다. 결국 진위는 밝혀지지 않은 채 나는 두꺼비를 맛볼 기회를 얻지 못했다.

한번 마음먹은 일이 흐지부지되면 계속 신경이 쓰이는 법이다. 그러다 교토 후시미 이나리교토 남부, 숲속에 있는 신사에 있는 도기 공장을 찾았을 때 때마침 두꺼비 이야기를 들려준 당사자가 있기에 그를 붙잡고 물어봤다.

"세토 사람들이 두꺼비를 자주 먹는다는 말을 자네한테 듣고서 거기 갔을 때 물어보니까 전혀 아니라고 하더군."

"아니, 그럴 리가요. 두꺼비는 맛있어서 많이들 잡아먹는데요."

그는 두꺼비 상식론常食論을 완강하게 주장했다. 누구 말이 옳은지 도저히 알 수가 없었다.

그러자 옆에서 이야기를 듣고 있던 미야나가宮永라는 도공이 의견을 내놓았다.

"여기서 이럴 게 아니라, 두꺼비라면 교토에도 있지 않습니까? 이 후시미 이나리 신사의 연못에 가면 분명 두꺼비가 있을 겁니다. 두꺼비야 어디나 다 마찬가지일 테니 그것을 잡아다 먹어보면 어떻겠습니까?"

좋은 생각이다 싶어 내가 말했다.

"두꺼비를 잡아오는 사람에게는 한 마리에 1엔씩 주겠네. 다섯 마리면 되네. 어떤가? 누가 잡아오지 않겠는가?"

당시의 1엔은 지금의 100엔 정도의 가치가 있는 시대였다.

"한 마리에 1엔이나 준다니 점심시간에 가서 잡아오면 되겠구먼."

사람들은 신이 나서 떠들며 우르르 후시미 이나리의 연못으로 향했다. 추운 날이었다. 나도 그들을 따라가봤는데 겨울철이라 연못의 물이 반으로 줄어 있었다. 두꺼비는 연못가의 비탈진 곳에 구멍을 파고 들어가 겨울잠을 잔다는데, 실제로 물이 빠진 수면과 연못가의 한가운데에 뚫린 구멍이 여러 개 보였다.

중국의 『수원식단隨園食單』청나라 때 시인이며 미식가였던 원매袁枚가 편찬한 요리책인지 뭔지에 보면 굴 속의 두꺼비가 맛있다고 쓰여 있는데, 나는 연못가의 구멍을 보며 '하하하, 바로 이것이군' 하고 생각했다. 이전에는 굴이라는 표현을 보고 커다란 바위굴 같은 곳에 숨어 있는 두꺼비를 떠올렸는데, 이제 보니 두꺼비가 겨울잠을 자는 구멍을 가리키는 게 틀림없었다.

어쨌거나 구멍이 상당히 깊어서 두꺼비는 사람 어깨가 쑥

들어가도록 팔을 집어넣지 않으면 잡기 어려운 곳에 잠들어 있었다. 결국 두꺼비를 잡으려면 바지를 걷어붙이고 연못 안으로 들어가는 수밖에 없었다. 그러자 처음에는 너도나도 두꺼비를 잡겠다며 나서던 이들이 하나둘 슬그머니 꽁무니를 뺐다. 개중에는 굴 속에 손을 집어넣었다가 물컹한 것이 손에 닿자 기겁해 소리를 질러 이래저래 소란스러웠다. 두꺼비는 잠들어 있을 뿐 죽은 상태가 아니기 때문에 분명 손에 닿는 감촉이 물컹했을 것이다. 모두들 굴 속에 두꺼비가 있는 게 틀림없다고 생각했지만 그래도 막상 꺼내보기 전까지는 과연 그것이 두꺼비인지 뱀인지는 모르는 일이다. 그러니 다들 꺼림칙한 얼굴로 이 핑계 저 핑계 대면서 선뜻 나서려 하지 않는 것도 당연했다. 마침내 누군가 용기를 내서 그 물컹거리는 것을 잡아 꺼냈다. 두꺼비였다. 그 기세를 몰아 계속해서 끄집어내어 애초에 정한 대로 다섯 마리의 두꺼비를 잡을 수 있었다.

두꺼비를 자주 먹는다고 주장했던 그 도공은 잡아온 두꺼비의 껍질을 벗긴 후 생선 스키야키를 만드는 방식으로 썰어서 파를 넣고 삶아 엷은 갈분으로 걸쭉하게 만들었다. 이것은 상하이에서 먹은 요리를 그대로 흉내 낸 것으로, 먹어보니 역시 맛있었다. 육질이 부드럽고 담백해서 일본 토종

닭의 가슴살보다 맛있었다. 다만 어찌된 일인지 약간 쓴맛이 났다. 왜 쓴맛이 나는지 요리를 한 도공에게 물어보니 자신도 모르겠다고 했다. 아무튼 쓴맛이 났을 뿐 독이 있는 것은 아니니 그냥 먹었다. 다음 날까지 이틀 동안 다섯 마리를 전부 먹어치웠다.

그 후로도 두꺼비를 먹을 기회가 몇 번 있었는데 역시 쓴맛이 났다. 어떤 이는 말하기를(참말인지는 모르겠지만) "조리할 때 껍질을 벗긴 손으로 살을 만지면 고기에서 쓴맛이 난다. 쓴맛은 껍질에서 나기 때문에 껍질에서 나오는 육즙을 고기에 옮기지 않도록 껍질을 벗길 때는 물속에서 벗기는 것이 좋다"고 했다. 쓴맛은 두꺼비 특유의 떫은맛일 것으로 생각되는데, 어쨌거나 다음에 두꺼비 요리를 하게 된다면 조심해서 그 방법을 시도해볼 참이다.

재해가 일어난 뒤로 교바시京橋의 니혼바시 부근에 뱀이나 두꺼비를 전문으로 요리하는 음식점이 생겼던 적이 있다. 그곳에서 파는 음식은 하나같이 특이한 것들뿐이었다. 다른 곳에서는 먹어볼 수 없기 때문에 나도 거기서 뱀이나 그 외의 특이한 요리를 이것저것 먹어봤다. 맛은 비슷비슷했는데 중국의 다이테지에 비해 일본의 두꺼비가 훨씬 맛있다. 식용 개구리는 부드럽지만 섬유질이 없는 듯한 느낌이고 단순한 맛이다. 물론 깊은 맛은 없어 닭가슴살이나 살이 부드러운 생선 맛과 비슷했다.

중국에서 맛본 붉은개구리는 일본에서 찾아볼 수 없었다. 일본에도 붉은개구리라 불리는 것이 있다고 하는데, 아직 본 적은 없지만 손에 넣게 된다면 시식해보고 싶다. 이 요리에는 '아카이텐지赤色田鷄라고 이름을 붙이면 어울리지 않을까? 1935년

고하쿠아게

고하쿠아게琥珀揚げ는 1935년경 내 멋대로 붙인 이름으로, 일종의 튀김 요리이면서도 튀김과는 조금 다르다. 튀김처럼 쉽게 만들 수 있고 솜씨가 없어도 간단히 완성되는 현대적인 요리로, 의외로 맛이 좋다. 평상시 반찬으로 먹어도 좋고 손님상에도 어울리니 어찌 보면 편리한 중국 요리와도 비슷하다.

재료는 되도록 쉽게 구할 수 있는 생선을 이용하는 것이 좋다. 예를 들면 벤자리伊佐木, 새우, 대구, 삼치鰆, 농어鱸가 있다. 참치나 방어처럼 기름진 생선은 어울리지 않으므로 흰

살 생선을 택하는 편이 좋다. 말할 필요도 없이 새우는 어느 시기에나 잘 어울린다. 만드는 방법은 먼저 손가락 사이로 빠져나가지 못할 정도로 갈분을 물에 되직하게 풀어 튀김옷을 만들고 충분히 뜨거워진 기름에 바삭하게 튀겨낸다. 양념장은 비교적 묽지 않은 정도로 만든 갈분 소스에 레몬을 넣어 새콤하게 만든다. 튀긴 생선에 이 양념장을 살짝 묻혀 그릇에 보기 좋게 담는다. 튀김에 간 생강을 약간 곁들이면 향도 모양도 좋다. 겉보기는 중국 요리에 가깝지만 중국에는 이런 종류의 생선이 없다. 비슷한 요리로 잉어를 사용한 것은 있지만 이렇게 맛있는 고하쿠아게는 만들 수 없다.

고하쿠琥珀 호박. 투명하거나 반투명한 광택을 지닌 누런 빛깔의 광물란 원래 송진의 화석을 말하는데, 내가 만든 고하쿠아게는 그 아름다운 빛깔이 호박과 닮아서 붙인 이름이다. 고하쿠아게는 가정에서도 쉽게 만들 수 있는 훌륭한 요리다.

아울러 갈분에 대해 설명하자면, 오늘날 시장이나 가게에서 갈분이라는 이름으로 긴 봉투에 넣어 파는 것은 감자 녹말로, 금방 묽어지는 성질이 있다. 진짜 갈분, 가타쿠리片 栗 백합과의 여러해살이풀인 얼레지의 땅속줄기로 만든 흰빛의 녹말는 보기에도 좋을 뿐 아니라 쉽게 묽어지지 않아 완성된 요리가 맛있다. 감자녹말은 손님상에 내는 요리에는 되도록 사용하지 않는 게 좋다. 규슈의 규스케顐介, 요시노의 구즈葛, 야마나카山中의 가타쿠리처럼 제대로 된 재료를 사용하면 요리의 품격이 높아진다. 쓰키지築地의 진미점에 가면 그런 갈분을 볼 수 있다.

기름에 대해서도 한마디 덧붙이면, 기름은 올리브유보다는 은근한 맛과 향을 내는 참기름이 좋다. 콩기름은 거의 아무런 맛도 나지 않아서 맛있는 튀김을 만드는 데 전혀 도움이 안 된다. 시장에서 파는 것은 대개 콩기름이다. 비자나무 열매로 짠 기름은 독특한 향이 나고 추운 겨울에도 얼지 않아서 참기름에 조금 섞으면 참기름의 잡맛을 중화시킬 수 있다.

비자 열매로 짠 기름만 사용하면 튀김 맛이 가볍거나 떫은맛이 나므로 완전한 맛을 내지 못한다. 결국 참기름이 가장 좋은데, 새로 짠 참기름은 향이 너무 강한 반면 오래된 것은 그렇지 않으므로 오래된 것을 골라야 한다.

전문가는 오래되어 은근한 맛과 향을 풍기는 참기름을 많이 사다놓고 오래된 것부터 순서대로 사용한다고 한다. 필요할 때마다 새로 짠 참기름을 사다놓고 조금씩 쓰면 맛있는 튀김을 기대하기 어렵다. 그렇다고 일반 가정에서 참기름을 대량으로 구입해 쟁여놓고 사용할 수는 없는 노릇이다. 이 부분은 어떤 대책이 강구될 필요가 있다. 1933년

2부

요리의
완성은
재료

맛있는
두부
이야기

맛있는 유도후湯豆腐 두부를 살짝 데쳐서 양념장을 찍어 먹는 요리를 먹으려
면 누가 뭐라 해도 맛있는 두부를 골라야 한다. 곁들인 양념
이나 간장이 아무리 훌륭해도 두부가 맛없으면 아무 소용이
없다.

그렇다면 맛있는 두부는 어디에서 구해야 할까? 바로 교
토다.

예부터 수이메이水明 맑은 물이 햇빛에 비쳐 뚜렷이 보임로 유명한 교
토는 물이 좋고 풍부해서 두부의 맛도 좋다. 게다가 교토 사
람들은 쇼진 요리精進料理 일본의 사찰 요리처럼 비용이 적게 드는

미식을 추구하기로 정평이 나 있다. 그런 덕분에 교토의 두부의 맛은 더욱 좋다.

한편 도쿄에도 옛날 두부 요리로 유명한 사사노유키笹の雪 도쿄의 두부 요리 전문점가 있었다. 이곳 두부도 맑고 좋은 우물물로 만들어 맛이 일품이었지만 지금은 가게가 바뀌어 좋았던 옛 시절의 정취만 어렴풋이 남아 있을 뿐이다.

도쿄는 물이 좋지 않은 탓인지 예로부터 두부 만드는 기술이 신통치 않았다. 그래서 예나 지금이나 도쿄에서는 맛있는 두부를 구경하기가 힘들다. 게다가 좋은 두부를 맛있게 먹으려면 무엇보다도 좋은 다시마가 있어야 하는데 도쿄에서는 구하기 어려우니 맛있는 두부 요리는 단념할 수밖에 없다.

교토라고 해서 어디서나 맛있는 두부를 맛볼 수 있는 것도 아니다. 물 좋기로 소문난 교토라지만 지금은 두부를 만들 때 수돗물을 쓰는 데다 모든 제조과정에서 정성스런 손맛 대신 기계의 힘을 빌리고 있다. 뿐만 아니라 값이 싸다는 이유로 조악한 콩(만주산 콩)을 사용하여 이제는 교토에서도 맛있는 두부를 먹기 어려워졌다.

단 한 곳, 교토의 중심가인 나와테욘조아가루縄手四條上ル에 전통적인 방법을 고수하며 맛좋은 두부를 만드는 집이 있었다. 그곳은 집안 대대로 전해지는 비법으로 두부를 만들

어왔으며 외부인에게는 결코 알려주지 않았다. 그런데 나는 운 좋게도 주인장의 허락을 얻어 그 비법을 전수받았다. 덕분에 본가에서 만드는 두부에 결코 뒤지지 않는 두부를 만들 수 있게 되었다. 그도 그럴 것이 우리 집에는 두부를 만들기에 더할 나위 없이 좋은 샘물이 있었기 때문이다.

교토에서 아무리 훌륭한 비법을 전수받았다 한들 좋은 물이 없었다면 맛있는 두부를 만들지 못했으리라. 안타깝게도 지금 나와테의 그 두부집은 자취를 감추고 말았다.

내게는 좋은 물이 있었고, 좋은 콩을 재료 삼아 기계의 힘에 기대지 않고 모든 과정을 수작업으로 했기에 훌륭한 두부를 만들 수 있었다. 두부 그 자체로 맛이 있으니 갓 만든 두부를 그대로 먹든 양념장을 끼얹어 먹든 최상의 맛을 음미할 수 있다. 굳이 뜨거운 물에 데쳐 먹을 필요도 없다. 부쳐 먹는 건 물론이요 튀겨 먹거나 으깨어 요리를 해도 과연 이것이 두부인가 싶을 만큼 맛이 좋다. 진정한 유도후를 즐겨볼 마음이라면 반드시 이런 두부를 골라야 할 것이다.

사가嵯峨의 법당 근처나 치에인知惠院의 옛 문 앞, 난젠 사南禪寺 근처의 두부도 유명한데, 모두가 좋은 물과 콩을 구할 수 있었던 덕분일 것이다.

유도후를 만들려면 아래와 같이 준비해야 한다.

- **질그릇 냄비**: 질그릇 냄비가 있다면 더없이 좋겠지만 은 냄비나 쇠 냄비 종류도 상관없다. 그마저도 없다면 법 랑 냄비나 알루미늄 냄비 등을 쓸 수밖에 없는데, 그런 냄 비는 보기에도 흉할 뿐 아니라 두부가 끓어오르는 모양새 를 보면 마음이 영 불편하다. 아무튼 준비한 냄비를 곤로 나 화로에 올린다.

- **삼나무 젓가락**: 유도후를 먹을 때는 옻칠한 젓가락이나 상아 젓가락으로는 두부를 집어 올리기 어렵기 때문에 역 시 삼나무 젓가락이 제격이다. 미끄럽지 않아서 두부를 집어 올리기 쉽다. 그리고 은으로 만든 그물 수저만 있으 면 충분하다.

- **다시마**: 냄비에 물을 충분히 부은 뒤 바닥에 다시마 두 세 장을 깔고 그 위에 두부를 올려놓고 끓인다. 물이 보글 보글 끓기 시작하면 두부 밑의 다시마가 위로 올라올 수 있으므로 15~18센티미터 정도로 자른 다시마에 골고루 칼집을 넣어준다.

- **양념**: 다진 파, 어린 머위순, 멧두릅, 곱게 간 생강, 고춧 가루, 양하蘘荷 생강과에 속하는 여러해살이풀, 유자 껍질, 산초 가루 등 여러 양념을 준비해놓으면 식탁이 풍성해진다. 이 중

에서도 빼놓을 수 없는 것은 파다. 다른 양념은 없으면 없는 대로 먹을 수도 있고 기호에 따라 뺄 수도 있지만 파는 반드시 들어가야 한다. 그리고 얇게 깎은 가쓰오부시도 약간 곁들인다. 가쓰오부시는 먹기 직전에 바로 깎아 넣어야 맛도 좋고 향도 좋다.

- **간장**: 고품질의 간장만큼 좋은 것은 없다. 간장에 두부를 찍기 전에 앞서 말한 가쓰오부시 같은 양념을 넣어도 좋다. 두부에는 다시마의 맛이 배어 있으므로 되도록 화학조미료는 첨가하지 않는 것이 좋다.

- **두부**: 앞서 이야기한 두부를 사용한다.

본래 도쿄 사람은 미식에 대해서는 문외한이므로 맛을 섬세하게 즐기는 이가 매우 드물다. 지방일지라도 맛있는 식재료는 시골 마을 어디에나 있으니, 뜻이 있다면 여러 지방의 미식을 참고로 하여 다양한 맛을 즐겨보라. 1933년

죽순의
맛은
일등석

일본의 일류 요리라 할 자격은 안 되지만 이류 이하의 일본 요리나 중국 요리들에서 죽순 통조림은 사시사철 귀한 대접을 받으므로 미식의 재료로서 일등석에 앉혀도 좋으리라.

이십사효_{二十四孝} 옛 중국의 유명한 효자 24명 중 한 사람인 맹종_{孟宗}은 어머니를 위해 한겨울 깊은 눈 속에서 죽순을 캐었다는 이야기로 유명하다. 그러나 사실 죽순은 눈이 내리기 전에 이미 땅속 깊은 곳에서 싹을 틔우므로 맹종의 설화는 그리 신기한 일이 아니다.

게이한_{京阪} 교토와 오사카를 함께 일컫는 말의 일류 요릿집에서는 초봄이 되면 계절을 알리는 첫 수확물로서 죽순 요리를 손님 상에 올린다. 아직 철이 일러 제철에 캔 것만 못하지만 그것은 그것대로 특유의 풍미가 있어 충분히 진미라 할 수 있다.

그런데 놀랍게도 죽순은 산지마다 맛의 차이가 크다. 본디 게이한은 죽순의 본고장으로 알려져 있다. 그에 반해 간토^{關東} 이바라키현·도지기현·군마현·사이타마현·치바현·도쿄도·가나가와현을 아우르는 지역의 것은 죽순이라 부르기도 부끄럽다. 메구로^{目黒} 도쿄 내의 구의 죽순은 유명무실하여 그 맛이 형편없다. 교토에서는 예부터 라쿠사이^{洛西} 가타기하라^{樫原}의 죽순을 최고로 쳤으며, 지금도 그 부근에는 무코우정^{向日町}이라는 유명한 죽순 산지가 있다. 라쿠토^{洛東}의 남쪽, 후시미 이나리^{伏見稲荷} 교토 남부의 아름다운 산속에 위치한 유서 깊은 신사의 맹종죽림^{孟宗竹林}에서도 근래 들어 좋은 죽순이 생산되고 있는데, 그 맛은 가타기하라에 전혀 뒤지지 않는다.

그러나 내가 먹어본 바로는 가타기하라의 죽순이 더 맛있다. 씹을수록 단맛이 나는 데다 그 향도 일품이고 질긴 섬유질이 없어 입에서 사르르 녹는다.

제철에 캐낸 죽순은 생각만 해도 입안에 침이 고일 정도로 맛이 좋지만 요즘에는 어느 요릿집을 가든 죽순 요리가 빠지질 않는다. 그래서 요릿집에 공급하기 위해 사시사철 죽순을 캐다보니 어린 죽순, 즉 죽순의 어린 싹까지 모조리 캐버려서 막상 제철에는 쓸 만한 죽순을 구하기가 힘들다. 결국 제철에 나는 죽순을 구경하기가 점점 어려워진 것이다.

뜨거운 물에 데친 죽순을 오랫동안 물에 담가놓는 것은 맛을 모르는 사람들이나 하는 짓이다. 교토 사람이라면 제철에 캔 죽순을 삶아서 그 맛이 사라지기 전에 바로 먹는다. 삶은 죽순이 식으면 하얀 가루가 생기지만 개의치 않고 그 맛을 즐긴다.

갓 캐낸 죽순을 삶을 때 간이 배도록 간장과 설탕을 넣기도 하는데 이는 별로 좋은 방법이 아니다. 캐낸 지 오래된 죽순이나 통조림이라면 모를까, 신선한 죽순은 맹물에다 속이 하얘지도록 삶아내는 것이 비결이다. 그래야 비로소 죽순 본래의 단맛과 향이 생생하게 살아나 신선한 봄채소가 전하는 기쁨을 맛볼 수 있다. 그러나 간토의 죽순은 게이한의 그 맛을 기대하기 어려우므로, 조언을 하자면 도마 위에 올라온 죽순에 따라 저마다의 요리법을 강구해야 할 것이다. 죽순의 수확이 끝날 무렵에는 담죽과 시죽, 참대가 나기 시작하니 죽순을 대신하여 소박한 맛을 즐길 수 있을 것이다. 1938년

바다에는
복어,
산에는
고사리

신기하게도 최고의 미식일수록 그 맛을 뭐라고 정의하기가
어렵다. 하지만 그 속에는 무한한 매력이 감춰져 있다.

　일본 요리 중에서 무엇이 가장 맛있는지 묻는다면 나는
지체 없이 복어라고 단언할 것이다. 도쿄에서는 복어 요리
를 맛볼 기회가 거의 없기 때문에 나로서는 도쿠시마德島, 시
모노세키下關, 이즈모出雲 부근에 살면서 겨울과 초봄에 걸쳐
매일 복어를 먹을 수 있는 사람이 세상에서 가장 부럽다.

　지난 1월, 나는 도자기 흙을 구하기 위해 규슈의 가라쓰
唐津를 둘러보고, 천연 자라를 탐구하기 위해 야나가와柳河를

여행했다. 그리고 돌아오는 길에 시모노세키의 다이키치大吉에서 복어를 먹을 수 있었다. 늘 그렇듯 복어의 맛은 특별하지 않았지만 역시 신비한 매력이 느껴졌다. 흰 된장국의 맛도 그저 그랬지만 역시 주인공인 복어는 결코 물리칠 수 없는 맛이었다.

이튿날 아침, 눈을 뜨기가 무섭게 복어를 먹고 싶은 마음이 간절했지만 일정 때문에 부득이 히로시마廣島로 출발할 수밖에 없었다. 히로시마라면 생굴로 유명한 곳이 아닌가! 평소 미식의 한 종류로 생굴을 꼽아왔음에도 불구하고 복어를 먹은 다음 날 아침 입맛에 생굴은 도저히 복어의 경쟁 상대가 될 수 없었다. 생굴로 배를 채우려고 식탁 위에 굴 껍데기를 산처럼 쌓으며 먹어봤지만 그 맛은 그저 혀끝에서 사라질 뿐 심금을 울리는 깊은 맛은 느낄 수 없었다. 그래서 밤이 되기를 기다려 기필코 복어를 맑은 탕으로 요리하여 먹어치웠다.

복어의 맛은 장어구이나 병어眞魚鰹 된장 조림, 참치 초밥의 맛에 비하면 거의 밋밋하다고밖에 할 수 없다. 처음 복어를 먹어보는 이가 머뭇머뭇 입에 넣고 그 맛을 음미하기도 전에 상대를 향해 "이렇게 맛있는 것을 먹지 않겠다니 말도 안 된다"고 떠드는 것도 납득할 만하다.

자라도 맛있기는 하지만 애석하게도 복어보다 한 수 아래다. 아니, 자라의 독특한 맛이 느껴지는 탓에 그것은 결코 진정한 맛이 아닌 것이다. 다시 말해 자연스러우면서 무미한 맛이라고나 할까, 그 맛 자체로 끝을 알 수 없는 깊은 조화를 이루고 나아가 그 배후에 무한한 잠재성을 갖고 있지 않다면 진정 미식이라 할 수 없다.

나는 바다에서 나는 최고의 미식으로 복어를 꼽는 데 주저하지 않을 것이다. 그렇다면 산에서 나는 미식은 무엇일까? 단연코 고사리다. 물론 갓 꺾은 신선한 고사리여야 한다. 고사리는 그냥 삶아서 떫은맛을 제거하고 초간장에 무쳐 먹는다. 이것이야말로 실로 무미함의 진수로서 온 신경을 혀끝에 집중했을 때 비로소 그 맛의 진가를 느낄 수 있다.

바다에는 복어, 산에는 고사리, 이 두 가지는 실로 일본 최고의 미식으로서 호각互角을 이루는 식재이리라. 중국의 유명한 제비집 요리를 보면 마치 일본의 우무묵을 물에 적셔놓은 듯한 모양으로, 특별한 맛은 없지만 이것이 없는 중국 요리는 영혼이 빠진 것이나 다름없다고 한다. 제비집의 신비한 매력, 그것이 점차 새로운 미식을 하나씩 끌어들여 상어 지느러미 요리라든가 흰목이버섯 요리가 탄생하는 것이다. 일본과 중국 사람들이 끊임없이 추구하는 궁극의 미각이라는 것은 어쩌면 이들 최고의 미식 재료가 이야기해주듯 그 자체의 완전한 맛을 본래의 맛으로 인정하려는 것이 아닐까? 이것은 미식 감각의 한 사례일지도 모른다. 1931년

라쿠호쿠
미조로가
연못의
순나물

순나물은 오래된 연못에 자라는 순채蓴菜의 어린순을 말한
다. 어린순은 연蓮의 싹처럼 가늘게 돌돌 말려 있는데, 식용
으로 쓰이는 부분은 1.5센티미터 정도 된다. 바늘처럼 가늘
게 말린 어린순을 감싸고 있는 것은 무색투명하고, 우무처
럼 탄력이 있으며, 달걀횐자처럼 미끈거리는 점액질이다.
이 점액질은 작은 물고기 등이 어린순에 상처를 내어 성장
을 방해하지 못하도록 보호하는 일종의 겉옷 역할을 한다.

　이것을 물속에서 보면 귀여운 순이 물빛 옷감에 둘러싸인
것처럼 보이는데 신의 조화로운 섭리에 따라 분비되는 점액

에 감탄을 금할 수 없다. 바로 이 미끈미끈한 점액질이 순나물을 두텁게 감싸고 있기 때문에 미식으로서의 가치를 지닌다. 만약 점액질이 없었다면 순나물의 맛은 특별하지 않았을 것이다. 따라서 순나물의 가치는 점액질이 많은지 적은지에 달려 있으며, 연못에 따라 점액질이 아주 많이 붙는 것과 적게 붙는 것이 있다.

중국 시호西湖의 순나물은 호수가 유명해지면서 덩달아 명물이 되었지만 실제로 질이 썩 훌륭하다고 할 순 없다. 잎이 크고 점액질도 거의 없어 일본의 좋은 순나물과는 도저히 비교가 안 된다. 그렇다고 해서 일본에서 나는 순나물이 다 맛있는 것도 아니다. 대개는 중국 시호의 순나물과 비슷한데, 흔히 식료품점에서 항아리에 담아 파는 순나물은 잎사귀가 절반쯤 펼쳐져 있다. 그 모습이 내 눈에는 영락없이 항아리에 녹차 찌꺼기를 담아놓은 것처럼 보인다.

순나물은 역시 교토의 라쿠호쿠洛北 미조로가深泥 연못에서 딴 것이 으뜸이다. 이곳의 순나물은 아주 특별해서 다른 곳에서는 찾아보기 어려울 정도로 점액질이 많이 붙어 있다. 미조로가 산의 순나물을 항아리에 담아놓으면 교쿠로玉露 햇빛을 차단하여 키운 고급 녹차의 한 종류처럼 가는 바늘 모양의 잎에 작은 꽃봉오리를 달고 물 위에 동동 떠 있는 것처럼 보인다.

물 위에 순나물이 동동 떠다니는 것 같지만 사실 항아리 안에 물처럼 보이는 것은 바로 점액질이며, 꺼내 보면 어린 해파리처럼 미끈거리나 수분은 거의 없다. 이런 순나물이 아니고서야 진정 맛있는 순나물이라 할 수 없다. 지금껏 내가 맛본 순나물 중에는 미조로가 연못에서 나는 순나물을 따라갈 만한 것이 없다.

미조로가 연못은 아주 오래된 연못으로, 그곳에는 세계 어느 곳에서도 찾아볼 수 없는 희귀한 식물이 많아 대학에서 천연기념물로 보호하고 있다고 한다. 그런 연못인 만큼 순나물 또한 다른 연못에서 자라는 것과는 비교도 안 될 만큼 좋은 품질을 자랑하는 듯하다.

순나물은 4월부터 채취하는데, 기다란 두 개의 나무 막대를 사다리 모양으로 나란히 놓고 그 위에 대야 두 개를 올려 묶어 뗏목처럼 만든다. 그 대야에 사람이 올라탄 뒤 막대기로 순나물을 딴다고 하니 재미있는 풍습이 아닌가. 그 유명한 이케노 다이가池大雅 18세기의 문인화가이자 서예가가 태어나자마자 버려진 곳이 연못 주변이라 한다. 1932년

여름날의
소박한 맛

한여름 찌는 더위가 이어지면 가끔은 색다른 맛이 생각난
다. 그럴 때 나는 늘 이런 요리를 만들어 입맛을 돋운다.

유키토라雪虎: 대단한 요리는 아니다. 그저 튀김 두부를 구
워 무즙을 곁들여 먹는 음식이다. 구운 튀김 두부에 하얀 무
즙을 올린 모양을 보고 '유키토라'라 부르는 것이다. 겨울철
교토에서는 무즙 대신 파를 올려 '다케토라竹虎'라고 부른다.
유키토라는 여름철에 딱 맞는 요리로, 아침 점심 저녁 언제
먹어도 좋다. 먼저 약 1.5센티미터 두께의 튀김 두부(도쿄에

서는 생튀김 두부라 부른다)를 석쇠에 적당히 구워서 자른 뒤 신선한 무를 바로 갈아 듬뿍 올리고 그 위에 간장을 뿌려 먹는다.

예쁜 그릇에 모양 좋게 담아 내면 손님상에 올려도 손색없는 일품요리가 된다. 게다가 맛있게 만든 유키토라는 일류 미식가를 반하게 할 맛으로, 어설픈 튀김 요리 따위는 명함도 내밀지 못한다. 그 비결로는 두말할 나위 없이 두부가 맛있어야 할 테고 신선한 무 또한 빠뜨릴 수 없다.

니시키기錦木: 교토의 기야木屋 부근에서 밤새 놀아본 경험이 있는 사람이라면 누구나 알 만한 요리다. 날이 밝는 것도 모른 채 놀다가 한낮이 되어서야 가까스로 무거운 머리를 누이고 이불을 휘감고 잠들었다가 문득 히가시야마東山 앞으로 흐르는 가모강加茂川의 맑고 청아한 여울물 소리에 잠이 깬다. 마련된 방으로 자리하니 나이 든 기생이 사뿐히 들어와 생글생글 미소를 지으며 아침 인사를 건네고는 묻는다.

"오늘 아침은 무엇을 드시겠습니까? 시원한 니시키기가 어떨까요?"

이 니시키기를 먹고 나서야 비로소 정신이 맑아진다고 하니 재미있는 일이다.

질 좋은 가다랑어포를 되도록 얇게 깎고, 마찬가지로 질 좋은 고추냉이를 끈적거릴 정도로 곱게 갈아 수북이 담아낸다. 먹는 방법은 가다랑어포와 고추냉이를 각자 그릇에 먹을 만큼 덜어 젓가락 끝으로 휘저은 다음 간장을 적당히 뿌린 것을 김이 모락모락 나는 갓 지은 밥과 곁들이면 그만이다. 입안에 들어가자마자 눈물이 쏙 나올 만큼 톡 쏘는 그 맛에 입과 코를 손으로 틀어쥔 채 먹기도 하는데, 이는 니시키기의 세련된 맛을 해치는 짓이다. 최고의 니시키기를 만들려면 질 좋은 가다랑어포의 중심인 붉은 부분만을 얇게 깎고, 두툼하고 질 좋은 고추냉이를 곱게 갈아야 한다. 밥은 질지도 되지도 않아야 하고 납작한 그릇보다는 역시 오목한 그릇에 담아야 한다. 아마도 니시키기란 이름은 깎아놓은 가다랑어포가 니시키기錦木(화살나무)의 하늘거리는 모습과 닮아서 붙인 것이리라.

백오이白瓜**의 껍질**: 백오이 혹은 아사우리朝瓜, 월과越瓜라고도 한다. 앞으로 한동안은 백오이를 맛볼 수 있는 계절이다. 백오이를 넣고 국을 끓일 때는 대개 껍질을 벗겨내는데, 이 껍질을 버리지 말고 한 시간가량 지게미된장에 절이면 정말 맛있는 쓰케모노漬物 채소를 절임한 일본의 저장 음식를 상에 올릴 수 있다.

사각사각하는 식감도 좋고 시원한 푸른색을 띤 것이 여름철 밤참으로 먹기에 안성맞춤이며, 술안주로도 손색이 없다. 이 요리는 예로부터 교토 사람들이 매일 먹어온 쓰케모노 중에서도 가장 지혜가 담긴 음식이라 하겠다. 교토 사람이라면 분명 잘 알고 있을 것이다.

가다랑어 등뼈 된장국: 가다랑어 회를 세 장으로 발라낼 때 가운데 부분은 이른바 등뼈에 해당된다. 등뼈는 대개는 버려지는데 이것을 버리지 말고 뼈에 붙어 있는 살점을 잘 긁어서 떼어낸다. 긁어낸 가다랑어 살과 된장을 3 대 7 비율로 절구에 넣고 잘 찧은 후 체에 거르지 말고 보통 된장국을 끓이듯이 끓인다. 된장국이 끓기 시작하면 위에 뜬 거품을 제거하고 바로 그릇에 담아낸다. 이때 생강즙 두세 방울을 떨어뜨리면 그 맛이 더욱 섬세해진다. 된장국에 무채를 넣어 끓여도 맛있다.

백오이 껍질 절임이나 가다랑어 등뼈 된장국 모두 미식가를 깜짝 놀라게 할 만한 훌륭한 요리다. 그러니 허접한 요리라고 업신여겨서는 안 된다. 그야말로 훌륭한 의미가 담긴 요리이니 부디 한번 시도해보시라. 1931년

여름철의
밥도둑,
곤부토로

'곤부토로昆布とろ'란 곤부昆布(다시마)와 가쓰오부시만 넣고 끓인 걸쭉한 국을 말한다. 무더운 여름철에 식욕을 잃었을 때나 아무리 맛있는 것을 먹어도 맛을 느낄 수 없을 때 또는 입맛이 없어 먹고 싶은 게 전혀 떠오르지 않을 때 곤부토로에다가 뜨거운 밥을 말아 먹으면 입맛이 돌아와 하루에 다섯 끼로도 부족하게 될 것이다.

만드는 방법은 굉장히 간단하다. 맛있는 곤부토로의 비결은 재료 선택에 달려 있다. 교토나 오사카에서는 맛 좋은 다시마를 쉽게 구할 수 있지만 도쿄에서는 그렇지가 못하다.

그래서 도쿄 사람들은 다시마의 맛을 잘 모르며 다시마 국물의 맛이 어떤지도 잘 모른다. 아울러 요리에 다시마를 사용하지 않기 때문에 파는 곳도 별로 없다. 대놓고 말하기는 뭣하지만 도쿄 사람들의 입맛은 좀 엉터리다. 깔끔한 맛, 정갈한 맛, 담백한 맛을 음미할 만큼 미적 감각이 섬세하다고 할 수 없다. 그래서 도쿄 사람들이 좋아하는 맛은 흔하고 평범한 경우가 많은데, 예를 들면 느끼한 맛, 기름진 맛, 투박한 맛, 단순한 맛, 깔끔하지 않고 요란스러운 맛, 들쩍지근한 맛을 선호한다.

그 증거로 도쿄 사람은 대체로 튀김을 즐겨 먹는다. 그것도 들쩍지근한 간장 소스에 찍어 먹는 걸 좋아한다. 장어 역시 중간치 이상의 큰 것을 좋아한다. 새끼 참다랑어를 좋아하며 특히 기름진 뱃살을 즐겨 먹는다. 참다랑어나 튀김, 장어는 본래 술안주로 전혀 어울리지 않는 음식이지만 그럼에도 불구하고 도쿄 사람들은 이것들을 안주로 즐긴다. 아울러 쇠고기 스키야키すき焼き 쇠고기와 파 등 여러 재료를 간장으로 맛을 내어 먹는 냄비 음식도 여자나 아이 청년 할 것 없이 즐겨 먹는데, 하나같이 손쉽고 단순한 맛이다. 그리고 그런 음식을 당당히 일상생활 깊이 뿌리내리도록 한 이들도 도쿄 사람들이다. 그러니 내가 도쿄 사람의 입맛이 엉터리라고 평하는 것도 아주 억지라고는 할 수 없으리라.

그러나 예로부터 의식주에 정통하여 평범한 수준에 만족하지 못하고 세련된 맛과 멋을 추구하는 사람들은 도쿄에도 있었다. 그들은 고상하게 풍류를 즐길 줄 아는 사람이라기보다는 에도 문학에 흔히 등장하는 일종의 틀에 박힌 인물들로, 호탕한 기세로 거드름을 피우면서 아이처럼 유치하고도 귀여운 면이 있다. 이는 한마디로 젊은 치기의 소산으로서 가볍다는 생각밖에 들지 않는다.

어쩌다 이야기가 옆길로 샜는데, 사실 가쓰오부시의 맛만 잘 알아서는 진정한 미식가라 할 수 없다. 반드시 다시마의 맛을 제대로 알아야 한다. 대구 눈알을 넣고 맑은 탕을 끓일 때 가쓰오부시를 우려낸 국물을 쓰면 어딘가 맛이 부족하다. 대구를 맑은 탕으로 끓일 때는 역시 다시마 국물로 해야 제맛이 난다. 생선 맑은 탕의 국물을 가쓰오부시로 내면 국물도 생선이요 주재료도 생선인지라 맛이 중복되어 좋지 않다. 논리적으로 설명하려는 것이 아니라 실제로 대구의 맛과 해초인 식물의 맛이 어우러지면 맑은 탕의 맛이 완성된다.

그런데 가쓰오부시에도 품질 차이가 있는 것처럼 모든 다시마가 좋은 국물 맛을 낸다고 단언할 수는 없다. 특히 도쿄에서는 지금도 여전히 품질 좋은 다시마를 구하기가 쉽지 않다. 그래서 나는 일부러 교토의 마쓰마에야松前屋에 다시마를 주문해서 쓴다. 다시마 산지인 홋카이도에서 사온 것도 안심할 수는 없는데, 다시마의 폭이 넓고 하얀 가루가 묻어나며 모양새가 좋다고 해서 좋은 다시마라고 할 수도 없기 때문이다. 현재 도쿄에서 안심하고 다시마를 살 수 있는 곳은 무로마치室町의 야마시로야山城屋 한 군데뿐인 것으로 알고 있다.

아무튼 맛있는 요리의 기본은 재료에 있다는 사실을 잊어서는 안 된다. 중국의 수원随園이라는 사람은 요리사의 솜씨가 4할이라면 식재료가 6할이라고 말했다 한다. 이처럼 미식은 식재료의 질을 꼼꼼히 살피는 데 그 중요성이 있다. 또한 좋은 식재료를 볼 줄 모른다면 좋은 요리도 기대하기 어렵다고 할 수 있다.

이야기가 좀 길어졌는데, 이제 본론으로 돌아와 곤부토로를 만드는 법에 대해 말해보자. 먼저 최상급의 국물용 다시마를 준비하여 다시마에 붙은 모래나 먼지를 털어서 물로 씻은 것처럼 깨끗이 손질한다. 다음 다시마를 폭 1.5센티미터 정도로 세로로 길게 가위로 잘라낸다. 이것을 다시마 차를 끓일 때처럼 실처럼 가늘게 자른다. 그리고 끓는 물에 가쓰오부시를 넉넉히 넣어 진한 국물을 우려낸다. 가쓰오부시한 컵(180밀리리터)에 간장 세 숟가락 정도로 간을 하고 미지근해지도록 식힌다. (자른 다시마를 넣고 끓인 국물은 한 컵에 간장 두 숟가락 정도) 이상으로 기본 재료는 전부 갖춰졌다. 이제 절구에 가늘게 잘라놓은 다시마를 다섯 숟가락 또는 한 컵 정도 넣는다. 한 컵이면 5인분쯤 된다. 이 절구 안에 간장으로 간하여 식혀둔 가쓰오부시 국물을 조금씩 넣어 젓가락이나 절굿공이로 잘 저어준다. 다시마가 끈끈해질 때까지 10분 정도 끈기 있게 잘 섞는다.

이런 식으로 가쓰오부시 국물을 조금씩 부어주면서 계속 저어서 국물이 끈끈하고 걸쭉해지도록 만드는 것이 곤부토로의 비결이다. 식구가 많으면 교대로 정성껏 저어서 더욱 끈끈하게 만든다.

충분히 섞은 뒤에는 다시마와 국물을 갓 지은 밥에 조금 붓고 그 위에 잘게 부순 아사쿠사浅草 김을 뿌려 섞어가면서 먹는다. 곤부토로는 만드는 법도 먹는 법도 이렇게 단순하지만 모든 이에게 사랑받는 요리로서 미식가들도 즐겨 찾는다.

곤부토로는 한마디로 다시마와 가쓰오부시가 가진 맛의 장점을 적절하게 활용한 간단한 미식이다. 사찰 요리라면 가쓰오부시를 빼고 만들어보는 것도 좋으리라. 1931년

깔끔하고
선명한 요리,
곤부토로 탕

간사이 지방에서는 이 요리를 보통 '곤부토로의 주발椀'이라 부른다. 이것만큼 깔끔하고 맛이 선명한 요리도 없을 것이다.

평소 다시마를 즐겨 먹는 간사이 사람들은 그 맛도 잘 알고 충분히 음미할 줄도 알기에 여러 요리에 다시마를 애용한다. 물론 다시마의 품질이 좋아야 함은 말할 필요도 없다. 도쿄에서는 다시마가 귀해 잘 모르는 탓에 도로로곤부薯蕷昆布 다시마를 가공한 식재, 큰실말海蘊 해초의 하나로 식용식물을 애용하는데 대체로 그 품질이 떨어진다. 곤부토로 탕에 쓸 다시마는 두툼하지 않은 것이 좋으나 도쿄의 점포에는 이런 것이 별로 없어서 손에 넣기 어렵다. 반면 간사이 지방에서는 어디서나 손쉽게 좋은 다시마를 구입할 수 있다. 색이 희고 부드러우며 가벼운 것이 상품이며 새하얗게 깎인 것이 좋다. 평상시 반찬으로 먹기에는 검은 다시마도 맛있지만 격은 떨어진다.

어쨌거나 다시마만 넣고 끓이는 탕이니만큼 다시마가 중심이고, 다시마가 좋을수록 맛은 더 깊다. 국물도 가쓰오부시로 낸 것만으로 충분하다. 가쓰오부시는 여러 가지가 있으므로 점포에 가서 건조가 잘되어 있는 비싼 것을 구입하면 된다. 이 두 가지만 있으면 훌륭한 곤부토로 탕을 끓일 수 있다. 아울러 간은 반드시 맛이 순한 간장으로 맞추길 바란다. 도쿄의 절반 가격이니 하나쯤 장만해두면 유용하다.

곤부토로를 쉽게 만들겠다면 그릇 속에 도로로곤부를 넣고 화학조미료라도 약간 뿌리고 간장으로 간을 한 다음 뜨거운 물만 부으면 완성되는데, 그래서는 너무 거칠고 조잡하며 시간에 쫓겨 만든 음식이 되지 않겠는가? 요리답게 정성을 다하려면 역시 가쓰오부시로 국물을 낸 것에 순한 간장으로 간을 하고 보통 탕보다는 약간 묽게 하여 도로로곤부 그릇에 부어야 할 것이다. 한 가지 짚고 넘어가자면, 곤부토로 탕에 다진 파를 넣는 것과 넣지 않는 것은 굉장한 차이가 있다. 파를 넣지 않으면 뭔가 허전하고 맛이 많이 떨어진다. 지금까지 곤부토로 탕에 파를 넣지 않고 먹어왔다면 부디 한번 시도해보기를. 1933년

멧돼지
고기의
맛

내가 멧돼지猪 고기의 맛을 확실히 알게 된 것은 열 살쯤이다. 당시 나는 교토에 살았는데 교토 호리카와의 나카다치우리中立賣에는 대대로 정육업에 종사해온 오래된 점포가 있었다. 부모님의 심부름으로 나는 멧돼지 고기를 사러 그 정육점에 자주 갔다.

우리 집은 가난했기 때문에 비록 멧돼지 고기를 사러 갔다고는 하나 그 양은 매우 적었다. 5전 정도를 손에 쥐고 가는 일이 대부분이었다. 당시에는 소고기의 경우 가노코鹿の子 도쿄에서 마블링이 좋은 안심을 지칭하는 말를 3전에 살 수 있었던 때였

으니 5전을 갖고 갔으면 멧돼지 고기 가격이 꽤 셌다고 봐야 할 것이다. 어쨌거나 멧돼지 고기를 겨우 5전어치만 사러 갔다는 것은 형편이 그리 좋지 않았다는 이야기다. 그저 고기가 먹고 싶었다면 그 돈으로 소고기를 더 많이 살 수 있었으니 그 편이 더 나았을 것이다. 그러나 소고기가 먹고 싶을 때는 3전어치를 사고, 5전으로 멧돼지 고기를 사오라고 심부름을 보낸 것을 보면 아마 내 의붓아버지와 어머니도 맛난 음식을 좋아한 모양이다.

어려서 앞뒤 분간할 줄 모르던 때라 먹는 것에만 비상한 관심을 보였던 나는 고기 심부름을 갈 때마다 가슴이 두근거렸던 기억이 있다. 반짝반짝 빛나는 5전짜리 동전을 쥐고 정육점에서 멧돼지 고기를 자르는 주인아저씨의 손놀림을 뚫어지게 쳐다보며 오늘은 어느 부위를 주려나, 다리 살이려나, 아니면 뱃살이려나, 겨우 5전어치이니 어차피 좋은 부위는 주지 않을 거라는 비뚤어진 생각 등 이런저런 상상을 했던 기억이 어제 일처럼 생생하다.

그러던 어느 날 정육점에 갔을 때의 일이다. 언제나 그랬듯 주인아저씨를 주시하고 있는데, 아저씨가 사방 6센티미터쯤 되는 막대기 모양의 고기를 가지고 나오더니 3센티미터 두께로 썰었다. 그러자 고기가 사각형의 실패 모양으로

썰려나갔다. 그 사각형 중 절반, 즉 윗부분 3센티미터 정도
는 새하얀 지방으로 덮인 정말 훌륭한 고기였다. 그것을 보
는 순간 나는 그 부위가 틀림없이 맛있을 거라 생각했다. 지
방이 두껍고 속이 꽉 차 단단했다. 목살인지 다리 살인지 당
시에는 몰랐지만 지금 생각해보면 아마 어깨살, 즉 돼지고
기로 말하면 어깨등심이었을 것이다.

주인아저씨는 그 고기를 열 조각 정도밖에 주지 않았다.
어린 내 마음에도 나는 굉장히 귀한 것을 다루듯 그 고기를
품에 안고 신이 나서 집으로 달려왔다. 부모님도 고기를 보
더니 매우 기뻐했다. 곧바로 삶아 먹어보니 과연 기대에 반
하지 않는 맛이었다. 아름답다고 표현할 수 있을 만큼 훌륭
한 고기를 처음 봤던 때의 감동도 있었겠지만 70년의 식도
락 인생을 통틀어 멧돼지 고기를 그토록 맛있게 먹은 적은
없었다. 나는 아직도 그 일을 잊을 수가 없다. 내가 음식 맛
을 처음 자각한 것은 바로 그때였다.

그 후 그 정육점 주인은 바뀌었지만 지금도 여전히 번창
하고 있다.

생각해보면 이런 일도 있었다.

그 정육점에서는 멧돼지 고기뿐 아니라 곰이나 사슴 고
기도 팔았다. 당시에는 아직 돼지고기를 많이 먹지 않던 시

대여서 산조테라정三條寺町의 미시마三島라는 소고기집에 가야만 돼지고기를 살 수 있었다. 돼지고기를 먹지 않았던 이유는 당시에는 불결하다는 인식이 널리 퍼져 있었기 때문이다. 다만 한 가지 재미있었던 기억이 있다. 옛날 교토에서는 돼지고기 역시 살코기가 더 싸고 하얀 지방이 비쌌는데, 나 또한 살코기보다는 지방이 맛있다고 생각했다. 그런데 도쿄에 와보니 반대로 살코기가 비싸고 지방이 더 싼 걸 보고서 '도쿄에서는 맛있는 부위가 더 싸구나' 생각하며 지방을 사다 먹은 적이 있다. 그러나 그것도 이제 와 생각해보면 지방만 잔뜩 붙어 있는 고기였으니 맛있을 턱이 없었다.

이는 돼지고기에 대한 내 기호가 변했기 때문이기도 하지만 사육 방법이나 먹이가 바뀌어 돼지고기 자체의 맛이 좋아진 덕분인지도 모른다. 어쨌거나 당시에는 돼지고기보다는 오히려 원숭이 고기를 많이 먹었다. 나도 이따금 원숭이 고기를 먹었는데 육질이 다랑어 살처럼 투명하고 깨끗했다. 토끼 고기와 조금 비슷하다고나 할까? 당시의 인상으로는 원숭이 고기도 지방이 없어 그리 맛있지는 않았지만 그래도 토끼 고기보다는 나았다.

그 후 (내가 열두세 살쯤) 맛이 인상적이었던 멧돼지 고기라면 이전의 그것과는 완전히 반대로 부드러우면서도 쭈글

쭈글한 모양이었다. 호리카와 욘조四條의 정육점에서 사온 것이었는데 겉모양은 진짜 볼품없었지만 먹어보니 의외로 맛이 훌륭했다. 멧돼지 고기의 어느 부위인지 몰라서 그 정육점에 가서 물어보니 웃으면서 모르는 게 낫다며 대답을 피했다. 계속 묻자 그제야 항문 주변 부위라고 말해주었다.

모양은 형편없어도 맛 하나는 정말 굉장했다. 상상해보자면 다리가 시작되는 부분에서 아래쪽으로 향하는 얇고 부드러운 부위의 고기로, 생선의 지느러미 살에 해당되는 맛이리라.

나는 맛이 있을 것 같으면 반드시 먹어봐야 직성이 풀리는 성격이다. 그래서 멧돼지 고기뿐 아니라 길을 가다가도 뭔가 맛있어 보이는 게 눈에 띄면 가던 걸음을 멈추고 요모조모 살펴보고서 판단이 섰을 때 먹어보기로 한다. 이렇게 해서 가끔은 맛있는 음식을 발견하기도 하지만 실패할 때도 있다.

이전 고슈江州 시가滋賀현을 이르는 옛 명칭 나가하마長浜로 닭고기를 먹으러 갔을 때의 일이다. 음식점 앞에 크기가 황소만 한 멧돼지가 매달려 있었는데, 보기에도 상당히 맛있을 것 같았다. 보통 사람들이 그 거대한 크기에 현혹되는 것도 무리는 아니리라. 나는 엄청난 크기의 멧돼지에 매혹되어 틀림없이 맛있을 거라 단정했고 그 멧돼지를 사지 않을 수 없었다.

그런데 먹어보니 질기기 이를 데 없을 뿐 아니라 거칠게 질정질정 씹히는 고기 맛이라니, 낭패도 그런 낭패가 없었다. 다만 지방이 붙은 부위만큼은 꽤 맛이 좋았다. 아무튼 그때 질려버린 나는 크다고 해서 덥석 손을 내밀지 않게 되었다.

도쿄에서는 새끼 멧돼지를 '도사이當歲 1년생'라 부르고 교토와 오사카에서는 '돈코ドンコ'라고 부르는데, 나 또한 오랜 경험을 거쳐 그렇게 부르는 이유를 알게 되었다. 지금의 미각으로 볼 때 생후 1년의 새끼 멧돼지가 아니면 아니 먹느니만 못하다고 생각한다. 또는 무게가 70킬로그램 정도에 지방이 풍부한 멧돼지라면 모를까, 어쨌든 이제는 몸집이 큰 멧돼지에 현혹되어 손을 내미는 일은 결코 없을 것이다.

햇수가 오래된 짐승의 고기가 맛없는 것은 비단 멧돼지에만 해당되는 이야기가 아니다. 이는 쇠고기나 닭고기, 생선도 마찬가지다. 그러나 멧돼지의 경우 적어도 소와는 그 의미가 조금 다르다. 송아지 고기는 맛있지만 송아지 고기의 맛을 일반 쇠고기 맛과 비교하는 것은 무리다. 송아지와 어미 소의 맛은 같은 소고기라도 전혀 다르기 때문이다. 이른바 품질이 다른 것이다.

멧돼지 고기도 마찬가지로 어미 멧돼지와 새끼 멧돼지 모두 그 맛과 질이 다르지만 먹어서 맛있다는 점에서 새끼 멧돼지는 결코 가볍게 볼 수 없는 맛을 지니고 있다. 지방층이 없고 고기는 부드러운 것이 '멧돼지는 도사이'라는 말을 확고히 뒷받침하고도 남는다.

어미 멧돼지는 지방이 많으며 육질이 거칠고 질기다. 새끼 멧돼지는 살이 연하고 지방 부위는 돼지고기 삼겹살 맛이 난다. 물론 이 야생동물은 지방이 축적되는 겨울철에 먹어야 제맛이다. 게다가 눈이 많이 쌓이는 지역에서 잡은 것일수록 맛이 좋다. 이즈伊豆의 아마기天城에서도 많이 잡히지만 지방이 적고 맛도 떨어진다. 새끼 멧돼지는 일반적으로 두툼한 지방층이 적지만 그중에서도 비교적 지방이 붙어 있는 것이 가장 이상적이다. 크기로 말하자면 55킬로그램 정도가 적당하다.

멧돼지 고기는 산슈 된장三州味噌에 삶아 먹는 것이 좋다. 기름기가 많은 고기이므로 된장을 넣으면 맛이 좋아진다. 아울러 약간 떫은맛이 나므로 삶을 때는 술을 넣는다. 예로부터 '멧돼지 무'라는 말이 있는데, 확실히 무는 고기 맛과 아주 잘 어울린다. 이는 돼지고기도 마찬가지로, 함께 삶은 무도 꽤나 맛있게 먹을 수 있다.

옛날에는 멧돼지 고기를 삶을 때 파를 비롯하여 이것저것 잡다하게 넣었지만 그때도 간장이 아닌 된장을 사용했다. 말고기를 삶을 때도 된장을 넣는다. 특히 말고기를 삶을 때는 된장을 넣지 않으면 도저히 먹기가 힘들다. 다만 멧돼지 고기를 삶을 때 된장을 넣는 것은 이와는 의미가 다른 듯하다.

가끔 멧돼지 고기 파티를 한다고 초대받아서 가보면 고기를 대충 얇게 썰어 무와 토란, 당근 등과 함께 커다란 냄비에 넣고 오랜 시간 보글보글 뭉근하게 삶아 내놓곤 한다. 물론 멧돼지 고기가 질기기 때문이겠지만 그렇더라도 지나치게 삶으면 육질이 부드러워졌을지언정 사실상 국물을 우려내고 남은 찌꺼기 같은 상태가 되어 아무런 맛도 없으니 한심할 뿐이다. 뿐만 아니라 멧돼지 고기의 자연스러운 향미를 찾아볼 수 없다. 따라서 고기를 너무 오랫동안 삶으면 고기의 향미는 물론 맛조차 형편없어지고 만다.

대개 이런 경우 고깃점을 구경하기도 힘들며, 냄비 속을 휘저어 가까스로 건져낸 것이라도 흐물흐물해서 입에 넣을 수가 없다. 그러니 도쿄의 멧돼지 고기 파티에 참석한 대부분의 사람이 멧돼지 고기 따위는 맛이 없다는 말을 하는 것도 당연하다. 멧돼지에게는 정말 미안한 일이 아닌가. 음식을 맛있게 먹으려는 마음가짐이 부족한 결과라고밖에 생각하지 않을 수 없다. 나라면 먼저 지방 부위와 채소를 함께 넣어 삶고, 살은 따로 떼어놓았다가 나중에 넣을 것이다. 고기가 너무 질기면 얇게 썰어 조금씩 냄비에 넣어서 익으면 바로바로 건져 먹도록 하겠다.

멧돼지 고기와 채소 맛을 함께 음미할 생각이었다 하더라도 정작 중요한 멧돼지 고기의 맛이 채소 속에 전부 흡수되어버린다면 멧돼지 고기 요리라 할 수 없다. 본래 멧돼지 고기는 국물로 우려내기에는 적당치 않아 맛을 보조하는 역할을 하지 못한다. 그러므로 멧돼지 고기의 맛을 즐기고 싶다면 지방이 두껍게 붙은 부위를 넉넉히 사용해야 한다. 고기보다 채소를 많이 넣는다면 어차피 멧돼지 고기의 국물 맛도 낼 수 없을 것이다. 앞서 말한 것처럼 멧돼지 고기는 푹 삶아 국물을 우려내면 살이 찌꺼기처럼 되면서 흐물흐물한 통조림 연어 살처럼 되므로 멧돼지 고기라 하기도 민망할 정도다.

심지어 명색이 멧돼지 고기 파티라면서 큰 냄비 속에 채소만 한가득 들어 있고 고기는 보물찾기라도 하듯 먹어야 하는 경우도 있다. 고기 양은 얼마 안 되는데 초대한 사람이 많아서이기도 하겠지만, 아무리 멧돼지 고기라는 데 의미가 있다 해도 그래서는 중과부적이 아닌가. 어쨌거나 떠들썩하게 사람들을 불러모은 멧돼지 고기 파티는 사실 멧돼지 고기를 맛보는 게 목적이 아닌 경우가 많다. 비단 멧돼지 고기 파티가 아니라도 이 같은 현상은 대상을 깊고 철저하게 처리하지 못하는 인간의 공통적인 특징 중 하나라고 말할 수 있으리라. 1935년

계란찜엔
계란을
듬뿍
넣지 말 것

계란찜을 모르는 사람은 없을 것이다. 그런데 맛있는 계란찜을 만드는 데에는 몇 가지 비결이 있다. 도쿄의 계란찜은 대체로 계란을 많이 넣는 편이라 찜이 단단해져서 영 손이 가지 않는다. 퍽퍽한 계란찜을 좋게 평가할 수는 없다. 내가 이야기하려는 것은 다른 계란찜이다. 간사이 지방, 특히 교토의 작은 요릿집에서 먹는 것이 오히려 고급 요릿집에서 계란을 듬뿍 넣은 계란찜보다 더 그럴듯하다. 이 값싼 계란찜이 맛있는 이유는 계란을 경제적으로 사용했기 때문이다.

예전에 교토에서 어떤 사람이 주최한 연회에 초대를 받아 간 적이 있다. 분명 기온祇園 교토시 히가시야마구東山區에 있는 대표적인 번화가이며 환락가이었던 것으로 기억한다. 그때 문득 계란찜이 먹고 싶어서 옆에 앉아 있던 게이샤藝妓에게 부탁했다. 그러자 그 게이샤가 여종업원에게 계란찜을 시키며 이렇게 일렀다.

"너무 묽게 하지 마세요."

아마도 중요한 손님이니 이른바 교토 식으로 계란을 아끼지 말라는 이야기였을 것이다.

하지만 그렇게 특별 주문으로 만들어진 계란찜은 맛이 없었다. 다시 말해 계란을 너무 많이 넣어 찜이 야들야들하지 않았다. 계란찜은 그릇을 들었을 때 그 안의 내용물이 살포시 흔들릴 정도가 좋다. 그러면 입안으로 술술 넘어가는 데다 계란 냄새도 나지 않아 맛있다.

교토 식 계란찜이 딱 그렇다. 교토 사람은 예로부터 인색하기로 유명한데, 계란찜은 그런 교토의 인색한 성격이 반영된 훌륭한 요리로 인정하지 않을 수 없다. 계란을 적게 사용한 계란찜이 그 증거다. 나도 처음에는 약간 삐딱한 마음으로 값싼 계란찜을 좋게 보지 않았으나 두루두루 맛보고 나니 의외로 계란이 많이 들어간 비싼 계란찜보다 더 낫다는 사실을 깨달았다. 야들야들한 계란찜의 비결은 바로 여기에 있다고 할 수 있으며, 곧 요리의 비결이기도 하다. 즉 계란 한 개를 360~450밀리리터의 국물에 묽게 풀고 오래 찌지 않는 것, 요컨대 계란찜만큼은 계란을 적게 넣어 묽게 해야 확실히 좋다. 처음에는 나 또한 그러한 인식이 부족했다. 참고로 계란찜의 속재료로는 오리고기, 장어, 은행, 린게이鱗莖 파. 마늘 등의 땅속줄기, 생선 완자, 목이버섯 등이 좋다. 1934년

산슈 된장을
사용한
작은
순무 국

된장국은 간단히 만들 수 있는 요리이면서 어느 가정에서나 평소 자주 먹는 것이지만 맛있게 끓이기가 어렵기 때문에 한번 다뤄보고자 한다. 된장국은 건더기로 무엇을 사용하든 간에 오래 끓여서는 안 된다. 먼저 국물을 우려낸 뒤 건더기가 충분히 익었을 때 마지막으로 된장을 풀어 한소끔 끓어 오르면 곧바로 불을 끄고 그릇에 담아 내는 것이 좋다.

그런데 집집마다 가족의 상황에 따라 아침밥을 먹는 시간이 제각각이다. 7시에 먹는 사람, 8시에 먹는 사람, 이렇게 식사 시간이 서로 다를 경우 그때그때 새로 된장국을 끓이지 않는 이상 맨 처음 된장국을 먹는 사람은 간이 잘된 국을 먹지만 그 뒤의 사람들은 차가워진 국을 따뜻하게 데울 때마다 맛이 점점 요상해진 된장국을 먹을 것이다. 된장국도 맛있게 끓이는 비결이 있다. 그것을 알지 못하면 품격 있는 된장국의 맛을 보기 어렵다.

요컨대 된장국의 비결은 된장의 맛을 살리느냐 죽이느냐에 달려 있다. 된장 맛이 죽으면 된장국은 그 의미를 잃고 맛있는 된장국은 기대할 수 없다. 반대로 맛있는 된장국은 된장의 맛이 살아 있다. 된장 맛이 살아 있다는 것은 된장국을 만드는 사람이 살아 있다는 의미다.

된장 맛이 살아 있는가 죽었는가 하는 것은 만드는 사람의 활기가 있고 없고의 문제다. 만드는 사람이 활기가 없다면 맛이 살아 있는 된장국을 만들 수 없다. 요리하는 사람은 항상 음식에 활기를 불어넣기 위해 노력해야 좋은 요리를 만들 수 있다. 요리법이 나쁘면 자연스럽게 맛도 죽어버린다. 개인적인 생각이지만 요릿집의 요리는 죽어 있는 경우가 많다.

된장국은 된장을 냄비에 풀고 한소끔 끓었을 때가 가장 맛있다. 산슈 된장은 전분이 많아서 오래 끓이면 전분 성분이 빠져나와 걸쭉해져서 맛이 없어진다. 특히 술상에는 걸쭉한 된장국이 어울리지 않는데, 된장국 말고도 생선회와 다른 여러 안주가 차려져 있다면 진한 산슈 된장으로 끓인 된장국은 위에 부담이 되어 바람직하지 않다. 이때는 산슈 된장을 그대로 쓸 게 아니라 된장의 전분기를 30~50퍼센트 정도 없애고 끓이는 게 좋다.

그렇게 하기 위해서는 우선 산슈 된장을 사박사박 잘게 썬 다음 고운 망에 넣어 국물 속에서 거른다. 그러면 망 속에 전분이 고스란히 남는 것을 볼 수 있다. 각자의 입맛에 맞춰 국물에서 된장 맛이 날 정도로 된장을 걸러준다. 된장을 곱게 거를수록 국물이 진해지는데, 이를 아라이미소洗い味 된장라 한다.

된장국 하나를 만드는 데에도 여러 방법이 있을 것이다. 그 방법과 솜씨에 따라 같은 재료의 된장국이라도 여러 등급으로 나뉠 수 있다. 결국 음식은 대충 만드느냐 정성을 들이느냐 하는, 요리를 맡은 개인의 마음가짐에 따라 결정된다. 보통 아침에 끓이는 된장국은 무나 순무 등의 건더기와 국물이 조화를 잘 이루도록 하는 것이 이상적인데, 요릿집에서는 겉모양에 치중한 나머지 예쁘게 보이는 데만 급급하여 맛은 소홀히 하곤 한다. 특히 된장국을 대강대강 끓여주는 요릿집에서는 국에 넣을 무를 따로 삶는다거나 하여 건

산슈 된장을 사용한 작은 순무 국

더기는 차갑고 국물만 뜨거운 말도 안 되는 경우가 있는데, 음식을 만드는 이로서는 있을 수 없는 일이다.

무나 순무 등의 채소를 넣을 경우 채소 본연의 맛을 잃게 해서는 안 된다. 생선을 사용할 때는 된장국은 된장국대로 끓이고 생선은 별도로 요리하여 된장국을 내기 전에 넣어 요리한다. 특히 푸른 생선인 고등어나 전갱이는 이렇게 하지 않으면 국물 맛이 텁텁해지고 품격이 떨어진다. 생선이라 해도 보리멸이나 내장을 제거한 은어처럼 담백한 생선은 굳이 별도로 조리하지 않아도 된다. 산슈 된장을 사용한 된장국은 그 밖에도 도쿄에서는 잉어를 넣어 끓이는 방법이 있고, 흰살 생선이나 붉은 조개 등으로 깔끔한 맛을 내기도 한다. 또한 두부를 넣을 경우에는 된장 맛의 농담과 조화를 이루도록 신경 써야 할 것이다.

사실 나는 진한 산슈 된장을 그리 좋아하지 않는다. 언젠가 지인이 산슈 된장을 잔뜩 보내준 적이 있는데 어떻게 처리할지 고민하다가 창고에 넣어두었다. 5, 6년이 지난 뒤 문득 생각나서 먹어보니 맛이 굉장히 가벼워진 게 진한 맛이 순화되어 있었다. 나로서는 놀라운 발견이었다.

당연히 그 많던 된장은 순식간에 사라졌다. 그 일로 짐작건대 된장은 세월이 흐를수록 맛이 가벼워지는 것 같다. 만든 지 얼마 안 된 새 된장은 풋내가 나고 맛이 진한 편이라 나는 시골 된장을 선호하며 그것만 사용한다. 신슈信州, 호쿠 리쿠 지방에서는 가정집에서 된장을 만드는 일이 많은데, 공을 많이 들인 것이라고 해서 그 맛까지 특별히 뛰어난 것 은 아니다. 1934년

냄비
요리에
관한 이야기

겨울철 가정에서 가장 환영받는 요리는 역시 냄비 요리이지 않을까? 보글보글 끓는 소리와 더불어 뜨거운 요리를 즉석에서 먹을 수 있기 때문이다.

냄비 요리라는 것은 결코 식은 음식을 먹을 일이 없다는 것을 뜻한다. 보글보글 끓어오르는 요리를 즉석에서 맛보는 즐거움을 상상해보라. 그러므로 냄비 요리만큼 신선하게 느껴지는 것도 없으리라. 식탁에서 직접 끓이면서 맛을 하나하나 조절해 먹기 때문에 음식의 묘미를 생생히 느낄 수 있다. 재료는 싱싱하고 요리하는 이는 긴장한다. 직접 완성한 요리를 즉석에서 먹으므로 더없이 완벽하며 그만큼 누리는 기쁨도 크다. 그래서 친숙함을 주는 요리라 할 수 있다.

물론 어디까지나 재료인 생선이나 채소가 신선할 때의 이야기다. 냄비 속에 넣는 재료가 시들시들하다면 맛있는 냄비 요리는 기대하기 어렵다. 이는 냄비 요리에만 해당되는 이야기가 아니지만 다시 한번 강조해두고자 한다.

가정에서 즐기는 냄비 요리에는 딱히 어떤 재료를 써야 한다고 정해져 있지 않다. 전날 밤 들어온 오리즈메折詰 나무상자(도시락)에 담긴 여러 음식 혹은 미리 사둔 유바湯葉 두부껍질, 두유에 콩가루를 섞어 끓여서 표면에 엉긴 얇은 껍질을 걷어 말린 식품, 후麩 글루텐을 주원료로 만든 가공 식품, 곤약, 두부 등 먹고 싶은 대로 독창성을 발휘하여 맘껏 즐길 수 있다.

냄비 요리를 도쿄에서는 '요세나베寄せ鍋 모둠냄비'라고 하며, 교토나 오사카에서는 '다노시미나베樂しみなべ 즐거운 냄비'라고도 한다. '다노시미나베'라 부르는 이유는 냄비 속에 대구 머리가 들어 있기도 하고 또 어묵이나 오리고기 등 다양한 재료를 커다란 접시에 담아놓은 모양이 풍성해 보여 이걸 넣어 먹을까 저걸 넣어 먹을까 고민하며 즐길 수 있기 때문이다.

'다노시미나베'라는 이름이 썩 잘 어울리는 요리 아닌가? 그에 반해 '요세나베'는 어쩐지 너무 밋밋한 감이 있다. 냄비 요리는 앞서 말한 것처럼 다양한 재료를 사용하는데, 그 것을 그릇에 보기 좋게 담아내려면 약간의 노력이 필요하다. 이를 무시하고 대충 담아낸다면 영락없이 먹다 남은 자투리 음식을 모아놓은 꼴이 돼버린다.

간토 지방에서는 냄비 요리에 넣을 재료를 넓은 그릇에 늘어놓는 풍습이 있는데, 그다지 보기 좋은 모양새는 아니다. 복어라면 커다란 접시에 펼쳐놓는 것이 맞겠지만 이는 특이한 경우이고, 냄비 요리의 재료를 담을 때는 속이 깊은 그릇을 이용하는 것이 바람직하다. 재료는 앞서 말한 것처럼 어떤 것이라도 좋으나, 다만 조개류는 추천하고 싶지 않다. 조개류는 약간이라면 몰라도 많이 사용하면 요리 맛을 해치는 단점이 있다. 조개류는 국물 맛을 나쁘게 하여 다른 재료의 맛까지 떨어뜨리므로 주의해야 한다. 게다가 조개류는 생선이나 고기와 조화를 이루지 못한다. 외국 요리를 보면 스튜나 카레, 수프 등에 조개를 자주 넣는데 맛이 잘 어울린다고 할 수 없다. 외국에는 조개나 생선류가 적은 만큼 귀하게 취급되기 때문에 고급스러운 요리에 넣곤 하지만 대개는 요리의 맛을 해친다.

이와는 반대로 일본에서는 조개류가 많이 나기 때문에 손쉽게 여러 요리에 사용하는 경향이 있는데, 조개류를 많이 넣으면 음식 맛이 텁텁해지므로 좋은 요리라 하기 어렵다. 따라서 조개류는 되도록 다른 재료와 섞지 않도록 해야 할 것이다.

다음은 냄비 요리의 국물인데, 사람에 따라 선호하는 맛이 각각 다를 것이다. 담백한 맛을 좋아하는 경우는 대체로 술을 좋아하는 사람과 맞는다. 또한 밥과 함께 먹으려면 어느 정도 맛이 강한 편이 낫기도 하다. 이런 부분에서도 요세나베는 각자의 기호에 따라 얼마든지 조절할 수 있으니 안성맞춤의 요리다.

소스는 미리 정확히 조합하여 만들어놓아야 한다. 처음부터 끝까지 소스의 맛이 일정하지 않으면 재료가 바뀔 때마다 설탕을 더 넣거나 간장을 더 넣거나 물을 더 넣어 조절해야 한다. 그러면 그때마다 달거나 맵거나 묽어지는 등 국물 맛이 자꾸 변하므로 좋지 않다. 게다가 냄비 요리는 아무래도 여러 사람이 함께 만들어 먹기 때문에 일정한 맛을 유지하기가 쉽지 않다. 그렇지만 혼자서 맛을 조절한다 해도 모든 사람의 입맛에 다 맞출 순 없는 법이다. 그러므로 소스는 미리 요리에 필요한 양만큼 만들어놓도록 한다. 소스의 맛은 강하지 않은 편이 좋으며, 가정마다 가족의 입맛에 맞춰 만들면 될 것이다. 잘 알고 있겠지만 소스는 설탕과 간장과 술을 적당한 비율로 섞어서 만든다. 이때 술은 넉넉히 넣도록 하며 굳이 따뜻하게 데우지 않아도 된다. 술에 취하고자 하는 것이 아니기 때문에 알코올 성분이 없는 술도 좋고 차가운 술로도 충분하다. 최고급 술을 과감하게 많이 사용하자.

냄비 요리는 주재료가 생선이므로 국물을 낼 때는 가쓰오부시보다는 다시마를 이용한다. 사람들은 끓여서 바로 먹는다는 신선함 때문에 냄비 요리를 즐기곤 하는데, 어묵꼬치 집이 유행인 것도 아마 그러한 이유에서이리라. 이는 결코 맛 때문에 유행하는 것이 아니다. 싸구려 음식인 어묵꼬치가 인기 있는 이유는 완성된 요리를 즉석에서 먹을 수 있기 때문일 뿐 실제로는 맛있는 요리가 아니다. 혀가 델 정도로 뜨겁게 끓인 것을 그 자리에서 먹을 때 사람들은 맛있다고 말하지만 사실 어묵꼬치는 변변치 않은 음식이다.

변변치 않은 어묵꼬치조차 즉석에서 먹을 수 있다는 이유로 우리의 미각을 기쁘게 한다면 가정용 어묵꼬치라 할 수 있는 냄비 요리는 우리에게 만족감을 주기에 충분하리라. 나는 길거리 포장마차에서 어묵꼬치와 튀김을 먹어본 경험이 있기 때문에 그 맛이 대강 어떤 것인지 익히 알고 있다. 그런데 내가 생각하는 냄비 요리는 그것과는 거리가 먼 고급 요리다. 어쨌거나 냄비 요리는 창조적이고 독창적으로 만들면 되는 것이다. 냄비 요리는 격식을 차리지 않아도 되는 친한 사람을 초대하여 가족적인 분위기에서 화기애애하고 떠들썩하게 즐길 때 걸맞은 가정 요리라 할 수 있다.

다음은 만드는 법과 먹는 방법이다. 대구를 끓인다고 가정해보자. 서너 사람이 함께 먹는다면 한 번에 다 같이 먹을 만큼 대구를 넣고 끓인다. 냄비 속의 대구가 익으면 건져낸 뒤 채소를 넣는다. 대구 머리는 잘 우러나기 때문에 국물이 진해지지만 채소는 국물을 흡수한다. 이러한 재료의 성질을 감안하여 국물이 우러나는 것 다음에 국물을 흡수하는 것을 교차하여 끓이는 게 좋다. 이렇게 냄비 속을 깔끔하게 정돈하면서 국물을 우려냄으로써 마지막까지 신선한 요리를 먹을 수 있도록 한다. 냄비 요리를 먹을 때는 이러한 요령이 필요하다.

냄비 요리의 재료를 그릇에 담는 방법도 꽃꽂이와 마찬가지라고 나는 생각한다. 꽃꽂이라는 것은 자연의 풀과 나무를 자연 그대로 연출하기 위해 노력을 기울이는 작업이다. 마찬가지로 요리도 인간의 미각에 만족을 주기 위해 천연의 재료를 활용하고, 나아가 눈을 기쁘게 하며 유쾌하게 하는 아름다움을 발휘해야 한다는 게 내 지론이다. 이렇게 하여 사람 마음에 감동을 주는 것은 요리나 꽃꽂이나 같지 않겠는가?

　대개 가정에서 특별한 날에는 쓸데없이 거창한 장식으로 의식儀式을 차리면서 평소에는 소홀한 경향이 있는데, 내 눈에는 그다지 좋게 보이지 않는다. 미적인 생활을 즐기려면 특별한 날만을 챙겨서는 안 된다. 언제 어떤 것이든 아름다움을 추구하는 자세를 버려서는 안 된다.

　나는 일상생활 속의 아름다움에 대해 생각하곤 한다. 말하자면 매일 먹는 가정 요리를 얼마나 아름답게 만들어내느냐 하는 부분이다. 재료를 정성 들여 고르고 제대로 손질하고 완성된 요리를 담아내는 모든 과정에 신경을 쓰는 것이다. 관심을 가지고 노력하는 것과 얄은 수로 겉만 번지르르 꾸미는 것에는 엄연한 차이가 있다. 신경 쓰고 노력하는 것 자체가 자연에 더욱 가까워지는 일이다. 냄비 요리의 재료를 담아내는 것만 해도 마음가짐에 따라 잡다한 자투리 음식으로 보이기도 하고, 보는 이를 기쁘게 하는 미술품처럼 아름답게 보이기도 한다. 그런 차이는 분명히 나타나게 마련이다.

　그릇에 아름답게 담아내는 솜씨를 얻기 위해 노력하다보면 자연스럽게 식기에 대한 관심도 높아진다. 바꿔 말하면 도자기나 칠기에도 서서히 눈을 뜨게 될 것이다. 1934년

3부

소박한 맛을 원한다면
오차즈케

오차즈케의
맛

비단 오차즈케お茶漬け 뜨거운 녹차에 밥을 말아 먹는 음식만이 아니라 대체로 형편이 넉넉한 사람과 그렇지 못한 사람 사이에 요리라고 하는 것은 하늘과 땅만큼의 차이가 있다. 그러나 돈이 많아서 생선회든 최고급 쇠고기든 먹고 싶은 건 다 먹을 수 있는 사람도 사치스러운 요리에 질려 소박한 식사를 원할 때가 있다. 의사의 말에 따르면 이는 몸 안에 영양이 차고 넘쳐 생리적으로 영양이 더 이상 필요 없어졌을 때라고 한다. 바로 그런 때에 찾게 되는 것이 오차즈케다.

　오차즈케야 그저 간단한 요리지만 조금은 사치스러운 것,

특히 뭔가 색다르고 맛있는 오차즈케를 먹고자 한다면 연어를 곁들인 것만으로는 부족할 것이다. 연어도 여러 가지가 있으므로 아라마키자케新卷鮭 내장을 빼고 소금에 절인 연어를 곁들인다면 오차즈케라도 꽤 사치스럽게 즐길 수 있으리라. 그러나 요즘에는 그런 특별한 아라마키자케를 맛보기가 힘들다. 아무데서나 파는 연어로는 특별한 미식을 추구하는 이의 입맛을 만족시킬 수 없을 테니 결국은 그 외에 색다른 것을 찾게 될 것이다. 맛있는 단무지를 어디서 구할까, 맛있는 건어물을 어디서 구할까 고민하게 된다. 또는 대구를 넣은 오차즈케로 할까 하고 비용이 드는 방법도 생각해보지만 이는 금전의 구애를 받지 않는 사람이나 시도할 방법이다. 따라서 요리는 빈부의 차이에 따라 다양한 결과를 내놓는다고 할 수 있다.

지금까지 여성 잡지나 라디오 등에 등장하는 요리 연구가라는 사람들이 선보이는 요리는 고급 요리라기보다는 서민 대중을 대상으로 한 것이므로 부자들에게는 크게 도움이 되지 않는다. 그래서 내가 말하고자 하는 것은 오차즈케를 포함해 사치스러운 고급 요리에 관한 이야기로, (내 이야기에 반감을 느낄 사람들도 있겠지만) 미식 중에서도 최고의 미식을 추구하는 이들이 기뻐할 내용이다. 아마 요즘 젊은이들이

들으면 '비싸기만 한 그렇고 그런 음식'이라며 비아냥거릴지도 모르겠다.

또 한 가지, 요리는 빈부의 차이로 달라지기도 하지만 나이가 들면서 기호가 바뀌기도 한다는 점을 알았으면 한다. 따라서 가족 전체가 다 같이 좋아하는 요리는 좀처럼 찾아보기 어렵다. 말하자면 각 연령대의 입맛에 맞는 방식으로 요리를 하지 않는 한 모두의 입맛을 만족시킬 만한 음식 종류는 드물다. 게다가 경제적 여유가 없는 사람이라면 평소 익숙하지 않은 고급 요리를 선뜻 선택하진 못하리라.

맛있는 요리는 오랫동안 먹어봐야 비로소 그 맛을 알 수 있는 법이다. 더욱이 그 참된 맛을 알게 되기까지는 꽤 많은 돈이 지출된다. 그러나 많은 돈을 투자했다고 해서 반드시 누구나 음식의 참된 맛을 알 수 있는 것도 아니다. 미식가라 해도 그 수준이 제각각인데 보통 사람은 더욱 그러하지 않겠는가? 결국 이는 서화書畫의 경우와 마찬가지여서, 알아보는 사람만 알게 되는 법이다.

다시 오차즈케 이야기로 돌아가보자. 오차즈케에도 다양한 맛이 존재한다. 밥 위에 그냥 소금과 차만 부어 먹어도 맛있을 때가 있고, 대구를 곁들인 오차즈케가 맛있을 때가 있다. 맛에 대한 기호는 몸의 상태에 따라 달라지게 마련이다. 오늘 대구를 곁들인 오차즈케가 맛있었다고 해서 내일도 모레도 계속 먹는다면 어떨까? 요컨대 자기 몸 상태를 정확히 알고 몸이 원하는 음식이 무엇인지를 아는 것이 중요하다. 장어가 좋은지, 쇠고기가 좋은지 또는 단무지 오차즈케가 좋은지 그때그때 몸 상태에 따라 원하는 것을 먹으면 자연스럽게 그 맛을 음미할 수 있다. 비싼 음식이 더 맛있을 거라는 생각이나 싸구려는 싫다는 이유로 음식을 선택하기도 하는데, 이는 간단한 오차즈케를 먹더라도 신중히 생각해볼 필요가 있다. 몸이 원하는 오차즈케의 종류를 먹는다면 그보다 더 큰 행복은 없을 것이다. 이는 우리 몸이 그 영양소를 필요로 하기 때문이라고 할 수 있다. 이러한 논리는 오차즈케뿐 아니라 어떤 경우에나 해당된다.

결국 음식이라는 것은 자기 몸과 정신을 형성하는 근본이므로 그 근본을 고려하여 맛있는 음식을 먹으면 되는 것이다. 곰곰이 생각해보면 음식에 대한 인간의 욕구는 결국 몸이 그 음식을 요구하기 때문이라고 할 수 있다.

평소 값비싼 음식을 자주 먹지 않는 사람은 그 맛을 알지 못하기 때문에 고급 음식에 대한 욕구가 없지만, 고급 음식을 먹으며 자란 사람이라면 그 음식의 맛을 좋아하고 몸에도 맞기 때문에 원하게 된다. 예를 들어 도쿄에서는 사람들이 비싼 참치를 사먹지만 식도락으로 유명한 오사카 사람들은 참치에 많은 돈을 투자하지 않는다. 오사카에서는 오래전부터 일등품 참치가 거래되지 않아 참치의 맛을 잘 모르기 때문이다.

또한 맛있는 음식만 구미가 당긴다거나 맛없는 음식이 입에 맞는다고 하는 것은 그 사람이 자란 환경 탓이므로 이에 대해 섣불리 왈가왈부하는 것은 옳지 않다. 각자 분수에 맞는 음식을 취하면 그만이다. 그렇지 않다면 음식에 관해 논할 수 없다. 서론은 이쯤 하고 이제 본론으로 들어가보자.

낫토 오차즈케

낫토納豆 낫토균을 이용해 대두를 발효시킨 일본의 전통 식품 오차즈케는 생각보다 맛이 좋지만 많은 사람이 이 사실을 잘 알지 못하며, 미식가들 중에서도 그 참맛을 아는 이가 드물다. 물론 낫토 오차즈케는 내가 새롭게 만들어낸 음식은 아니지만 세상 사람들이 그 참맛을 알지 못한다는 것이 나로서는 신기한 일이다.

낫토 만들기

여기서 말하는 낫토 '만들기'란 낫토를 잘 섞어주는 방법을 뜻한다. 낫토를 섞는 방법이 서툴면 제대로 된 낫토를 즐길 수 없다. 낫토를 그릇에 담고 아무것도 넣지 않은 상태에서 젓가락 두 개로 저어주면서 섞는다. 그러면 낫토에서 끈끈한 실이 나오기 시작하는데 연藕에서 나오는 끈끈한 실과 같은 것이 많이 형성되면서 낫토가 점점 단단하게 엉겨 잘 섞이지 않게 된다. 이 실이 많이 나올수록 낫토가 맛있어지므로 귀찮더라도 수고를 아끼지 말고 최대한 잘 섞어야 한다.

낫토가 단단히 엉겨붙으면 간장을 몇 방울 넣고 다시 섞어준다. 그리고 또다시 간장을 몇 방울 넣고 섞는다. 이런 식으로 섞는 작업을 반복하면 점점 실이 없어지면서 질척해지는데, 이렇게 된 낫토에 겨자를 넣고 잘 섞는다. 이때 기호에 따라 양념(다진 파)을 조금 첨가하면 풍미가 더 강해지고 맛이 좋아진다. 오차즈케로 만들어 먹건 그냥 먹건 낫토는 이 상태에서 먹어야 가장 맛있다.

처음부터 낫토에 간장을 넣고 섞는 것은 어설픈 방법이다. 낫토에 정통하다는 사람들은 간장 대신 생소금을 사용하기도 하는데, 낫토에 소금을 넣으면 깔끔한 맛을 내기는 하지만 일반적으로는 간장을 넣는 편이 무난하다.

오차즈케 만들기

낫토가 완성됐으면 참치 오차즈케를 만들 때와 같은 방법으로 그릇에 밥을 소량 퍼 담고 그 위에 적당량의 낫토를 올린다. 낫토 오차즈케에는 특히 뜨거운 밥이 어울린다. 낫토를 올린 밥에 차를 부어주는데 낫토에 섞인 간장만으로 간이 약한 경우에는 밥 위에 간장을 몇 방울 떨어뜨린다. 처음부터 낫토 오차즈케로 만들어 먹기로 했다면 낫토를 섞어줄 때 간장을 여유 있게 넣는다. 그리고 낫토 자체로 맛이 좋기 때문에 화학조미료를 첨가하는 것은 바람직하지 않다. 밥 위에 올리는 낫토의 양은 밥의 4분의 1 정도가 가장 적당하다. 낫토의 양이 너무 적으면 낫토 오차즈케라 하기에 민망하고, 너무 많으면 입안에서 우적거리는 낫토 때문에 먹기가 불편하다.

낫토 오차즈케는 쉽고 간단히 만들 수 있는 요리이므로 가을철 입맛을 돋우는 음식으로 미각을 만족시켜보면 어떨까?

낫토의 장단점

낫토에도 맛있는 것과 맛없는 것이 있다. 맛없는 낫토는 아무리 섞어도 실이 나오지 않고 버석거리는데, 이는 충분히 발효되지 않아 실이 생기지 않고 콩이 입안에서 서걱서걱 돌아다닌다. 충분히 발효된 낫토는 콩의 질이 섬세하지만 콩이 끈적끈적하지 않은 낫토는 아무리 공들여 섞어봤자 제맛이 나지 않는다. 따라서 실이 만들어지지 않는 낫토는 먹을 수 없다. 가장 맛있는 낫토는 센다이, 미즈도 등지에서 나는 콩알이 작은 낫토와 간다에서 유명한 콩알이 큰 낫토다. 그러나 유감스럽게도 옛날의 그 맛은 찾아보기 힘들다. 다만 낫토를 잘 모르는 이들에게는 그저 콩이 많이 들어 있다는 이유로 좋아 보이기는 하리라. 1932년

김 오차즈케

김 오차즈케는 지극히 간단한 음식이지만 실제로 요리하는
사람은 그리 많지 않다. 통조림이나 병조림으로 판매되는
쓰쿠다니佃煮 생선·조개·해초 등의 조림 요리 중에는 향이 좋은 것을
찾아보기 힘들다. 통조림이나 병조림으로 판매되는 김 쓰쿠
다니는 여러 해가 지난 묵은 김이나 파래 김이 뒤섞인 생김
부스러기 등의 찌꺼기를 모아 만든 것이다. 운 나쁘게 파래
김으로 채워져 있는 경우에는 파래 김 냄새와 맛만 난다.

시판되는 제품 중에서는 제대로 된 것이 없으므로 진짜로
맛있는 김 쓰쿠다니를 먹고 싶다면 직접 만들어 먹는 것 외

에는 달리 방법이 없다.

직접 만들려면 제철에 생김을 사다가 생간장_{일본 간장의 일종.}
숙성한 간장덧을 착즙한 채 가열하지 않은 간장 원액을 넣고 뭉근한 불에 자작
하게 조린다. 생김을 구하기 어렵다면 말린 김을 간장에 조
리면 되는데 간장이 바짝 졸아들게 조려야 맛있다. 끈끈하
게 조린 김을 뜨거운 밥 위에 올리고 차를 부어준다. 여기에
고추냉이를 약간만 넣어주면 완성이니, 김 오차즈케만큼 간
단한 요리도 아마 없으리라. 김 오차즈케는 술을 마신 후 입
가심으로 안성맞춤이다.

김 오차즈케를 좀더 고급스럽게 즐기고 싶다면 가능한 한
좋은 김을 아낌없이 사용해야 한다. 김이 좋을수록 김 오차
즈케의 맛이 좋아지므로 맛에 민감하다면 되도록 질 좋은
김으로 김 쓰쿠다니를 만들어야 할 것이다.

김 오차즈케는 누구나 쉽게 만들어 먹을 수 있는 음식이
지만 내가 소개하려는 것은 좀더 손쉽게 즐길 수 있는 김 오
차즈케다. 우선 고급 김을 사다가 잘 구워서 뜨거운 밥 위에
잘게 부수어 올리고 그 위에 간장 몇 방울과 적당한 양의 고
추냉이를 넣고 차를 부어주면 된다. 뜨거운 밥을 구운 김에
싸먹는 사람은 많지만 이렇게 구운 김으로 오차즈케를 만들
어 먹는 사람은 별로 없을 것이다.

오차즈케 한 그릇에 들어가는 김의 양은 많아야 한 장 또는 한 장 반이다. 이 오차즈케는 아침에 먹어도 좋고, 술을 마신 후에도 좋지만 느끼한 음식을 먹고 난 후에는 특히 더 좋다. 바쁠 때 한 끼 식사로 즐기기에도 손색이 없다.

이 같은 오차즈케를 즐길 줄 아는 사람은 미식가 중 미식가라 할 수 있겠다. 차 대신에 가쓰오부시와 다시마를 우려 낸 국물을 부어 먹어도 맛있다. 오차즈케에는 다른 반찬이 전혀 필요 없을 뿐 아니라 귀한 손님이 집에서 하룻밤 묵어갈 경우 이튿날 아침상에 올리기에도 부족함이 없다. 물론 품질 좋은 차를 사용한다는 건 두말할 나위가 없으리라.

김 이야기가 나왔으니 김을 굽는 방법에 대해 한마디 덧붙이고자 한다.

김을 맛있게 구우려면 상당한 솜씨가 필요하다. 맛있는 김을 구워내지 못하면 열 장에 3엔이나 하는 비싼 김이 1엔 정도의 가치밖에 안 되는 싸구려 김으로 전락해버리는 한심한 상황이 벌어진다. 굽는 솜씨에 따라 1엔의 김이 3엔의 가치를 지닐 수도 있고, 돈이 더 들더라도 먹고 싶은 맛깔스러운 김이 될 수도 있다. 이는 오로지 굽는 사람의 솜씨에 달린 것으로, 요리에 대한 그 사람의 교양이 드러나는 부분이라 할 수 있다.

흔히 김을 구울 때는 양면을 굽지 말라고 하는데 이는 김의 향긋한 향이 사라져버리기 때문이다. 숯불에 구울 때도 숯이 아직 빨갛게 달아오르지 않은 상태에서는 가스가 생기고 습도가 높아서 좋은 향을 낼 수 없게 된다. 반드시 빨갛게 단 빈초탄備長炭 너도밤나무로 만든 최상품 숯을 사용해야 한다.

사실은 전기 프라이팬에 굽는 것이 가장 좋은데, 이 또한 스위치를 켜자마자 곧바로 김을 올려서는 안 되고 프라이팬의 열판에 남은 습도가 사라질 때까지 기다렸다가 구워야 한다. 그러면 초보자도 얼마든지 김을 맛있게 구울 수 있다. 과거 김구이 전문가들은 빈초탄을 사용했겠지만 지금은 아마도 전열기를 사용하리라.

다른 이야기지만 고기를 구울 때도 맛에 민감한 사람은 고기를 양면으로 굽지 않는다. 뜨겁게 달아오른 불 위에 고기의 한 면만을 구워서 육즙이 배어나오면 소스에 찍어 다시 석쇠나 불판에 올리기도 하고, 다시 굽지 않고 불에 살짝 데우기만 한다.

모든 요리에서 맛을 내는 비결은 이렇듯 소소한 부분에 달려 있다. 알고 있으면서도 막상 소홀히 하기 쉬운 부분이다. 부디 맘먹고 즉시 실천해보기를 바란다. 1932년

다시마조림 오차즈케

내가 소개하려는 것은 당연히 특별한 맛의 오차즈케다. 흔히 먹는 오차즈케와는 다르다는 점에 유의해주길 바란다.

사실 다시마를 이용하는 것이니 특별히 비싼 재료는 아니지만, 주변에서 흔히 판매되는 것으로 다시마조림을 할 순 없다. 당연히 다시마의 질이 좋아야 하고, 다시마를 조리는 간장도 좋아야 하므로 시중에서 판매하는 제품은 적당하지 않다.

오차즈케를 만들 다시마는 교토의 마쓰시마야, 도쿄라면 쓰키지 어시장의 특산품, 니혼바시 무로마치의 야마시로야

등에서 취급하는 것을 사용한다. 즉 국물을 우려낼 때 사용하는 최고 품질의 다시마가 아니면 안 된다. 사실 교토에는 최고급 다시마를 판매하는 곳이 한두 군데가 아니다.

간장은 야마사ヤマサ 야마사 회사에서 판매하는 간장 정도면 충분하다. 또한 짠맛을 좋아하는 사람은 간장에 소금을 추가하면 된다. 소금을 넣고 조린 다시마조림은 소금 덕분에 식감이 색다르며, 그 식감이 날 때까지 계속 조려야 맛있는 다시마조림이 완성된다. 아울러 불에 직접 올리지 않고 중탕으로 조린다.

훨씬 맛있게 조리려면 간장 1.8리터에 술을 0.5리터 정도 넣어주는데, 술이 들어가면 다시마조림의 맛이 더 좋아진다. 조린 다시마만 넣고 오차즈케를 만들어도 상관없지만 산초를 좋아한다면 다시마를 조릴 때 어리고 부드러운 산초 열매를 넣어도 좋다. 혹은 고추나 간사이 산의 뱅어를 넣고 함께 조려도 좋다. (도쿄 산 뱅어포는 품질이 그다지 좋지 않은 편이라 가장 좋은 다시마를 써도 맛있는 다시마조림을 기대하기 어렵다.) 이처럼 뱅어와 다시마를 함께 조리면 생선의 맛과 해초의 맛이 어우러져 상당히 맛이 풍부해진다. (단, 뱅어는 되도록 작은 것을 써야 한다.) 그렇게 만든 다시마조림을 앞서 소개한 다른 오차즈케와 마찬가지로 밥 위에 올리고 좋은 차를 부어주면 다시마조림 오차즈케가 완성된다.

　오차즈케는 입맛이 떨어져 무엇을 먹어도 통 맛을 모를 때, 예를 들면 삼복 무더위에 식욕을 잃었을 때 가장 어울리는 미식이다. 다시마조림 등으로 오차즈케를 할 때는 단무지 따위는 곁들이지 않는 편이 낫다. 1932년

자반연어,
자반송어
오차즈케

초보자의 눈에는 연어와 송어가 똑같아 보일 테지만 맛은 연어보다 송어가 월등히 낫다.

자반연어는 간을 삼삼하게 한 것, 살이 부드러운 것 등 종류가 다양하다. 도쿄에서는 이 중에서 얼마든지 식성대로 고를 수 있는데, 맛있기로는 '아라마키新卷'를 따라갈 만한 것이 없다. 이 아라마키를 구워서 오차즈케로 먹으면 최고다. 질이 낮은 엽차를 사용하면 맛이 좀 떨어지겠지만 보통 녹차를 부어 먹는 자반연어 오차즈케의 맛으로는 여느 오차즈케와 비교가 안 될 만큼 머릿속이 개운해질 정도니, 그 맛을 한번 상상해보라. 자반연어 오차즈케는 참치나 튀김의 경우처럼 밥 위에 얹은 다음 그 위에다 차를 직접 붓는 식을 피하는 편이 좋다.

게다가 간이 삼삼한 것, 짭짤한 것 등 다양한 종류가 있으며, 오차즈케에 적당한 두께는 베니어판처럼 얇은 쪽이 낫다. 이 자반연어는 산간벽지에서도 손쉽게 구할 수 있으며, 한 마리에 100엔 정도이고 큰 것이라 해도 200엔 정도면 살 수 있다.

송어 중에서 가장 맛있는 것은 마치 녹이 슨 것처럼 새빨간 자반송어다. 간이 짭짤하게 밴 납작한 송어 살을 뜯어 밥 위에 올릴 때 잊어서는 안 될 것이 껍질도 함께 밥 위에 올리고 뜨거운 차를 부어야 한다는 점이다. 본래 송어 자체에 밴 짠맛으로도 충분한 자반송어이므로 오차즈케에 소금이나 생간장을 더 넣을 필요가 없다. 연어 오차즈케는 연어를 밥 위에 올리고 차를 부어도 국물 맛이 더 좋아지지 않지만 송어 오차즈케의 경우에는 국물 맛이 상당히 나아진다. 이는 연어가 도저히 흉내 낼 수 없는 맛이다.

다만 주의해야 할 점은 송어의 얇은 뱃살을 떼어내고 먹어야 한다는 것이다. 연어의 아라마키는 오히려 이 얇은 뱃살이 가장 맛있는 부분이지만 송어는 쓰기만 할 뿐 맛이 없다. 연어나 송어의 껍질을 먹지 않는 사람이 더러 있는데, 이는 어리석은 행동이 아닐 수 없다. 미식가는 연어를 고를 때 꼬리 쪽을 선호한다. 꼬리 쪽에 맛있는 껍질이 많이 붙어 있을 뿐 아니라 섬유질이 강하기 때문이다. 그만큼 연어의 꼬리 쪽이 중간 부위보다 식감도 좋고 맛도 뛰어나다.

자반송어 오차즈케는 맛도 있지만 다섯 그릇이나 먹어도 가격이 50엔도 안 될 만큼 저렴하다. 게다가 낫토 오차즈케와 마찬가지로 미식가의 입맛을 채워주고도 남을 만큼 뛰어난 맛을 자랑한다. 자반송어 오차즈케라고 하여 애초에 이 요리를 우습게 여기거나 아예 모르는 사람도 있을 텐데 부디 한번 맛보기를 권한다.

목수나 미장이 등이 점심 도시락을 먹을 때 도시락 뚜껑이나 컵에 송어 살을 뜯어 넣고 뜨거운 물을 부어 국 대신 먹는 광경을 자주 볼 수 있다. 이는 일종의 즉석 송어국인데, 꽤 영리한 발상 아닌가. 1932년

참치
오차즈케

도미 오차즈케가 세상에 널리 알려지면서 간판을 내건 요릿 집까지 생겨나는가 하면 최근에는 간사이 지방은 물론 도 쿄에서도 요릿집 메뉴에 도미 오차즈케가 올라 있는 모습을 흔히 볼 수 있다. 또한 일반 가정에까지 침투하여 실제로 밥상에 오르기도 한다. 그런데도 도미보다 간단하고 맛있는 참치 오차즈케를 먹는 이들이 적다니 이상한 일이다.

　도미는 간사이 산이 맛있고 참치는 도쿄 산이 맛있다. 따라서 도쿄에서는 도미 오차즈케보다 참치 오차즈케를 만들어 먹는 편이 더 자연스러울 것이다. 도쿄에서도 게이한에서와 같이 식도락이 발달했다면 벌써 오래전에 참치 오차즈케의 존재가 그 빛을 발했으리라. 이렇게 말하는 나도 사실 참치 오차즈케는 교토에서 알게 된 것이며 도쿄 사람에게 배운 것이 아니다. 앞으로 도쿄 사람은 도미 오차즈케처럼 간사이 지방 요리를 흉내 내기보다는 당당하게 도쿄의 참치로 도미 오차즈케에 대항하는 것이 어떨까? 간사이 지방보다 맛있는 요리가 적은 도쿄인 만큼 더욱 그렇지 않은가.

오차즈케의 밥

오차즈케용으로 질고 끈적끈적한 밥은 가장 좋지 않다. 초밥용으로 쓰는 정도의 밥이 좋으며, 갓 지은 것보다는 적당히 식어서 미지근한 정도여야 한다. 오차즈케 나름이겠지만 생선 오차즈케에 찬밥은 절대 금물이다.

찻물 우리기

오차즈케에는 질이 낮은 엽차보다는 전차煎茶 찻잎을 열탕에 우려낸 중급 정도의 차 종류가 바람직하다. 오차즈케에는 차의 향과 씁쓸한 맛이 중요한데 약간 진하게 우린 차를 부어야 조화롭다. 연하게 우린 차는 오차즈케의 맛을 떨어뜨리기 때문에 품질 좋은 가루차가 가장 적합하다.

가루차를 만들려면 초밥집에서 흔히 볼 수 있는 가루차 전용의 작은 거름망을 사용하면 된다. 초밥집에서 하는 것처럼 구멍이 약간 큰 거름망 속에 차를 한 컵 정도 넣고 물을 붓는다. 이렇게 하는 이유는 가루차는 남은 차를 한데 모은 찌꺼기라서 불순물이 섞였을 수 있기 때문이다. 거름망 속에 든 가루차에 물을 부으면 틉틉한 물과 함께 티끌 등이 걸러져 깨끗해진다. 이 물을 버린 후 이번에는 뜨거운 물을 거름망 속 가루차에 붓는다. 이때 뜨거운 물을 조금씩 부으면 찻물이 진해지고 한꺼번에 부으면 연해진다. 뜨거운 물을 붓는 방식에 따라 찻물의 농도를 자유자재로 조절할 수 있다.

오차즈케에는 뜨거운 물을 조금씩 부어 진하게 우린 찻물을 이용한다. 물론 가루녹차든 일반 녹차든 최고 품질의 차를 선택하는 것이 중요한 비결로, 차의 질이 나쁘면 어떤 오차즈케든 맛이 좋을 수가 없다. 다시 말해 차가 나쁘면 오차즈케를 만들어 먹는 의미가 없다.

오차즈케에 이용하는 참치

오차즈케에는 새끼 참다랑어를 이용하는 것이 좋다. 새끼 참다랑어는 보통 초밥집에서 사용하는 참치로, 참치 뱃살 부위는 흰 빛이 돌며 지방이 많다. 마흔 살 이전의 남성들은 지방이 많은 이 부위를 선호하지만 마흔이 넘으면 점점 지방이 많은 쪽을 꺼리게 된다. 오차즈케에 이용하는 참치도 뱃살이든 붉은 살 부위든 기호에 따라 선택하면 된다.

지방이 적은 붉은 살은 붉은 살대로 맛있고, 지방이 많은 부위는 또 그것대로 맛있다. 참치의 질만 좋다면 각자의 기호에 따라 어느 것을 써도 괜찮다.

새끼 참다랑어 외에 청새치나 황다랑어 등을 오차즈케에 이용하는 것도 그리 나쁜 방법은 아니다. 다만 황다랑어나 청새치는 지방이 적어서 기름진 것을 선호하는 사람들에게는 약간 담백한 느낌을 줄 것이다. 그러나 노인이나 여성이 먹는다면 오히려 이편이 나을 수도 있으리라. 이 또한 각자의 기호에 맡기겠다.

오차즈케 만들기

얼마나 배가 고픈 상태인지에 따라 다르겠지만 오차즈케의 주재료가 고급이라면 그릇에 담는 밥의 양은 적어야 좋다. 밥을 많이 담으면 상대적으로 찻물의 양이 적어지기 때문이다. 배고픈 노동자를 위한 오차즈케라면 밥이 많아야 하므로 이때는 큰 그릇에 담아낸다. 입맛이 까다로운 사람을 위한 오차즈케라면 밥이 적고 찻물이 많아야 한다. 밥이 많은 오차즈케는 엽차만으로도 충분하지만 밥이 적은 오차즈케는 녹차를 이용하는 편이 좋다.

밥은 그릇의 절반 정도 또는 그보다 적게 담고 참치회 석 점을 한 점씩 펼쳐서 밥 위에 올린다. 여기에 간장을 적당히 뿌리고 강판에 간 무즙 약간을 참치 옆에 곁들인다. 가루차가 든 거름망을 이 밥 위에 대고 한쪽에서부터 천천히 뜨거운 물을 붓는다. 참치회 위쪽에서 뜨거운 찻물을 골고루 뿌리면 참치회의 표면이 조금 하얘진다. 찻물은 밥 위에 얹은 참치회가 살짝 적셔질 정도까지 붓는다.

이어서 젓가락으로 참치회를 살며시 누르면 붉은 기가 남아 있던 참치 회의 뒷면도 하얗게 변한다. 그리고 투명한 차는 유백색으로 변하고 간장이 섞이면서 그릇 안이 불투명해진다. 참치 회는 반숙 이상으로 익으면 맛이 없어진다.

좀더 진한 맛을 원한다면 그릇 뚜껑을 덮고 오차즈케의 맛이 충분히 우러나기를 기다렸다 먹으면 된다. 굳이 따지자면 뚜껑을 덮으면 밥이 물러져서 좋지 않으며, 뚜껑을 덮지 않는 편의 향이 더 좋고 더 뜨끈하며 참치도 과하게 익지 않아서 맛있다. 특히 참치가 너무 익으면 참치 오차즈케의 진정한 맛을 놓칠 수 있다. 참치 날것의 맛을 좋아하지 않는다면 모를까 뚜껑을 덮는 것보다는 덮지 않은 오차즈케가 훨씬 맛있다.

　이 오차즈케는 다른 반찬을 곁들일 필요가 전혀 없으며 마지막에 남는 오차즈케의 향긋함으로 사치한 입맛을 만족시키기에 충분하다. 참고로 차를 붓기 전에 고추냉이를 밥 속에 넣으면 매운맛이 사라진다. 그러므로 차를 부은 다음 마지막에 넣어야 고추냉이의 아릿한 맛을 함께 즐길 수 있다. 1934년

튀김
오차즈케

기름기가 많은 튀김てんぷら 덴푸라 오차즈케는 당연히 기름진 음식을 좋아하는 이들에게 환영받는 요리다. 갓 튀긴 튀김으로 오차즈케를 만들어도 되지만 본래는 전날 먹고 남은 튀김이나 식어버린 튀김을 활용하는 식으로, 미리 튀겨놓은 것을 이용한다. 튀김 오차즈케를 만들 때는 먼저 화로에 석쇠를 올리고 약간 눌러붙은 자국이 생길 정도로 튀김을 데운다. 이것을 뜨거운 밥 위에 올리고 소금을 적당히 뿌린다.

앞서 참치 오차즈케에서도 이야기했듯 진하게 우린 찻물을 붓는다. 밥의 양은 각자 원하는 만큼 준비한다. 다만 주의해야 할 점은 튀김 오차즈케는 단맛과는 상극이므로 달짝지근한 튀김 소스를 뿌려서는 안 된다. 반드시 생간장이나 소금을 뿌려야 한다. 무즙은 신선해야 하며 매운 무일수록 좋다.

중요한 것은 튀김 오차즈케란 먹고 남은 튀김을 활용한 요리라는 점이다. 석쇠에 굽기 때문에 기름기는 사라지고 고소한 맛이 더 강해져 의외로 맛있다. 그러나 주재료인 튀김 자체의 맛이 안 좋다면 당연히 오차즈케의 맛 또한 기대할 수 없으리라. 1934년

갯장어
붕장어
장어
오차즈케

갯장어

오차즈케 중에서도 맛이 훌륭한 것 중 하나는 갯장어 오
차즈케다. 이것은 회로 올리는 도미 오차즈케와 우열을 다
툴 만한 맛이다. 양식이 유행하기 전에 교토와 오사카 아이
들에게 '어떤 음식을 가장 좋아하냐'고 물으면 아이들은 너
나 할 것 없이 도미와 갯장어라고 대답하곤 했다. 그만큼 도
미와 갯장어는 게이한의 대표적인 미식이었다.

맛좋은 갯장어는 산슈에서 세토내해에 걸쳐 많이 잡히기
때문에 지금도 게이한 지방의 명물로 유명하다. 갯장어는 끓이거나 굽거나 으깨어 어묵으로 만드는 등 어떤 요리로도 맛있는 생선이다. 특히 구워서 먹는 것이 제일 맛있는데, 갓 구운 갯장어만큼 맛있는 것은 없다. 식어버린 갯장어는 약한 불에 다시 데워 먹으면 된다. 담을 때는 뜨거운 밥 위에 구운 갯장어를 올린 후 젓가락으로 꾹꾹 눌러 밥에 섞는다. 그리고 적당량의 간장을 붓고 찻물을 충분히 부은 뒤 뚜껑을 덮는다. 1분 정도 뜨거운 김을 쐰 후 젓가락으로 살을 발라가며 먹는다.

갯장어는 감칠맛 나는 좋은 지방 때문에 맛이 과하지 않고 식감도 굉장히 좋다. 게다가 만드는 법도 간단해 간사이 사람들 중에 이 오차즈케를 먹어보지 않은 이는 없으리라. 그러나 도쿄에서는 시도해보기가 쉽지 않은데, 도쿄에서 팔리는 갯장어는 대부분 간사이 지방에서 오는 것으로 그 양이 얼마 되지 않기 때문이다. 원래 도쿄 요리 중에도 갯장어를 이용한 메뉴가 별로 없어서 생선 장사꾼조차 갯장어를 구하기가 어렵다. 도쿄에서 갯장어를 구하려면 간사이 요리를 취급하는 일류 요릿집을 찾아가는 것 외에 달리 방법이 없다.

아무튼 도쿄로 수송된 갯장어는 간사이 지방에서 먹을 때보다 맛이 떨어진다. 게다가 도쿄 근해에서 잡히는 갯장어

는 고기가 끈끈해서 입에 올릴 가치도 없다. 그래서 대용품
이라 할 수는 없겠지만 붕장어나 장어를 오차즈케에 이용
한다.

붕장어(아나고)

붕장어アナゴ에도 다양한 종류가 있는데 하네다羽田, 오모리
大森에서 잡히는 본고장의 붕장어가 아니면 맛이 없다. 오차
즈케에 넣는 붕장어는 간사이 식으로 구워야 한다. 도쿄의
장어 소스처럼 달짝지근한 소스를 발라 구우면 맛이 느끼해
지므로 게이한에서 장어를 구울 때 사용하는 간장을 바르는
것이 좋다. 붕장어가 다 구워지면 잘게 썰어 적당량의 뜨거
운 밥 위에 올리고 앞서 말한 간장을 뿌린 뒤 찻물을 부으면
오차즈케가 완성된다.

붕장어 오차즈케는 갯장어와 풍미가 비슷한 맛이다. 그러
나 갯장어와는 달리 붕장어나 장어는 약간 비린내가 나기
때문에 찻물을 붓기 전에 간 생강이나 산초 분말을 젓가락
끝에 살짝 묻을 정도로 넣어주면 비린내를 잡을 수 있다.

붕장어는 사카이堺 근해에서 잡히는 것이 맛이 좋기로 유
명하다. 도쿄 산 붕장어도 좋기는 하지만 간사이 산 붕장어
에 비할 바가 아니다. 구이로는 사카이 산 붕장어가 좋고 찌

개나 튀김 요리에는 도쿄 산 붕장어가 좋다.

장어

다음은 장어 오차즈케로, 싱싱한 장어를 쓰지 않고 전날 요리하여 먹고 남은 것을 이용한다. 이때 간장을 발라 다시 한번 불에 구워야 좋은데, 도쿄 식으로 찌는 방식보다는 간사이 식으로 불에 직접 굽는 편이 낫다. 오차즈케로 하려면 달지 않은 간장 소스를 발라 불에 직접 구운 장어가 어울린다. 불에 직접 구운 장어는 고기와 껍질이 다소 질겨지지만 오차즈케로 만들 때는 뜨거운 찻물을 부어 잠시 뚜껑을 덮어두기 때문에 불에 직접 구웠더라도 껍질이 금방 부드러워진다.

장어도 본연의 맛이 강한 생선이므로 오차즈케에 이용할 때는 재료를 신중히 선택해야 한다. 일단 양식 장어는 절대로 금물이다. 양식 장어는 맛을 떠나 그저 부드럽기만 할 뿐 빈말로라도 맛이 좋다고는 할 수 없기 때문이다. 그렇다고 해서 자연산 장어가 반드시 좋은 것도 아니다. 이 부분은 '장어 이야기' 편에서 말한 대로다.

요컨대 갯장어 · 붕장어 · 장어 오차즈케의 맛을 즐기고자 하는 바람은 그 자체로 상당히 사치스러운 욕구인 만큼

이를 음미하는 미각도 민감하게 마련으로, 재료의 장단점에 충분히 유의해야 맛을 즐길 수 있다.

또한 갯장어나 붕장어를 선택할 때는 지나치게 크지 않은 것을 사야 한다. 구웠을 때 생선살의 폭이 4센티미터 이하인 것이 적당한데, 크기가 너무 큰 것은 어떤 요리를 해도 감칠맛이 부족해 실망감을 안겨준다. 장어 꼬치구이는 물론 붕장어 꼬치구이도 너무 큰 것은 그 맛이 시시할 뿐이다. 1932년

보리새우
오차즈케

새우를 이용한 사치스러운 오차즈케를 소개하고자 한다. 이
또한 어떤 재료를 쓰느냐에 따라 오차즈케의 맛이 좌우된
다. 내가 소개하려는 것은 도쿄의 일류 튀김 요릿집에서 자
랑해 마지않는 '마키卷'라는 4그램 미만의 보리새우로, 도쿄
근해에서 잡히는 생물 새우에 한하다. 요코하마 혼모쿠 부
근에서 잡힌 보리새우를 생간장과 술을 7 대 3으로 섞은 장
국에 넣고 뭉근한 불에서 두 시간 정도 눋지 않도록 주의하
여 조린다.

이렇게 한 보리새우 한 마리 한 마리는 누가 봐도 최고인

튀김 재료가 된다. 그러므로 경험 많은 미식가가 아니라면 이 보리새우로 오차즈케에 도전하기는 쉽지 않으리라. 사실 보리새우를 조림으로 만들기에는 아까운 마음이 들어 선뜻 나서기 힘들지만 과감하게 도전한다면 유례없는 오차즈케의 재료가 탄생하는 것이다. 다시 말해 산지의 명물인 보리새우를 간장과 술로 조려낸 쓰쿠다니다.

이 역시 다른 오차즈케와 마찬가지로 뜨거운 밥 위에 보리새우 쓰쿠다니를 올린다. 그릇이 작으면 새우를 반으로 자르고, 뜨거운 찻물을 보리새우 위로 천천히 부어준다. 그러면 간장이 풀어지며 새우가 하얘진다. 이윽고 보리새우에 밴 양념이 우러나 그릇 속의 찻물은 더없이 맛있는 국물로 변한다.

어느 계절에나 즐길 수 있는 맛이지만 특히 여름철 더위로 입맛을 잃었을 때 보리새우 오차즈케를 상에 올리면 아무리 고급스러운 입맛이라도 불평을 하지는 못하리라.

게이한 산 새우는 품질이 낮은 편이고 도쿄의 오모리, 요코하마의 혼모쿠, 히가시가나가와東神奈川 부근에서 잡히는 새우의 질이 좋기로 유명하다. 이러한 보리새우를 아직 맛보지 못했다면 진정한 미식가라 할 수 없다. 미식가들 중에도 보리새우 튀김이라면 스무 개나 서른 개까지도 군말 없

이 먹어치우면서도 오차즈케라는 이름이 따라붙으면 이상
하리만치 아까워하는 이들이 있다. 1932년

교토의
밀어
오차즈케

한때 교토의 가모강에는 밀어縊ꮄ가 많았으나 지금은 상류로 꽤 거슬러 올라가야 겨우 볼 수 있다고 한다. 그러나 가쓰라강에서는 여전히 많이 잡히는 어종이다. 밀어는 맑고 얕은 여울이나 강가의 모래밭에 서식하는 물고기로 몸길이가 4센티미터 정도 된다.

밀어를 잘 모르는 사람은 문절망둑과 같은 모양새의 물고기를 떠올리면 된다. 밀어는 강바닥의 돌에 붙어살며 배에 지느러미처럼 생긴 흡반이 있어 빠른 물살에도 떠내려가지 않는다.

밀어에도 여러 종류가 있는데 여기서 소개하려는 것은 작은 밀어로, 크기가 4센티미터 이상 자라지 않는 것이다. 작은 몸통 속에 알이 밴 것은 크기가 작을지언정 맛은 굉장히 좋다.

교토의 산코山肴 요리에서는 붉은 된장으로 끓인 된장국에 기본으로 밀어 일곱 마리를 넣는다. 이 작은 생선을 일곱 마리 넣었을 뿐인데도 훌륭한 교토 요리를 완성시키므로 그 맛이 어떨지 상상할 수 있으리라. 값은 꽤 비싼 편인데, 이는 밀어가 많이 잡히지 않기 때문이다. 어쨌든 쓰쿠다니를 만들 수 있을 만큼 흔한 생선은 아니라는 말이다. 그런 귀한 밀어로 쓰쿠다니를 만든다면 밀어 오차즈케는 천하제일의 사치 요리가 아닐 수 없다. 요즘 밀어는 1.8리터에 2000엔 정도 호가할 것이다. 이것을 조리면 부피가 확 줄어드니 사치스런 음식의 진수라 하겠다.

밀어 쓰쿠다니는 그 비싸다는 밀어를 생간장에 조린 것으로, 이것을 열 마리 정도 뜨거운 밥에 올리고 찻물을 부어 먹는다. 이 밀어 오차즈케는 예로부터 널리 알려져 있는 요리지만 교토에서 이 음식을 먹어본 이는 그리 많지 않으리라. 어쩌면 교토 아닌 다른 지역에 사는 사람은 그 이름이나 존재 자체도 모르는 이가 많을 것이다.

미식가들 사이에서는 밀어 오차즈케를 '오차즈케의 왕자'라 하여 귀하게 대접한다. 그러나 실제로 먹고자 한다면 그리 사치스러운 음식도 아니다. 비싸기는 해도 한 그릇에 열 마리 남짓 들어가므로 돈으로 따져봐야 소소한 금액일 테니 말이다. 고작 다섯 마리 또는 일곱 마리로 명물 취급을 받는 요리인지라 과감하게 쓰쿠다니에 도전할 용기를 내지 못할 뿐이다. 결국은 아깝다는 마음에 된장국으로 끓여 평범하게 먹는 식으로 만족하고 만다.

밀어는 어느 강에서나 서식하는 듯하지만 교토의 밀어는 작고 알이 꽉 차 있다. 밀어 오차즈케를 맛보고자 한다면 교토를 방문했을 때 요릿집에 밀어 조림을 부탁해보는 건 어떨까? 이것만 있으면 오차즈케의 왕자라는 밀어 오차즈케를 맛볼 수 있으리라.

아울러 오차즈케와는 관계없는 이야기지만, 교토에는 '사기시라즈鷺知らず'라는 이름의 맛있는 생선 쓰쿠다니도 있다.

1932년

4부

모든 사람이
미식가가 되는
방법

```
    가정 요리
    이야기
```

세상 사람들은 주변에 흔하면서도 가치 있고 맛있는 식재를
이용하는 데 별로 관심이 없는 듯하다. 사람들이 제철 꽁치
보다 철 지난 도미를 더 먹고 싶어하는 데에는 아마도 꽁치
보다 비싼 도미가 당연히 더 맛있을 거라는 선입견을 버리
지 못한 까닭도 있을 것이다.

　"썩어도 도미"_{한국 속담으로는 '썩어도 준치'}라는 속담은 얼핏 들으
면 재미있는 표현 같지만 요리 분야에서는 좋지 않은 영향
을 미친다. 아울러 요리사가 만들면 어떤 음식이든 맛있을
거라는 생각도 경솔한 발상이라는 점을 덧붙이고 싶다. 요

리사는 식도락가가 아닐뿐더러 모든 요리사가 다 솜씨 좋은 것도 아니고, 그들이 모두 요리를 좋아해서 직업으로 선택한 것도 아니다. 직업 요리사 중에는 미각의 천재라 할 만한 사람도 별로 없는 것 같다. 나는 여러 명의 요리사를 주의 깊게 관찰해왔는데 대개는 그저 그런 솜씨를 지닌, 결국 요리의 '도道'와는 무관한 이들이었다. 아이디어가 좋아도 완성된 요리를 보면 형편없고 요리에 대한 책임감을 못 느낄 뿐만 아니라 예리한 오감은 눈을 씻고 찾아봐도 없다.

무엇보다 미식을 추구하는 즐거움, 식도락을 위해 호주머니를 털어서라도 배우고자 하는 노력과 경험이 부족하다. 열정을 가지고 자신의 일에 최선을 다하거나 미식이 아니면 입에 대지 않겠다는 정도의 강한 신념도 보이지 않는다. 그러니 어떻게 도리道理에 닿는 요리를 만들어낼 수 있겠는가? 한 가정의 남편이나 아내 되는 이들은 부디 이 점에 유의하여 행여나 직업 요리사를 과대평가하는 일이 없어야 하리라.

직업 요리사에게 지나치게 의존하면 요리 실력이 나아질 수 없다. 스스로 식견을 쌓아 세상 사람들 앞에서 당당하게 요리의 도를 펼치고, 각자 자신에게 맞는 영양식을 찾아 음식으로써 진정한 건강함을 갖게 되길 바란다.

전부터 존경하던 오무라大村 의학박사로부터 오쿠라 기하

치로大倉喜八郎 일본의 실업가 댁에 요리 솜씨가 뛰어난 나이 든 하녀가 있다는 말을 들었다. 오쿠라 씨 본인도 그녀의 솜씨를 매우 자랑스러워하고 댁을 방문하는 손님들에게도 꽤 평판이 좋다고 한다. 그 말을 듣고 호기심이 동한 나는 과연 어떤 인물인지 궁금하여 한번 실험도 해볼 겸 오쿠라 씨에게 부탁해 그녀의 요리를 맛본 적이 있다.

나로서는 크게 실망하고 말았다. 특별할 것 없는 흔해빠진 요릿집 요리였기 때문이다. 도미의 활어회와 그 외 다양한 요리가 차려졌지만 그것들은 모두 오쿠라 씨 댁에 자주 드나들던 요리사로부터 배운 그대로였다. 그런데 어째서 모두의 칭찬을 받았던 것일까? 바로 초보자치고는 전문 요리사의 솜씨를 훌륭히 재현해낸 데 대한 오쿠라 씨의 자랑과 칭찬이 있었기 때문이다.

전문 요리사의 요리는 자신의 아내조차 흉내 낼 수 없는데 하물며 하녀가 이렇게 맛있는 음식을 차려냈다니, 요릿집에서 먹던 것과 같은 맛이 아닌가.

오쿠라 씨의 단순한 칭찬 한마디가 그 하녀의 요리 솜씨를 유명하게 만들었고, 요리 솜씨가 뛰어나다는 어처구니없는 평가로 이어진 것이다. 과연 초보자로서는 어려운 요리를 해냈으니 언뜻 생각하면 요리 솜씨가 뛰어난 듯도 하다.

그러나 겨우 그 정도 요리에 세상 사람들의 칭찬을 받고 그 이상의 요리를 추구하지 않는다면 시간이 아무리 흘러도 그 하녀는 요리의 도를 깨우치지 못하리라.

오쿠라 씨가 자랑한 요리는 일류 요릿집 주방에서 5년 정도 배운 요리사라면 누구나 할 수 있는 것으로, 진심이 담겨 있지 않은 한낱 가식적인 요리에 지나지 않았다. 게다가 자세히 관찰하고 보니 그 하녀에게는 요리에 대한 특별한 일가견이 있는 편이 아니었고, 그 요리 또한 진정 칭찬받아 마땅한 정도는 아니었다. 다만 전문 요리사가 아닌 나이 든 하녀가 만든 요리라는 점에서 높은 평가를 받은 것뿐이다. 거듭 말하지만 오쿠라 씨는 자칭 미식가여서 여러 곳의 요리사를 불러 자신의 집에서 요리를 만들도록 하는 일이 잦았다고 한다. 그 하녀는 어깨너머로 본 요리사들의 솜씨를 흉내 내다가 어느새 요리를 완성할 수 있게 된 것에 불과하다.

독설처럼 들릴지 모르지만, 그렇게 흉내 낸 요리는 화려한 파티 요리로는 칭찬받을 순 있더라도 평상시의 가정 요리와는 거리가 멀 뿐 아니라 오히려 해가 될 우려가 있다. 파티를 화려하게 장식하는 요리가 아닌 평소 식탁에 올리는 음식, 기계적인 손놀림으로 만드는 것이 아닌 혼이 담긴 요리, 사람의 마음이 담긴 요리, 인간을 풍요롭게 하는 요리여야 한다. 내가 요리를 예술이라고 끊임없이 강조하는 이유도 실은 여기에 있다.

료칸良寬 에도 시대 후기의 승려이자 시인. 무욕의 화신, 거지 성자로 불림은 요리사가 만든 요리, 서예가가 쓴 글, 작곡가가 만든 노래를 좋게 평하지 않았는데, 요리사가 손에 든 부엌칼의 날카로움을 잊고 요리를 만드는 것이나 서예가가 색을 잊고 먹 하나만 쓰는 것은 결국 같은 이치로, 모든 인간의 가치가 그 결과물에 담겨 있다고 봤다. 작품은 곧 그것을 만든 사람 자체를 말해준다는 것이다. 바꿔 말해 일상의 요리는 항상 자기 주위에서 새로운 재료를 선택하고, 요리를 맛보는 이를 감동시키는 진심을 담아 만들어야 한다.

다른 것도 모두 마찬가지다. 예를 들면 최근 시장에서 흔히 볼 수 있는 남극의 고래로 만든 베이컨에 익숙하지 않은 사람들은 냄새가 난다거나 맛없다며 꺼리지만 나는 이전부터 고래의 맛을 알고 있던 까닭에 그 고래 베이컨을 된장국에 넣어 매일 아침 질리지도 않고 먹는다. 게다가 값도 약 400그램에 60엔 정도니 놀랄 만큼 저렴하다. 최근 값이 싼 데다 맛있기까지 한 고래 베이컨만큼 좋은 식재료가 또 있을까?

이처럼 식재료를 손질하는 방법과 요리 방법을 모르는 탓에 참된 보석의 가치를 깨닫지 못하니 얼마나 큰 손해인가?
이 또한 일상 식사에 대한 부족한 지식을 드러내는 일화라
할 수 있다. 1947년

요리의
길은
끝이 없다

얼마 전 한 잡지사 기자가 찾아와 음식을 맛있게 먹으려면 어떻게 해야 하는지를 물었다. 세상에는 아무렇지 않게 우문을 던지는 자들이 있으니 기가 찰 노릇이다. 그런 식의 질문을 던지는 무리는 대개 요리에는 관심이 없는 치들이다. 그래서 나는 '배고플 때 먹는 것이 제일'이라고 한마디로 잘라 말했다. 그러자 그 기자는 한동안 말문이 막힌 채 가만히 있었다.

그와 비슷한 이야기로, 어느 날 일류 요리사를 면접하는 자리에서 상대방의 가치관이 궁금해 무슨 음식을 좋아하는

지 물어봤다. 그러자 그저 막연히 생선을 좋아한다고 대답하는 것이었다. 일류 요리사라면 그렇게 대답해서는 곤란하다. 하지만 자칫 직업 요리사 중에는 그런 식으로 대답하는 이들이 많다. 그 남자는 게이한 지방 출신이었으므로 그가 생각한 생선은 아마 도미였을 것이다. 간사이 지방의 생선은 물론 맛있다. 그러나 그 요리사의 표현은 지나치게 단순했다. 어린아이에게 어디 가냐고 물었을 때 '저쪽'이라고 대답하는 것과 매한가지다.

당연히 그 요리사는 면접에서 떨어졌다. 그는 자신이 무엇을 좋아하는지조차 정확하게 대답하지 못했을뿐더러 실제로도 미식에 대해 전혀 모른다고밖에 할 수 없다. 좋아하는 것을 명확히 답하지 못하다니 한탄스러운 일이다. 다시 말해 미각에 대해 무신경하거나 처음부터 미각에 둔감한 것이다. 맛을 모르는 자는 당연히 맛에 흥미를 가질 수 없으며, 어떠한 산해진미를 갖다 바쳐도 그 맛을 섬세하게 느끼지 못할 것이다. 그런 이들에게는 '시장이 빈찬'이라는 말이 정답이리라.

아울러 한마디 덧붙이자면 맛을 모른다는 것은 명예로운 일도 불명예스러운 일도 아니다. 천성이 그렇다면 그것은 코가 높고 낮은 차이니 부끄러워할 일이 아니다. 다만 맛있는 음식을 만들거나 요리를 배우는 분야에 그런 사람이 적합하지 않다는 것은 말할 필요도 없다. 지팡이를 잃어버린 노인처럼 평범한 즐거움밖에 누리지 못하니 가여울 따름이다.

그런데 "사람으로 태어나 먹지 않는 이는 없으나 그 맛을 잘 아는 이는 드물다"고 한 맹자의 말씀처럼 사람으로 태어나 먹지 않고 사는 이는 한 명도 없지만 그 맛을 진정으로 이해하고 마음의 즐거움으로 삼는 자는 많지 않다. 따라서 맛에 둔감한 이에게 맛을 느끼게 하려면 배를 곯게 하는 방법밖에는 없다. 이것이야말로 정답이리라.

다만 그렇게 말해버리면 더 이상 할 말이 없어진다. 게다가 맛을 이해하는 사람이 없다고 할 수는 있어도 실제로 맛을 전혀 모르는 사람은 없다. 그러므로 배가 고프면 무엇이든 맛있게 느끼는 사람이라 해도 맛을 제대로 음미할 기회가 전혀 없는 것은 아니다. 맛을 모르면 모르는 대로 좋고 싫은 게 있을 테고 자기 나름의 기호가 있을 테니 아예 포기할 것도 아니다.

얼마 전 라디오에서 환자식에 관한 이야기를 들었다. 환자식이라는 것은 이른바 환자의 건강을 위한 약과 같은 요리이므로 엄밀히 말하자면 요리가 아니다. 그러나 방송에서는 이 환자식의 맛이 매우 좋아 일반인도 먹을 수 있다며 자화자찬하는 내용이 흘러나왔다.

그 말에 나는 이의를 제기하고자 한다. 라디오 방송에서 소개한 요리는 참마와 가지콩枝豆을 따로 삶은 뒤 으깨서 간을 한 것이었다. 이른바 참마로 경단을 만든 뒤 삶은 가지콩 으깬 것으로 겉을 예쁘게 감싼 것이다. 푸른빛이 부족하다면 푸른 채소를 첨가해도 좋다는 말도 덧붙였는데, 아무리 생각해도 제대로 된 요리가 아닌데 일반인도 맛있게 먹을 수 있다고 말한다. 이는 모 대학 의학부 선생이라는 사람이 고안한 것이라는데, 그 환자식이 맛있다고 답한 사람들은 아마도 그 대학의 의사이거나 영양사일 것이다.

어쨌거나 내게는 저급하고 어설픈 이야기였다. 방송에서 그런 이야기를 떠드는 걸 듣다보니 진정한 음식의 맛을 모르는 사람들이라는 사실을 알 수 있었다. 이런 부류의 시답 잖은 의견을 그대로 세상에 방송하는 것은 참담한 일이 아닐 수 없다.

아무리 환자가 먹을 음식이라 해도 환자 개개인의 기호가 있게 마련이다. 환자가 원하는 식사를 어떻게 하면 무해하고 맛있게 만들 수 있을까, 그것이 바로 환자식의 목적이다. 그런데 솜씨 없는 요리사는 이 점을 무시한 채 어떤 음식이든 자기 방식대로 요리하기로 결정하기 때문에 환자를 기쁘게 하지 못한다. 이러한 이치는 상대가 환자든 건강한 사람이든 마찬가지다.

대개 성실함과 친절한 마음만 있다면 개개인의 기호를 고려하여 합리적으로 요리할 것이다. 먹는 이를 기쁘게 하지 못한다면 어떤 음식이 되었든 환자에게는 약도 영양도 될 수 없다. 예를 들어 상대가 어린아이인지 성인인지, 노인인지, 부자인지 가난한 사람인지, 그동안 어떤 생활을 해왔는지 등을 알아야 한다.

좀 전의 이야기로 돌아가서, 아무리 맛을 모른다고 해도 완전히 모르는 것은 아니므로 각자 나름의 기호를 존중하는 것이 음식을 맛있게 먹게 하는 첫 번째 방법이다. 사실 세상에는 미각에 정통했다고 자처하면서도 실은 아무것도 모르는 사람들이 있다. 그런 이들은 성실함과 친절한 마음이 깃든 것만으로는 요리의 맛을 인정하지 않는다. 진정한 미식가라고 할 수 없는 이들은 뭔가 지혜롭게 그럴듯한 설명을 덧붙이지 않으면 맛있는 것도 맛있다고 하지 않는다.

그런 사람들에게는 속임수를 쓰는 것이 가장 좋다. 즉 다양한 방법으로 그들을 납득시키는 것이다. 예를 들어 무가 하나 있다고 하자. 그때 솔직하게 평범한 무라고 말하지 않고 오하리尾張 일본의 중부 지방인 아이치현의 서남부를 일컫는 옛 명칭의 무라고 말하며 권한다. 그러면 오하리의 무가 맛있다는 선입견을 갖고 있는 그는 무를 맛있게 먹을 것이다. 다시 말해 그런 사람은 대개 자신의 고향에 대한 자부심이 강하고, 자신이 알고 있는 것에 대해서만 맛있다고 생각한다. 그래서 어디어디의 튀김이 맛있다거나 어디의 장어, 어디의 초밥 등 맛있는 음식에 대한 나름의 해석을 지니고 있기 때문에 그 기준에 합당하면 맛있고 그렇지 않으면 맛없다는 판단이 미리 정해져 있다.

이들은 박식한 체하지만 정작 제대로 아는 것은 없는 사람들로서 개중에는 학식이 높은 사람이나 전문 요리사도 있으나 올바른 미식 평론가라고는 할 수 없다. 그래서 애당초 자신의 혀로는 맛을 올바르게 판단하지 못할뿐더러 경험도 적다. 미안하지만 그런 사람들에게는 일종의 속임수로 음식을 맛있게 먹게 하는 수밖에 없다. 이 또한 하나의 요리법이다.

진지한 자세로 요리에 임한다 한들 잘 모르면서 아는 체하려는 이들에게 요리는 성실함과 친절한 마음만 있으면 충분하다는 말은 도저히 효과를 발휘하지 못한다. 그러나 그들의 뱃속을 정확히 꿰뚫어보는 순간 아무 걱정할 필요가 없어진다. 이제는 얼마든지 그들의 입을 즐겁게 해줄 수 있기 때문이다.

다음은 맛을 아는 사람에 대해 이야기해보자. 맛을 아는 사람에게는 어떻게 하면 음식을 맛있게 먹게 할 수 있을까? 이때는 적어도 요리를 만드는 이가 먹을 사람과 비슷한 정도의 실력을 갖추지 않으면 불가능하리라.

음식 맛을 음미한다는 것은 근본적으로 그림을 감상하고 그 아름다움을 칭찬하는 일과 같다. 음식을 만드는 이 스스로 맛에 대한 자신감이 없다면 타인의 입맛을 만족시키기 어렵다. 그림도 마찬가지로, 모두 자기 자신이 기준이다. 자신에게 다섯의 능력이 있으면 다섯만큼의 맛을 표현할 수 있다.

자신의 실력이 상대보다 위라면 상대의 실력을 쉽게 간파할 수 있고 스스로 여유를 갖게 된다. 그림으로 말하자면 그림을 보는 안목이 높으면 같은 명화라도 자기 나름의 가치를 발견할 수 있다. 그러나 그것이 그림을 보는 자신의 안목을 훨씬 뛰어넘는 작품이라면 그 아름다움을 완전히 맛보기란 불가능하다. 반대로 자신의 안목이 그림을 앞선다면 그림이 가진 결함들을 발견할 수 있다.

이렇듯 그림을 보는 안목이든 미각이든 아는 이는 알게 마련이고 모르는 이는 죽었다 깨어나도 알 수 없을 것이다.

그러나 앞서 언급한 것처럼 맛을 완전히 모르는 사람은 없다고 봐야 한다. 누구나 어느 정도의 미각을 지니고 있으며 정도의 차이가 있을 뿐이다. 결과적으로 본인이 갖고 있는 지식과 경험에 따라 어느 수준까지는 미각을 높일 수 있다.

평소 맛있는 음식을 즐겨 먹는다고 해서 반드시 맛을 안다고는 할 수 없다. 요릿집의 안주인들 또는 미쓰이三井나 이와사키岩崎 같은 재산가는 맛있는 음식을 먹을 기회가 많음에도 불구하고 평생 맛에 대해 알지 못할 수밖에 없는 게 그 좋은 예가 될 것이다. 이는 맛에 대한 감각이 몸에 배어 있지 않기 때문이다. 맛에 대한 감각을 몸에 익히려면 다른 사람에게 맛있는 음식을 대접받거나 요리사가 해주는 대로 받아먹는 소극적인 태도에서 벗어나 더 적극적으로 맛있는 음식을 찾아야 하며 자기 지갑을 열어 돈을 내고 먹어야 한다. 진지한 태도로 이를 반복했을 때 비로소 맛에 대한 감각을 익히고 스스로 맛을 깨달아가는 것이다.

맛이라는 것은 참으로 신기해서 그때그때의 기분에 따라 주관적으로 움직이고 변한다. 본래 맛은 그 사람에게 절대적이어야 한다. 그때그때의 기분이나 환경에 따라 입맛이 달라진다면 진정한 미식가라 할 수 없다. 그러나 이것은 쉽지 않다. 맛을 솔직하게 판단할 수 있으려면 먼저 오랜 경험이 요구된다. 세속적인 말 같지만 미식을 추구하는 데는 역시 경제적인 문제도 생각하지 않을 수 없으므로 가격의 영향도 무시할 수 없다. 결국 맛을 익히는 과정도 미술작품을 감상하는 능력을 키우는 것과 같다. 그 깊이를 알아가려는 본인의 노력이 지속되는가 여부에 달려 있다.

마지막으로, 미식에 정통한 사람이 무리한 요구를 한다면 그에게 직접 요리를 해보라고 말하라. 뭔가 깨닫는 바가 있을 것이다.

후지산에는 정상이 있지만 맛과 아름다움의 길에 정상이라는 것은 존재할 수 없다. 설사 그런 지점이 있다고 해도 과연 거기까지 도달하는 사람이 있을까? 그럴 리가 없다. 흔히 세상에서 말하는 미식 전문가로서 미식을 추구하는 길은 이제 넓은 들판을 지나 좁은 골목길로 들어서고 있다고 말할 수 있다. 어떤 의미에서는 그만큼 자유롭지 못하다고 할 수 있지만 미묘한 것들을 하나씩 알게 되면서 점차 미식가가 아니면 맛볼 수 없는 새로운 발견을 얻기도 한다.

세상에는 음식에 관한 이야기를 허심탄회하게 나눌 만한 뛰어난 미식가가 드물기 때문에 결국은 본인과 재료 둘만의 세계에 빠져들 수밖에 없다. 어쩌면 이를 삼매三昧 오로지 한가지 대상에만 마음을 집중하는 경지의 경지라 할 수 있으리라.

어쨌거나 그 경지에 이르지 못하면 다른 사람을 지도할 수 없다. 늘 하는 말이지만 상대를 뛰어넘는다는 것은 내가 상대보다 위에 있어야만 가능한 일로, 동등한 위치라면 상대를 뛰어넘을 수 없다. 맛의 세계에서는 모든 이의 경지를 알고 있어야 하기 때문이다. 길은 끝없이 펼쳐져 있다. 그저 전진하는 수밖에 달리 방법이 없다. 이를 위해서는 부단한 노력과 열성이 요구된다. 굳이 노력이라는 말을 덧붙이지 않는다 해도 끊임없이 열성을 다해 주의를 기울일 때 비로소 앞으로 나아갈 수 있으리라.

여름철 즐겨 먹는 회로, 이를테면 농어나 가자미의 아라이즈쿠리가 있다. 나는 오랫동안 그런 요리에 대해 생각해 왔다. 보통 요릿집의 아라이즈쿠리는 생선살이 종이처럼 얇다. 너무 얇게 썰어놔서 마치 생선살의 생명이 빠져나간 듯 먹어도 회 맛을 느낄 수 없다. 시원하고 꼬들꼬들한 식감을 느끼게 하려고 얇게 써는 것이겠지만 그렇게 되면 생신 본연의 맛은 사라져버린다.

그래서 나는 보통 생선회처럼 두껍게는 아니더라도 너무 얇게 썰지 않는 대신 씻는 과정에 신중을 기하는 편이다. 그러면 사라시쿠지라曬しくじら 소금에 절인 고래의 꼬리나 껍질을 얇게 썰어 뜨거

운 물을 부었다가 다시 찬물에 씻은 것만큼은 아니어도 적당히 꼬들꼬들해진다. 이렇게 하면 생선 본연의 맛이 유지되므로 식감과 생선의 좋은 맛을 함께 즐길 수 있어 굉장히 맛있다. 게다가 얇게 썬 회는 아무래도 인색해 보이는 기분이 들어 맛이 더 없게 느껴진다는 사실을 깨달았다. 한동안 생선 본연의 맛을 유지해준다는 단순한 생각에 사로잡혀 나로서는 이 방식을 고수해왔다. 그런데 최근 얇게 뜬 회의 맛도 그다지 나쁘지 않다는 사실을 새롭게 알게 되었다. 물론 얇은 회는 어딘가 부족한 듯하고 맛이 덜한 것도 사실이다. 그러나 무더위가 기승을 부리는 한여름의 회로, 한잔 술을 홀짝홀짝 들이키는 이에게는 안주로 딱 맞는 시원한 맛이다. 너무 얇아서 맛을 느끼기 어려운 바로 그 점이 오히려 좋은 게 아닐까? 생선의 맛을 느끼든 못 느끼든 상관없이 그저 깔끔하게 넘어가는 청량한 맛으로도 좋지 않은가 하는 생각을 하게 되었다.

이런 생각은 오랫동안 약간 두껍게 썬 아라이즈쿠리를 만들어온 후에야 마침내 깨달은 것으로, 수십 년 동안을 먹어보고서야 겨우 생각하게 되었으니 요리란 참으로 어려운 것이다. 요릿집의 음식을 어지간히 먹어봤다고 해서 가볍게 판단할 일이 아님을 새삼 깨닫는다.

이 경우에도 생각하기에 따라서는 일종의 인색함에 대한 냉소적인 생각이 작용했던 듯하다. 다시 말해 얇은 회는 맛이 없다거나 너무 인색해 보인다는 생각 말이다. 그런 생각에서 완전히 탈피하지 않으면 진정한 맛의 묘미를 깨닫지 못할 듯하다. 그런 점도 맛에 영향을 미친다는 사실을 알지 못하면서 모든 사람을 폄하해서는 안 된다. 나이가 들어감에 따라 맛의 세계도 한결같지 않다는 생각이 든다. 1935년

요리도
창작이다

요릿집의 요리든 가정의 요리든 맛이 있고 없고는 요리하는
사람의 혀에 달려 있다. 유명 요릿집의 요리보다 집에서 아
내가 만들어준 요리가 훨씬 맛있다는 이야기를 들을 때가
있다. 이는 분명 그의 아내가 지닌 미각이 요릿집 요리사보
다 뛰어나고 솜씨도 야무지다는 것을 의미한다.

　우리 몸에서 미각을 느낄 수 있는 혀는 누구에게나 하나
밖에 없으니 미각이 뛰어난 혀를 갖고 있다는 것은 하늘의
축복이고 은혜다. 그러나 태생적으로 미각이 뛰어난 사람은
그리 많지 않다. 하늘은 그러한 미각을 가진 사람을 내는 데

꽤 인색하다고나 할까. 이는 물론 나의 일천한 경험에 비추어본 것으로, 내가 알고 있는 수많은 요리사 중에 천혜의 자질을 갖춘 이는 과연 몇이나 될까? 굳이 말하자면 신토미新富 초밥의 주인, 마루우메丸梅의 여주인, 또 어디어디의 누구누구를 꼽아봐도 열 명이 채 되지 않을 것이다. 그보다는 뜻밖에 전문 요리사가 아닌 그저 요리를 좋아하는 부인이나 하녀 또는 세상에 그리 알려지지 않은 식도락가 중에서 훌륭한 미각을 가진 사람을 이따금 만나곤 한다.

맹자는 "사람으로 태어나 먹고 마시지 않는 이는 없으나 그 맛을 잘 아는 이는 드물다"고 했는데 맞는 말이다. 사람들은 흔히 요즘 도쿄 ○○의 요리가 굉장히 맛있어졌다거나 교토의 ○○ 요리는 맛이 형편없어졌다는 말들을 하는데 이는 결코 올바른 표현이 아니다. 아니, 말이 안 되는 소리라고 할 수 있다. 요리라는 것도 인간에게 허락된 창작물의 하나다. 요리란 요릿집의 멋진 외관이나 간판 또는 계산대에서 좌지우지될 수 있는 것이 아니며 단순히 사고파는 물건이라고 할 수 없다. 즉 작가가 바뀌는 순간 그 작품도 달라지는 것은 당연하다.

창작은 온전히 한 개인의 작품이다. 도쿄의 ○○, 교토의 ○○요리를 처음 개발해낸 이들은 세상에 알려질 만큼 알려졌으니 분명 천재였음을 부정할 순 없다. 게다가 그들은 다도茶道의 정신을 확실히 깨우쳐 그것을 다시 요리의 도道로 진화시켰다. 그리고 그 요리의 도에서 가장 중요한 것인 '철저한 미각의 정립'이란, 요리가 창작의 성격을 갖는다는 점에서 후대로 완전히 전수될 수 없다.

거듭 말하지만 요리도 일종의 창작이고, 그 작가가 바뀌면 당연히 작품도 달라질 수밖에 없다는 사실을 꼭 밝혀두고 싶다. 1931년

그릇*

요리에 옷을 입히다!

제가 어쩌다 도자기나 칠기를 만들게 되었는지는 여러분도 대강 알고 있을 겁니다. 저는 요리를 시작한 후로 이곳에 가마를 열고 도자기와 칠기류를 직접 만들고 있습니다.

도자기에 심취한 나머지 도자기 빚는 일에 들어섰다는 내 이야기를 접하면 참 유별난 사람도 있구나 하겠지만 나로서는 당연한 일이었습니다. 오늘은 여행에서 겪은 이야기를 통해 내가 직접 도자기를 빚게 된 이유를 들려주고자 합니다. 요리에 관한 한 전문가이며 대가인 여러분 앞에서 요리

---

* 이 글은 저자가 요리사들 앞에서 강연한 내용으로, 현장에서 직접 도자기를 소개하며 설명하고 있다.

이야기를 한다는 게 실례인 줄은 알지만 너그러이 용서해주기를 바랍니다.

생선회를 예로 들어볼 때, 저는 회를 치는 솜씨나 요리에 곁들이는 장식의 빛깔 또는 모양 등을 중시합니다. 요리에 그러한 미적 감각을 더함으로써 전체적으로 더 아름다운 요리가 완성되기 때문입니다. 이처럼 요리를 아름답게 만드는 감각은 그림이나 건축 또는 자연의 아름다움과도 같은 것으로, 미술이나 요리나 아름다움에 대한 감각은 근본적으로 동일하다고 할 수 있습니다. 그래서 요리 자체의 아름다움을 돋보이게도 하고, 매일 정성스럽게 만든 요리를 담을 만한 그릇에도 이런저런 고민이 더해지는 것입니다. 결국 요리에 관심 있는 사람이라면 그릇에도 신경을 쓰게 마련이며, 이는 당연한 현상입니다.

그런데 요즘 그릇들 중에는 도무지 눈길을 끌 만한 게 보이지 않습니다. 이처럼 좋은 그릇이 만들어지지 않는 데는 요리업자나 요리사들의 그릇에 대한 관심이 부족한 탓도 있다고 생각합니다. 요리를 직접 하거나 요리와 관련된 일을 하는 사람이라면 그릇까지 고려하지 않을 수 없으므로 여러분이 더 많은 관심을 갖는다면 자연히 더 멋진 그릇도 나타날 것입니다. 옛날 보차요리普茶料理 은원隱元에서 전해온 중국풍의 정진 요리에 대해 말할 때처럼 '내 요리는 이런 그릇에 담고 싶다, 저런 그릇에 담는다면 애써 만든 내 요리의 빛이 바래고 말 것이다' 하는 식으로 그릇에 대한 관심이 높아진다면 더 새로운 그릇을 찾게 될 것이고, 더 좋은 그릇들이 만들어질 것이기 때문입니다. 물론 그릇을 만드는 사람들도 미적 감각을 발휘하여 좀더 훌륭한 그릇을 빚는 데 힘쓰게 되겠지요.

이렇듯 훌륭한 그릇이 나오기를 바라는 마음이라면 요리업자나 요리사가 도자기 업계를 이끌어야 합니다. 결국은 그릇을 사용하는 이들의 무관심이 오늘날 요리 그릇의 질을 떨어뜨리고 아름다운 그릇을 볼 수 없는 현실을 야기한 것이니까요. 어쩌다 눈에 띄는 명기名器들은 모두 옛사람이 만든 것으로, 요즘에는 미술품이나 골동품으로 취급되고 있습니다. 그러므로 요리를 근본적으로 발전시키고 제대로 된 상차림을 원한다면 아무래도 그런 골동품이라도 사용하거나, 아니면 직접 아름다운 그릇을 만드는 수밖에 달리 도리가 없는 상황입니다.

굳이 밝히자면 이것이 제가 도자기에 손을 댄 동기입니다. 물론 도자기 빚는 분야에 직접 나섰다고는 해도 건성으로 한다면 훌륭한 그릇을 만들 수 없습니다. 그래서 저는 옛사람의 명품에 대해 먼저 배워야 한다고 생각했습니다. 비록 완벽한 상태는 아닐지라도 유명한 작품으로부터 배워야 할 점은 실로 많습니다. 따라서 저는 가능한 한 옛사람들의 작품을 많이 수집하여 도자기 빚기의 견본으로서 참고했습니다.

조선과 중국으로 건너가 옛 도자기를 연구한 것도 그런 까닭으로, 이런 경험들이 쌓이고 쌓여 마침내 오늘날과 같은 도자기 전시관까지 세우게 된 것입니다. 그런 의미에서 제 수집품은 일반적인 수집품과는 다릅니다. 이 작품들은 직접 도자기를 빚기 위한 참고자료이자 요리를 담기 위한 그릇입니다.

이는 비단 도자기뿐 아니라 그림이나 서예 그리고 요리에도 해당되는 것으로, 예를 들어 회칼로 생선을 다룰 때 칼로 그은 선 하나에 요리가 살아나기도 하고 죽기도 합니다. 멋을 아는 사람은 회칼을 놀려 세련된 선을 내고 속물적인 사람은 속악俗惡한 선을 남깁니다. 이는 단순히 회칼이 날카롭거나 무딘 것과는 관계가 없으며, 아울러 솜씨가 좋고 나쁨과도 관계가 없습니다. 순전히 '사람됨'의 문제입니다. 요컨대 품위 있는 사람이 자르면 품위 있는 선이 되고 품위 있는 모양을 나타냅니다.

서예에서는 이러한 점이 더욱 두드러지며, 요리 또한 예외가 아닙니다. 저부터도 이런 요소 때문에 굉장한 어려움을 겪었습니다. 참된 마음가짐을 수양하지 않으면 아무리 숙련된 직업적 실력을 갖추었다 하더라도 제대로 된 요리를 만들 수 없기 때문입니다. 다시 말해 서예, 그림, 도자기, 요리 할 것 없이 모든 결과물에는 만든 이의 모습이 담겨 있으며, 좋건 나쁘건 그것이 자신의 본모습이 됩니다. 여기까지 생각이 미치면 그때부터는 작은 것 하나라도 남에게 맡길 수 없게 됩니다. 자신이 만든 작품이 자신의 모습을 나타낸다는 사실을 깨닫는다면 감히 두려워 나태해질 수 없을 겁니다.

그리하여 이 가마터에서 나가는 그릇들은 제 이름을 건 작품인 만큼 하나부터 열까지 정성을 다합니다. 다들 알다시피 큰 가마터에서 도자기를 한 번 구워내려면 꽤 많은 과정을 거쳐야 합니다. 앞서 본 도자기는 모두 제가 만든 것으로, 세상에는 제가 굉장한 게으름뱅이로 알려져 있지만 좋은 도자기를 만들기 위해 애쓰는 제 모습을 본다면 결코 그런 평가를 하진 못할 겁니다.

여담은 이쯤 하고, 도자기를 빚는 일이란 궁극적으로는 요리의 도를 깨우치고 음식을 맛있게 먹기 위한 수단입니다. 그저 먹기 위해서라면 먼 옛날처럼 음식을 나뭇잎 위에 올려놓고 먹는다 한들 무슨 상관이겠습니까. 하지만 요리의 격을 높이려면 제대로 된 그릇을 선택해야 합니다. 그릇과 요리는 떼려야 뗄 수 없는 밀접한 관계에 있다는 점에서 그 둘은 부부와 같은 사이라 할 수 있고, 사실 그와 관련된 수 많은 얘기는 오래전부터 회자되어 오늘날까지 전해지고 있습니다.

평생을 함께해온 아내가 말 뼈다귀든 소 뼈다귀든 손에 잡히는 대로 대충 요리하여 아무 그릇에나 담아낸다면 음식 솜씨도 형편없고 촌스러운 아내라는 핀잔을 면할 수 없을 겁니다. 그래서 요리하는 사람은 그릇에 대해 배워야 합니 다. 저는 이 점을 특히 강조하고 싶은데, 그릇에 대해 알아 야만 비로소 본격적인 일본 요리가 가능해지기 때문입니다.

실제로 효테이瓢亭 400년 역사를 지닌 교토의 유명 요릿집나 와라지야わ らじや 450년의 전통을 지닌 교토의 유명한 장어죽 전문점, 야오젠八百善 에도 시대에 창업한 도쿄의 요릿집처럼 후세에 이름을 알린 요릿집은 모두 선조 가 그러한 배움의 자세로 운영했습니다. 그래서인지 효테이 처럼 지금까지도 옛 전통을 지키고 있는 곳을 보면 어딘지 모르게 우아한 느낌을 받습니다. 그 선조들이 분별력을 지 니고 높은 식견을 갖추었기 때문에 확실히 자손들이 간판을 내걸고 살아올 수 있었던 것입니다. 설령 자손의 솜씨나 섬

세함이 조금 못 미친다 해도 선대의 유명세 덕분에 유지될 수 있는 거죠.

물론 선조의 유명세만 믿고 대충 운영한다면 아무리 대단한 요릿집이라 해도 오래 버티기는 어려울 겁니다. 그래도 어쨌거나 후대까지 그 이름을 전할 만큼 뛰어난 요릿집은 오랫동안 선조의 덕을 볼 것입니다.

흔히 중국 요리를 세계 최고라고 하는데, 사실 중국 요리는 명나라 시대가 전성기였다고 할 수 있습니다. 달리 말해 이는 중국의 그릇은 명나라 시대에 만든 것이 가장 뛰어났다는 사실을 의미합니다. 그릇이 아름답다는 것은 곧 요리가 발달했다는 증거니까요. 따라서 청나라 시대에 이르러 중국 요리의 맛은 점점 쇠퇴했다고 말할 수 있습니다.

이처럼 그릇이 좋지 않다는 것은 요리가 맛이 없으며, 그릇이 아름다운 시대에는 요리가 발달되었음이 역사를 통해 여실히 드러납니다. 그래서 진심으로 좋은 요리를 원한다면 반드시 아름다운 그릇이 필요합니다. 더불어 요리업자나 요리사는 도자기공을 지도하고 이끌어 더욱 아름다운 그릇을 만들어낼 수 있도록 해야 합니다.

오늘날 요리사들은 대개 생선 요리 하나라도 어느 정도 만들 수 있게 되면 금방 전문 요리사라도 된 것처럼 요리 외

의 다른 분야를 살필 여유가 없다는 태도를 보입니다. 진정
한 요리의 도를 추구하는 이라면 절대 그래서는 안 될 것입
니다. 또한 그러한 풍조를 어떻게든 개선하고 발전시키고자
하는 것이 내 과제이기도 합니다.

두서없이 이런저런 이야기를 늘어놓았는데, 지금까지 들
려드린 내용은 으리으리한 고급 요릿집에만 해당되는 것이
아닙니다. 작은 어묵 가게라 해도 가게의 겉모습이나 요리
에 사용하는 물 하나까지 나름대로 의미 있는 요리의 도를
추구하는 정신을 담아야 한다고 생각합니다. 1935년

요리를
할 때의
마음가짐

요리와 그릇에 관한 한 평소 우리 생활에서 흔히 볼 수 있고
접하는 것들이기 때문에 새삼스럽게 말하지 않아도 이미 그
쪽에 관심을 갖고 있거나 연구하는 이들이 있을 것으로 생
각한다. 요리와 그릇은 평범한 소재이긴 하지만 흥미를 가
지고 눈여겨본다면 끝을 알 수 없을 만큼 재미있는 분야이
기도 하다. 이 세계를 늘 즐기는 나로서는 때로는 기뻐 춤이
라도 추고 싶은 마음으로 식사를 할 때가 있다. 반면 흡족한
마음이 들지 않을 때면 모처럼 귀한 요리를 대하고도 변덕스
레 젓가락을 들지 않기도 한다. 늘 좋을 수만은 없지 않은가.

이제부터 요리와 그릇에 대한 이야기를 하고자 한다. 부족하나마 40, 50년간의 경험으로부터 얻은 소감, 즉 요리라는 것은 이러이러하다는 내 생각을 요약한 개념을 소개하고자 하니 많은 참고가 되기를 바란다. 요컨대 여기서 나는 각각의 요리에 대해서가 아니라 요리라는 전체적인 개념을 이야기하려는 것이다. 아무것도 모른 채 살아가기보다는 언제 누가 어떤 요리를 하더라도 이것만은 알고 있는 편이 훨씬 낫지 않겠는가 하는 그런 내용들이다.

요리에도 요리의 비결 또는 비법이라 할 만한 것이 있다. 그러나 그리 특별한 것은 아니다. 이 비결이란 비단 요리뿐 아니라 다른 모든 경우에도 해당되는 것으로, 결국 무슨 일이든 성공을 위해 추구하는 과정은 같다는 뜻이다.

첫째는 사람의 진심이다. 대수롭지 않게 들리겠지만 실제로는 어떤 일에든 진심이 담기지 않으면 성공할 수 없다. 요리에서도 이것이 가장 중요한 조건이다.

둘째는 총명함이다. 이 또한 좀 이상하게 들릴 수 있겠으나, 현명하지 않으면 맛있는 요리를 할 수 없음을 뜻한다. 머리가 나쁘면 어쩔 도리가 없다.

셋째는 열의와 노력이다. 좋은 요리를 만들어 사람들 앞에 선보이기까지는 겉으로 보이지 않는 고심과 노력이 깔려 있어야 한다. 아울러 행동이 민첩하고 시간을 아껴 요리하지 않으면 모처럼의 노력이 물거품으로 끝날 수도 있다. 겨우겨우 좋은 요리를 완성했지만 너무 늦게 내놓아 손님이 돌아간 뒤라면 어쩌겠는가.

이 세 가지는 요리의 상식으로 반드시 몸에 익히기를 바란다. 그러나 요리가 좋아서 스스로 하는 경우라면 머리와 몸이 저절로 움직이고 좋은 아이디어도 떠오를 테니 이런 조건도 자연스럽게 갖춰질 것이다. 한편 궁극적으로 좋아하는 일이 아니라면 요리를 잘하기는 어려울 것이다.

앞서 말한 조건들을 갖추고 마침내 요리를 만드는 단계에 들어섰을 때 반드시 알아두어야 할 것은 재료를 음미하는 일이다. 맛있는 요리든 훌륭한 요리든 결국 재료가 기본이므로 요리의 결과는 재료에 좌우된다는 신념으로 생선 한 마리, 채소 하나를 구입할 때에도 깊은 관심을 쏟아야 한다. 당연히 신선해야 할 뿐만 아니라 품질 자체가 좋아야 한다. 이른바 재료 본연의 맛을 지니고 있는 것을 손에 넣는다면 맛있는 요리는 이미 완성된 것이나 다름없다고 할 수 있다.

재료가 나쁘면 일류 요리사가 아무리 솜씨를 발휘하여 맛을 내고자 해도 좋은 요리가 되기 어렵다. 애쓴 보람도 없이 그저 그런 결과를 낼 뿐이므로 가쓰오부시나 다시마, 간장,

맛술처럼 사소한 양념에 이르기까지 주의 깊게 좋은 재료를 선택할 수 있어야 한다.

다음으로 염두에 두어야 할 것은 강약의 조절이다. 이것이야말로 기술자의 생명줄과 같은 것으로 요리사의 솜씨를 좌우한다. 즉 끓는 정도의 조절, 굽는 정도의 조절, 소금 간의 조절, 물의 양이나 불의 세기 등 강약의 조절이 얼마나 중요한지에 대해서는 아무리 강조해도 모자랄 정도다. 그러나 이 능력은 하루아침에 익힐 수 있는 게 아니므로 실제 현장에서 경험을 쌓는 수밖에 없다. 숱한 경험이야말로 강약의 조절을 가르치는 스승이라 할 수 있으리라.

다음은 미, 즉 아름다움에 대한 문제다. 미적 가치가 없는 요리는 좋은 요리가 아니다. 세상에서 눈으로 보아 아름다운 것보다 좋은 것은 없으므로 요리를 할 때도 아름다움을 살리는 데 관심을 기울여야 한다. 음식의 색, 그릇에 담긴 아름다운 모양, 좋은 향기는 식욕을 돋우므로 요리는 무엇보다 눈과 코를 먼저 만족시킬 수 있어야 한다.

다음은 요리를 그릇에 예쁘게 담는 법이다. 완성된 요리를 그릇에 잘 담는 과정은 중요하다. 이는 꽃꽂이를 하는 마음이나 그림을 그리는 마음과도 일맥상통하는데, 완성된 요리로써 그림을 그리는 것이라 생각하면 된다. 색의 조화, 형태의 구성이 미술과 관계되며 미적 감각이 있다면 흥미롭고 어렵지 않은 일이다. 과일을 그릇에 담아놓고 정물화를 그리는 작업과 같다.

이어서 요리는 즉각즉용卽刻卽用이 중요하다. 말하자면 완성된 요리는 즉시 먹는 것이 좋다는 뜻이다. 뜨거운 요리는 뜨겁게 내고 차가운 요리는 차갑게 내는 민첩함이 요구되며, 향이 좋을 때 또는 색이 변하기 전에 내는 등 각각의 요리에 맞는 배려가 맛있는 요리를 돕는다. 완성된 요리를 곧바로 먹어야 맛있다는 증거로 즉석에서 만들어주는 길거리 튀김이나 서서 먹는 초밥을 들 수 있다. 또한 철판 요릿집의 즉석에서 만들어 먹는 요리가 맛있는 이유도 바로 그 때문이다.

또 한 가지 중요한 비결로서 요리하는 사람이 알아야 할 것은 뱃속을 비워두어야 한다는 점이다. 배가 부른 요리사는 미각이 둔해져서 섬세한 맛을 내기 어렵다. 그러므로 요리하는 자는 되도록 공복 상태에서 좋은 요리를 만들 수 있다는 점을 알아두길 바란다.

요리에 관한 개념은 이쯤으로 마무리하고, 이제 그릇에 대한 이야기로 옮겨보자. "무일푼으로는 여행할 수 없다"는 말이 있는데, 이는 요리에도 해당되는 말이다. 혹 난리통이라면 몰라도 음식을 솥째로 먹거나 도마에 놓인 음식을 집어 먹을 수는 없는 노릇이므로, 그릇이라는 요리의 옷 또는 집이라고 할 수 있는 것이 필요하다. 여기서는 그릇을 요리의 옷이라고 해두자. "옷이 날개"라는 말이 있듯이 요리도 옷에 따라 맛있기도 하고 맛없기도 한 법이다. 요리를 맛있게 보이려면 그에 적합한 그릇을 선택해야 한다. 요리를 위해 그릇을 고려한다는 것은 어떤 의미에서는 경제적이며, 실로 현명한 생각임에 틀림없다. 지금까지 이 점에 대해 주의를 기울여오긴 했지만 인간의 의복에 비하면 상당히 등한시되어왔다.

옷이 여인의 생명이라면 그릇은 요리의 생명이라 할 수 있다. 그릇에도 고급스러운 것, 소박한 것 등 격이 있으니 요리에 맞게 고려해야 하며, 그릇의 품질도 중요하지만 그 크기와 깊이와 색채 등이 요리와 조화를 이루도록 잘 선택해야 한다. 그릇은 음식을 담는 용기인 동시에 요리의 정취를 드러내는 옷이기 때문이다. 그릇은 먹는 것이 아니므로 음식만 맛있다면 그릇 따위야 무엇을 쓰건 상관없다는 생각은 마치 옷을 입는 목적은 더위나 추위를 막기 위한 것이라는 주장처럼 실용적인 면만 강조한 것으로, 필경 몰이해로부터 비롯된 난폭한 논리라 할 것이다. 그럼에도 불구하고 요리책 안에 그릇에 관한 강좌가 없는 것은 공평치 못한 처사라 하겠다. 요리 강좌 또는 강습에서 요리와 같은 비중으로 그릇에 대해 언급하지 않는 것도 요리의 정취를 무시하는 것으로, 완전한 요리라 말하기 어렵다. 격에 맞추면서 적재적소의 상식에 따른 요리와 그릇을 고려하는 것은 충분히 연구해볼 가치가 있다고 믿는다.

다른 이야기이지만, 회화처럼 독립된 예술이라도 액자나 표구 등의 옷이 필요하며 그러한 액자나 표구의 모양과 형태도 회화의 일부로서 감상되고 있다. 요리처럼 홀로 평가받기 어려운 것에는 더더군다나 옷이 필요하다. 다행스럽게도 약 300년 전부터 일본의 다도는 충분히 연구되고 발전되어왔다. 다도를 시대에 맞도록 개선해나가는 일은 하나의 즐거움인 동시에 영양이나 경제의 측면에도 영향을 미칠 뿐아니라 능률까지 고려한 일이다. 이상 요리와 그릇의 개념에 대해서만 간단히 소개하였다. 1939년

요리는
도리를
헤아리는
일이다

일본 요리의 혁신을 외치며 호시가오카星岡 1933년부터 로산진이 시
작한 일본 요릿집를 시작한 이후 어느 요리사가 말하기를, 내가
조리장에서 일할 때면 재료를 손질하고 난 쓰레기가 3분의
1로 줄어든다고 한다. 나는 어지간해서는 요리에 사용되지
않는 부분까지도 버리지 않으며, 그런 점을 자랑스럽게 생
각한다. 언젠가 주방에 가보니 후로후키다이콘ふろ吹き大根 무를
부드럽게 삶아 된장을 찍어 먹는 요리을 만든다며 무 껍질을 벗기고 있었
다. 다들 무 껍질을 아무 생각 없이 버리곤 하는데, 누카미
소ぬかみそ 겨에 소금을 섞어 물로 반죽하여 발효시킨 겨된장에 무 껍질을 담가

놓으면 훌륭한 밑반찬이 될뿐더러 다양한 방법으로 요리에 활용할 수 있다.

이에 대해 사람들은 버려지는 재료를 재활용한다고 말하는데, 이는 요리에 대해 잘 모르는 허튼소리다. 껍질에야말로 무의 특별한 맛과 영양이 살아 있으며, 본래는 껍질째 요리를 해야 한다. 껍질을 벗기는 경우는 모양을 예쁘게 하여 손님상에 낼 때 또는 무가 시들어서 껍질의 가치가 없어졌을 때뿐이다. 이런 사실을 모르는 요리사는 무턱대고 껍질을 벗겨버린다. 가마쿠라에서 무를 먹을 때 나는 늘 밭에서 갓 뽑은 무를 사용했으며, 당연히 그렇게 신선한 무는 껍질을 벗길 필요가 없다. 이런 요리의 도道를 모르는 요리사는 가마쿠라에서 갓 뽑은 신선한 무의 껍질을 벗겨내고 말 것이다. 그 음식을 내가 먹는다면 아까운 무 껍질을 벗기지 말라고 가르치겠지만, 이 또한 상대에 따라 다를 것이다. 때로 어중간한 미식가에게 내놓는 경우라면 무 껍질을 벗겨서 써야 할 필요도 있으리라. 다만 애초에 무 껍질도 귀한 식재료라는 사실을 모른다면 진정한 요리사라고 할 수 없다.

요리의 기본을 배우지 못한 부류라면 참으로 곤란하기 짝이 없다. 무뿐만 아니라 고추냉이의 심을 예로 들어보자. 대개는 이것을 버리지만 고추냉이 심은 파릇파릇해서 요리에 청량감을 주고 아삭아삭한 식감이 좋을뿐더러 매운 맛도 약간 있어서 사용법에 따라서는 몸통보다 좋은 식재료가 된다. 우선 맛이 깔끔해서 술을 마신 뒤의 입가심으로 고추냉이 심보다 더 나은 다른 것은 찾아보기 어렵다.

이렇게 말하면 젊은이들은 마치 나를 인색한 사람으로 볼 수도 있겠으나, 인색한지 어떤지는 다른 면을 보면 알 수 있으리라. 다만 요리할 수 있는 것을 요리하지 않는 것에 대한 요리사로서의 기본 소양과 자격에 관한 문제로 여기기에 내 방식도 그러한 요소를 지닐 것이다.

수천수만 가지의 식재료가 있겠지만 그중 어느 것 하나 독자적이지 않은 맛은 없다. 모든 식재료는 다른 것으로는 대신할 수 없는 본연의 맛을 갖고 있다. 하늘이 만들고 땅이 만든 자연의 힘이 그것을 가르쳐준다. 재료 본연의 맛을 살리는 게 요리라고 한다면, 재료의 이용할 수 있는 부분을 최대한 이용함으로써 비로소 요리라는 이름에 합당한 요리사의 자격을 지닌다고 할 수 있다. 그것이 바로 요리하는 이의 마음가짐이다. 1935년

요리의
묘미

요리를 맛있게 하려면 근본이 되는 식재료를 살려주기만 하
면 된다. 그렇다고 죽은 생선을 다시 물에 넣어 숨을 되살리
라는 억지소리는 아니고, '맛있는 것은 하룻밤 안에 먹으라'
는 내용을 실천하라는 비유랄까. 저녁에 음식을 먹다가 남
기면 이튿날 아침 맛이 떨어진 그 음식을 다시 먹어야 한다.

이는 요리법의 근본에 어긋나는 행위다. 쇠고기처럼 양
념을 해서 고기가 부드러워지도록 하룻밤을 재워두어야 하
는 경우는 예외겠지만 대개는 신선함이 맛을 결정한다. 또
한 도미 회처럼 갓 잡은 것이나 잡은 지 하루쯤 지난 것이나
별 차이 없는 생선도 있지만 작은 생선일수록 갓 잡은 것이

좋다. 채소는 더하다는 사실을 잊지 말아야 한다. 흙을 떠나 시간이 지나면서 맛이 좋아지는 채소는 있을 수가 없다. 이것만 알아도 맛있는 요리를 할 수 있을 것이다.

이어서 알아두어야 할 것이 모든 식재료는 각각 독특한 맛, 본연의 맛을 갖고 있다는 점이다. 요리를 맛있게 한다는 것은 재료의 독특한 맛, 본연의 맛을 살리는 일이므로 적어도 그 맛을 해쳐서는 안 된다. 우리가 평소에 먹는 생선들은 거의 종류가 정해져 있지만 사실 1년 동안 먹는 것을 따져본다면 수백 수천 종류에 이를 것이다. 물론 산이나 밭에서 나는 채소의 종류도 생선에 버금갈 것이다. 중요한 점은 이 수백 종류의 식재료들이 제각기 지닌 고유한 맛에 주목해야 한다는 것이다. 즉 그 맛이 사라지지 않도록 마음을 쓰는 것 자체가 요리사에게 요구되는 근본 자세다. 왜냐하면 본연의 맛은 인위적 또는 인공적으로 만들 수 있는 맛이 아니기 때문이다. 소금, 간장, 술, 맛술, 설탕, 화학조미료, 가쓰오부시, 다시마, 말린 멸치 등은 조미료로서 좋은 맛을 내지만 이것들은 어디까지나 맛을 보조할 뿐으로, 이 양념들로 요리를 맛있게 할 수 있다고 생각하면 오산이다. 조미료는 앞서 말한 것을 포함해서 채 열 가지가 되지 않는다. 그런데 산과 바다에서 나는 수백수천 종의 식재료는 하나하나 고유의 맛을 지니고 있을 뿐만 아니라 사람이 가공할 수 없는 독특한 특징을 지닌다. 그 특이한 천연의 맛을 무시하고 함부로 인 공적인 맛을 가미해 맛의 칵테일을 하는 것은 실로 자연의 맛을 모독하는 행위다.

맛을 더해주는 데 소금으로 충분하다면 소금만, 술로 충 분하다면 술만, 가쓰오부시로 충분하다면 가쓰오부시만, 다 시마로 충분하다면 다시마만 첨가하는 식으로 조미調味를 알 고서 요리해야 한다. 물론 갑과 을 또는 갑과 을과 병을 섞 어 맛을 더해주는 경우도 있다. 그러나 중요한 것은 생선, 닭, 채소 등 식재료 본연의 맛을 살리는 것이 목적이므로 조 미료는 그 맛을 보조해주는 역할에 머물러야 한다. 이를 체 득하는 데는 상당한 경험이 요구되며, 끊임없이 주의를 기 울여 몸으로 익히면 언젠가는 자신의 것이 되리라. 그러나 이를 깨닫지 못한다면 요리가 귀찮아지고 솜씨는 늘지 않을 것이다.

재료만 잘 안다면 자연스레 요리에 정취가 담긴다. 그렇 게 되면 요리에 점점 빠져들고 재미를 느끼면서 어느덧 자 신감이 붙는다. 머리도 활발하게 회전해 뛰어난 재능을 발 휘하게 되고 독창적인 요리가 자연스럽게 탄생한다. 합리적 인 사고에 바탕을 둔 독창적인 작품은 매력이 흘러넘치는 반면 매력적이지 않은 작품에는 역동성이 없다. 역동성이 매력이고, 매력이 곧 역동성인 것이다.

요릿집의 복잡한 요리법을 무조건 옳다고 믿고 흉내 내는 겉만 번드르르한 요리는 아무리 좋게 봐도 진정한 요리의 진수를 알고 있다고 할 수 없다. 1938년

미식과 인생

이제 와서 새삼 이야기하자니 쑥스럽지만 생각에 따라서는 요리도 이렇게 말할 수 있으리라.

요즘 사람들이 말하는 '오소자이惣菜(반찬) 요리'란 번거로운 요리 과정을 생략하고 저렴한 식재료를 골라 가능한 한 쉽게 만들 수 있으면서 맛도 있고 영양도 풍부한 요리를 만드는 식이다. 이와는 전혀 다른 별세계의 요리가 있는데, 서민과는 거리가 먼 요릿집의 고급 요리를 뜻한다. 고급 요리의 세계에서는 물론 손이 많이 가는 요리법을 일일이 그대로 지키며 재료의 가격 따윈 문제 삼지 않는다. 나아가 새료 본연의 맛을 살리고 요리의 외양과 향에 신경을 써서 먹는 이로 하여금 먼저 눈과 코와 입으로 즐기게 한 뒤 마침내는 그 마음까지 부드럽게 사로잡는다. 요릿집 요리도 급이 있어서 1인당 1000엔짜리가 있고 1만 엔이나 하는 것도 있다. 값이 비싸거나 싼 데에는 그만한 이유가 있을 테니 먹는 사람만 납득하면 되는 것이다. 물건 값은 돈대로 간다는 옛말도 있지 않은가. 세상에서 알아주는 비싼 고급 요리를 맛보려면 돈에 구애받지 않고 원하는 음식을 마음껏 먹을 수 있는 부자가 되는 것 외에는 달리 방법이 없다.

그러나 맛없는 음식이라 해도 자주 먹다보면 의외로 깊은 맛을 발견할 수 있고, 고급 요리도 처음 먹어보는 사람은 그 최고의 맛을 제대로 느끼지 못할 것이다. 각자의 운명에 만족하고 자기 분수에 맞지 않는 다른 세계를 부러워하지 않는다면 모든 사람이 미식가가 될 수 있으리라.

본래 사람의 일상을 들여다보면 상당히 불균형한 점이 많다. 이를테면 분수에 맞지 않을 만큼 사치한 옷차레 때문에 낭패를 보기도 하는 반면 음식에는 무관심하고 '식생활'에 냉담한 이들이 있다. 의식주 가운데 특히 '식食'에 대하여 무지해 주는 대로 받아먹고 만족하는 것으로 생애를 마친다면 조금 면목 없는 일 아니겠는가.

다행히 일본 요리의 재료는 수백 수천 가지에 이를 정도로 풍부하다. 일본은 세계에서 산해진미가 넘치는 나라라는 게 내 생각이다. 이러한 나라에 살면서 식도락을 즐기지 못한다면 문명이니 자유니 떠들 자격이 있을까? 과연 올바른 식도락이 추구해야 할 바는 무엇일까? 입으로 즐기는 순간의 기쁨만이 식도락이라는 생각은 섣부른 판단이다.

옛 교토에서도 가정적인 남자들은 병에 걸렸을 때조차 사치라느니 돈이 아깝다느니 하며 진료를 거부해 제아무리 명의라도 약을 먹이기가 어려웠다고 한다. 반면 중국인은 체격이 좋은데, 그 이유는 음식에 대한 관심이 높아서 서민 요리든 고급 요리든 골고루 발전했기 때문이라고 할 수 있다.

일본의 경우와는 달리 중국의 그릇은 송나라 시대부터 명나라 말기까지 크게 발전했다. 그러나 지금의 중국은 일본과 마찬가지로 식품, 요리, 그릇 모두 타락해버려서 부끄러운 줄도 모른 채 엉터리로 흉내를 내고 있다고 생각할 수밖에 없다. 자신의 선조들이 어떤 그릇을 만들고 거기에 어떤 요리를 담았는지 생각해보지 않는 것이 요즘의 중국 요리이고 일본 요리다. 그릇을 만드는 자는 음식의 고상함과 속됨을 구분하지 못하고 요리하는 자는 그릇의 가불가可不可를 분별하지 못한다. 이래서는 요리와 그릇의 조화가 깨지고 견

원지간처럼 될 터이니 이보다 더 안타까운 일이 있을까.

　요컨대 주어진 삶을 즐겁고 활기차고 자유롭게 살아가려면 음식만큼은 맛있는 것, 좋아하는 것으로 하루 세끼의 식사를 즐겨야 한다. 아울러 그릇의 아름다움을 알고, 볼품없는 그릇에는 밥을 담지 않을 정도의 식견을 갖추며 삶의 의미를 깊이 생각해야 하리라. 식도락도 그리 쉬운 일은 아니다. 어쨌거나 과거 일본의 의식주는 모두가 훌륭한 것이었다. 그러므로 외국의 그것에 머리를 숙일 이유는 없다. 1954년

미식
다산기의
마음가짐

늘 맛있는 것을 찾아 먹고 마음 깊은 곳에서 우러나는 기쁨
을 누려보고 싶다. 아침이나 낮이나 밤까지도. 개나 고양이
처럼 주는 대로 받아먹는 식사로 하루하루를 이어가면 육체
가 생명활동을 한다 해도 마음의 즐거움은 얻지 못하리라.
기쁨을 주는 맛있는 요리와 인연을 멀리한 채 그저 먹고사
는 데만 급급할 뿐이다. 세상살이에 찌든 많은 이는 요즘 같
은 세상에 음식이 값싸고 영양 가치만 있으면 그것으로 충
분하지 않은가 하는 생각으로 스스로를 영양 부족의 허약한
인간으로 만들고 있다. 이것이 요즘 세상 사람들의 모습이

며, 이들에게는 애당초 맛있는 음식을 즐길 여유 따위는 없다. 설령 그런 여유가 있다고 해도 소극적이고 품위가 없다.

　칼로리나 비타민에 일일이 신경 쓴 요리는 사실 요리라기보다는 영양제에 가깝다. 그러니 당연히 맛있을 리가 없다. 맛없는 식사를 하면서 충분한 영양을 섭취한다는 것은 불합리한 일로, 여기까지 생각이 미치는 이들은 별로 없는 듯하다.

　이는 일본인뿐 아니라 외국인도 크게 다르지 않아 보인다. 미국의 도시를 다니다보면 곳곳에 약국이 있는 걸 보고 깜짝 놀라게 된다. 유럽도 마찬가지로 걸음걸이가 편치 않아 보이는, 마치 죽음을 앞둔 것처럼 보이는 노인이 많은 데 놀라게 된다. 원기 왕성한 젊은 시절에 제대로 관리하지 않은 탓이 아닐까 싶다. 균형 잡힌 식사가 건강한 근육을 만들어줄 순 있었겠지만 정신적 활기를 북돋워주는 데는 도움을 주지 못하는 게 아닌지 의심스럽다. 몸도 제대로 가누지 못하는 많은 노인이 공원에 앉아 있는 선진국의 풍경은 숙고해볼 필요가 있다. 내가 말하는 영양학적인 요리란 어린아이나 환자처럼 음식을 가려 먹어야 하는 사람에게만 해당되는 것으로, 그 밖의 사람들은 각자 먹고 싶은 대로 자기 입맛에 맞는 식사를 한다면 칼로리나 비타민 따위를 걱정하지 않아도 저절로 건강해질 거라고 믿는다. 그러나 맛있는 음식을 계속 먹으려면 당연히 음식에 대한 지식과 경험이 요구되며, 이는 노력하지 않으면 발견할 수 없다. 이때의 노력은 진정 즐거운 노력이지 고통이 아니다.

지금 내 머릿속에는 어떻게 하면 노토 산 고노와다를 빨리 손에 넣어 그 알집을 말린 구치코를 먹어보나 하는 생각밖에 없다. 고노와다는 지타知多반도아이치현 서부에 있는 반도에도 있고, 오노미치尾道의 고노와다도 유명하지만 노토 산 고노와다의 특별한 풍미는 나를 기쁘게 한다. 특히 구치코의 맛은 천하일미다. 홋카이도의 찬 기운 속에서 탄생한 미각의 왕자라고 할 수 있다. 내게는 구치코를 보내달라고 부탁할 수 있는 친구가 두세 명 있는데 행여나 기회를 놓칠세라 미리부터 온갖 공을 들인다. 그 맛이 안겨주는 기쁨에 진짜로 수명이 늘어날 것만 같다. 게다가 이것은 내가 50년 전부터 계속해온 연중행사다.

날이 추워지면 수많은 종류의 미식이 찾아오기 때문에 그 즐거움을 맛보느라 정신없이 바쁘다. 중간 크기의 복어를 먹는 기쁨 또한 대단하고, 교토의 죽순, 겨울잠에 들어간 자라, 고슈세타江州瀬田의 간모로코寒モロコ 돗돔의 별칭도 미식 중의 미식이다. 지방이 풍부한 노토 산 방어회 등은 생각만 해도 입안에 군침이 돈다. 참다랑어는 감히 비교도 안 되는 맛이

다. 단 남일본해에서 잡히는 방어는 맛이 떨어진다. 어쨌거나 겨울철 미식은 셀 수 없이 많다. 모치餠도 간모치寒餠 추운 계절에 만든 떡라고 하는 것이 가장 맛있다.

나는 가을인 10월부터 초봄인 2월까지를 미식 다산기多産期로 정하고 그 맛을 즐기려는 마음을 단단히 먹는다. 그리하여 끊임없이 식욕을 만족시켜주는 이 좋은 계절을 헛되이 보낸 적이 없다. 3~5월경이 되면 아카시다이가 제철이고 갯장어도 맛이 드는 계절이다.

세토내해는 간토 지방과는 달리 대체로 생선들이 다 맛있지만 조개류나 새우류는 간토에서 나는 것만 못하다. 붕장어(아나고)도 튀김이나 초밥의 재료로는 적합하지 않다. 아무튼 맛있는 것만 먹으며 즐길 수 있는 삶이라니 기쁘지 않겠는가. 게다가 세계에서 가장 맛있는 식품이 많은 일본에 사는 행운을 생각하면 흐뭇한 마음을 금할 길이 없다. 1954년

본연의
맛을
살리다

살린다는 말은 죽이지 않는다는 말이다. 요리사는 재료 본연의 맛을 살렸는지 죽였는지를 구분하는 능력을 갖춰야 한다. 신이 인간에게 음식 각각의 맛을 볼 수 있는 능력을 부여했다면 유감스럽게도 시간이 흐를수록 인간의 오만한 잔꾀로 인해 그 능력은 쇠퇴하고 있는 듯하다.

예를 들어 어떤 요리든 가릴 것 없이 설탕을 지나치게 사용하여 재료 본연의 독자적인 '맛'을 파괴하고 엉망으로 만들어버리는 것이다. 설탕을 넣으면 맛이 좋아진다는 생각은 오늘날 요리의 맛을 극단적으로 저하시켰다. 바로 요리하는 자의 무지함이 설탕이나 화학조미료의 남용을 부채질한 것이다. 그 무지함이 미각을 무신경하게 만들고 재료에 담긴 본연의 깊은 '맛'을 깨닫지 못하게 하여 마음으로 맛을 즐기는 세계로부터 멀어지게 했다. 따라서 한때의 유행처럼 생겨났다 사라지곤 하는 영양을 둘러싼 갖가지 학설이 오히려 사람들을 영양 부족으로 만들고 있다는 사실은 말할 필요도 없다.

음식을 먹을 때든 사물을 즐길 때든 지식이 요구된다. 이치를 알고 음식을 먹는다면 심신이 건강해지고 당연히 삶도 풍요로워질 것이다. 우리가 요리에 관심을 갖는 이유도 바로 이 때문이다. 맛있다는 말을 연발할 때 혀와 마음이 기쁨에 젖어 몸과 마음이 건강해진다면 단순한 관심에 그쳐서는 안 될 것이다. 내가 자연 속의 좋은 선구자를 찾는 데 한결같은 열정을 쏟아부었던 것도 바로 이 때문이다. 그런 활동을 50년이나 계속해왔으니 스스로 생각해도 대견하다.

대부분의 사람은 미각에 어두워 맛있는 것과 맛없는 것을 구분하지 못한다. 삶의 여유가 없으니 무리도 아니라고 이해는 하지만 식생활에 대한 사람들의 마음가짐에도 문제가 있다고 본다. 무엇을 먹고 싶은지, 무엇을 먹을지 사람들에게 물으면 '아무거나'라고 무심코 대답한다. 이만큼 무지한 대답도 없겠지만 정작 본인은 그리 이상하게 여기지 않으며 덤덤하다. 어쩌면 인간의 가치를 포기한 것은 아닐는지. 무엇을 먹고 싶다는 욕구는 단지 입맛이 당겨서가 아니다. 정확히 말하면 자기 몸에 필요한 영양을 요구하고 있는 것이다. 주는 대로 무조건 받아먹는다면 그 음식은 영양이 필요한 신체에 능동적으로 제 역할을 다하지 못할 것이다. 원하는 것을 먹고 즐기고, 원하는 영양을 섭취하는 것이야말로 자신만의 독창적인 삶을 누리는 것이지 않을까?

요즘 사람들에게는 또 그들에게 맞는 음식이 있을 것이다. 어떤 음식을 좋아하는가는 자유이지만 남들이 먹는 대로 따라하는 무지한 이들도 적지 않다. 나는 이런 부분이 걱정스럽다. 많은 사람은 그저 생선회도 좋고, 돈가스도 좋고, 중국 요리도 좋고, 튀김도 좋고, 초밥도 좋다며 무엇을 주든 아무 생각 없이 묵묵히 먹는다. 이처럼 자기 정체성을 잃어버린 이가 많으면 일본은 갈수록 건강치 못한 인간으로 가득할 것이고, 모든 일에 열과 성을 다하지 않고 그저 자기 한 몸만 보전하려는 무리가 속출하지 않는다고 누가 보장하겠는가?

맛있는 음식에 대한 욕구를 단순히 사치스럽다는 말로 못 박아서는 안 된다. 혹시라도 미식을 추구하는 정당 같은 것

을 만들어 미식의 자유를 위해 깃발을 내세우는 자가 나타
난다면 나 또한 부족하나마 그를 돕기 위해 함께 연단에 서
서 미식의 중요성에 대한 역설의 노력을 아끼지 않으리라.

　흔히들 사치스럽다고 말하는 음식을 먹으며 건강을 돌보
고 두뇌를 명석하게 한다면, 그래서 좀더 뛰어난 일을 할 수
있게 된다면 미식은 경제성의 원리에도 어긋나지 않을 것이
다. 미식 예찬은 일단 여기까지⋯⋯. 1954년

요리의
미와
예술의 미

모든 것은 하늘이 만든다. 하늘 아래 새로운 것은 없다는 말
은 그런 뜻이리라. 사람은 자연을 어떻게든 취함으로써 하
늘이 만든 것을 인간 세상에 활용할 뿐이다. 다만 그렇게 하
는 과정이 그리 쉽지만은 않다. 대부분의 사람은 자연을 이
용한다면서 파괴하고, 하늘이 만든 아름다움을 활용한다면
서 없애버린다. 간혹 불세출의 천재라 불리는 이가 나타나
자연계의 이치를 어렴풋이 깨달음으로써 하늘이 이룬 아름
다움을 표현한다.

그러므로 우리는 무엇보다 자연을 보는 눈을 키워야 한

다. 그렇지 않으면 아름다운 예술은 이룰 수 없다. 좋은 서예도, 그림도, 그 밖의 어떤 아름다움도 얻지 못할 것이다.

식도락의 측면에서 무를 예로 들어보자. 지금 밭에서 갓뽑아온 신선한 무라면 그것은 갈아서 먹든 삶아서 먹든 틀림없이 맛있으리라. 그러나 그 무가 오래된 것이라면 아무리 뛰어난 요리사가 심혈을 기울여 요리를 한들 무의 맛을 완전히 살릴 수는 없을 것이다. 하늘이 만든 무의 맛은 신선한 무가 아니고서는 맛볼 수 없기 때문이다.

또 여기 꽃 한 송이가 있다고 치자. 그 꽃이 지금 막 피어난 것이라면 아무데나 던져두어도 아름다우리라. 그러나 이미 시들기 시작한 꽃이라면 온갖 솜씨로 다듬거나 예쁜 화병에 꽂아본들 본래의 아름다움을 음미하긴 어려울 것이다. 인공적인 행위는 하늘의 솜씨를 도저히 따를 수 없기 때문이다.

이처럼 자연이 미의 근원이듯이 맛의 근원 또한 자연이다. 이 사실은 누구나 쉽게 알 수 있으며, 입증할 만한 사례도 얼마든지 있다. 그러나 일반인들은 이 간단한 이치를 이해 못 해 부질없는 노력을 기울인다. 예를 들면 요리할 때 변변찮은 멋을 부려 쓸데없는 맛을 더하거나 그림을 그릴 때 기교를 부려 억지로 형태를 만들거나 불필요한 도구를 남용한다.

　요리의 기술 또는 그림의 기술이 뛰어난 이들은 얼마든지 있다. 그러나 내가 오늘날엔 화가가 없고 요리사가 없다고 단언하기를 주저하지 않는 데는 자연의 미를 표현할 수 있는 사람이 없기 때문이다. 이에 관해서는 할 말이 아직 많지만 생략하기로 하고, 중요한 점은 우선 자연의 미를 발견하는 것부터 배우는 것이다.

　그렇다면 과연 모든 자연이 아름답고 맛있을까? 자연만큼 불가사의하고 오묘한 것도 없다. 하늘이 하는 일은 어떤 목적이 있는 듯도 하고 어찌 보면 그렇지도 않은 듯도 하다. 하늘은 빛을 비추고 열기를 주고 비를 내려 풀과 나무를 키운다. 여기에 어떤 목적이 있는 것 같지는 않다. 그러나 하늘은 때때로 천둥 번개를 내리쳐 수백 년 묵은 노송을 한순간에 태워버린다. 나무를 키우는 것도 자연이고, 그 나무를 불태워 죽이는 것도 자연이다. 사람에게 지혜를 주어 생존할 수 있게 한 것도 자연이고, 전쟁과 같은 파괴를 저지르게 만든 것도 자연이다. 흔히 인간의 자살은 부자연스러운 행위라지만 내가 보기에는 자살 또한 분명한 자연의 이치다. 그렇다면 자연은 어떤 목적으로 무엇을 하려는 걸까. 우리 인간의 지혜로는 도무지 헤아릴 수 없는 것이리라.

우리가 할 수 있는 일은 그저 자연의 힘을 깨닫는 것뿐이다. 우리는 자연에서 태어났으며 죽어서 돌아갈 곳도 자연이다. 여기에는 인간의 힘으로는 절대로 건드릴 수 없는 법칙이 엄연히 존재한다. 바로 자연의 섭리로, 어쩌면 운명이라 표현할 수도 있으리라. 어쩌다보니 이야기가 비약되고 말았는데 아무튼 자연에 관한 근본적인 이야기는 다음 기회로 미루고, 여기서는 자연이 주는 각각의 장단점에 대해 살펴보자.

자연을 보는 안목을 키워야 한다고 앞에서도 이야기했지만 이는 바꿔 말하면 자연에 담긴 아름다움을 발견하는 일이다. 아름다움의 근원인 자연 그 자체에도 아름다운 것과 그렇지 못한 것이 있으며, 좋은 맛을 내는 것이 있고 나쁜 맛을 내는 것이 있다.

여기에서 아름다움 또는 좋은 맛이란 물론 우리 인간의 감정이 판단하는 것이며, 자연 그 자체의 가치는 모두 동일하다. 그러나 같은 무라도 그 종류 또는 성장한 토지의 상태, 즉 풍토에 따라 좋은 맛을 내기도 하고 덜 좋은 맛을 내기도 한다. 그래서 요리하는 사람이 갖춰야 할 자세는 무엇보다 무 본연의 맛을 살릴 수 있는 신선한 무를 구하고 좋은 종류의 무를 고르는 것이다.

이렇게 생각하면 좋은 모든 것은 좋은 자연으로부터 비롯된다고 할 수 있다. 다시 말해 자연이 좋으면 그곳에서 자라는 모든 것이 좋을 수밖에 없다는 뜻이다. 내가 이런 이야기를 하는 이유는 무엇일까? 사실 나도 처음부터 이런 생각을 갖고 있었던 것은 아니다.

나는 맛있는 음식을 좋아하여 옛날부터 손이 닿는 한, 사정이 허락하는 한 맛있는 음식을 먹어왔다. 그리고 예술을 사랑하여 힘이 닿는 한 다양한 작품을 감상하려고 노력했고, 그중에서도 서예를 사랑하여 힘이 닿는 한 서예를 감상해왔다. 그 밖에 건축이나 정원 등 생활을 아름답게 하는 모든 것에 대해 최선을 다해 알고자 했다. 처음에는 외국 작품에 마음을 빼앗겼지만 서서히 안목이 높아지면서 점차 일본 작품의 우수성을 깨달았다.

서예, 그림, 도자기, 요리, 건축, 음악, 꽃, 정원 등 모든 것이 마찬가지다. 예를 들어 서예는 누구나 처음 시작할 때는 중국인의 서예에 매혹되듯이 나도 처음에는 중국인의 서예에 빠져들었다. 그러나 조금씩 서예를 알게 되면서 저절로 일본인의 서예로 눈을 돌리게 되었다. 중국인의 서예는 모양이 좋지만 내용은 부실하다. 이른바 연극배우가 왕의 옷을 걸친 것처럼 겉은 왕처럼 훌륭해 보이지만 그 속은 어차피 연극배우에 불과한 것이다. 다시 말해 내용은 없고 겉만 번지르르하다. 도자기도 마찬가지로, 중국에서 처음 만들어진 청화백자는 그 시대를 대표하는 작품으로서 중국의 여러 작품 중에서도 상당히 훌륭하다. 그러나 현재 이 훌륭한 도자기를 활용하는 이들은 중국인이 아니라 일본인이다. 또한 단순히 도공이 만든 그릇에 불과했던 청화백자가 일본에 전해지면서 훌륭한 예술로 승화되었다는 점도 일본인의 우수성을 뒷받침한다.

요리에서는 그 차이가 더 분명해진다. 일단 일본은 요리의 재료인 생선이나 채소, 고기 등 모든 것이 비교할 수 없을 만큼 훌륭하다. 내가 보기에 요즘 일본 요리사도 수준이 낮지만 그렇다고 중국인에게 배울 만큼 중국 요리가 뛰어나지도 않다.

그림이나 조각도 마찬가지다. 또한 비단 중국뿐 아니라 서양의 여러 나라와 비교해도 전혀 뒤질 게 없다.

나는 서양화라는 것이 형태와 구성을 중시하는 시각적인 미를 추구하기 때문에 사물의 본질을 파악하는 데 있어서는 일본의 선묘화線描畫를 도저히 따르지 못할 것이라고 생각한다. 설사 백번을 양보하여 서양화에는 서양화만의 특징이 있다 하더라도, 일본인은 서양화를 멋지게 그려낼 수 있는 반면 일본화를 훌륭하게 그려내는 외국인이 있다는 이야기는 들어본 적이 없다.

일본인은 서양 예술을 훌륭히 소화하여 회화뿐 아니라 건축과 음악에서도 뛰어난 실력을 자랑한다. 그러나 일본인이 서양 음악을 이해하고 훌륭하게 연주하는 것과 같이 외국인이 일본 음악을 이해하고 훌륭하게 연주하는 경우는 없다. 하물며 엔주 다유延寿太夫 일본 전통 현악기인 샤미센三味線의 연주가처럼 기요모토淸元 샤미센 음악의 하나나 기다유義太夫 일본 가부키歌舞伎의 반주 또는 요쿄쿠謠曲 일본의 가면음악극 '노能'의 악곡를 이해하고 노래하는 외국인은 한 명도 없으리라. 외국인들은 야스기부시安來節 일본의 민요 하나도 만족스럽게 부르지 못한다.

따라서 나는 왜 일본인만이 이렇듯 뛰어난 소질을 갖고 있는지를 생각해보지 않을 수 없었다. 일본을 자랑하려는 것이 아니라 어느 분야를 보더라도 누구나 다 그렇게 느끼지 않을 수 없을 것이다.

물론 과학의 진보나 공업의 발달에서는 외국인들이 훨씬 우수하다. 그러나 그것은 쇄국을 고집한 일본의 특별한 상황 때문이다. 일단 외국과 교류를 시작하자 일본은 단시간에 서양의 지식을 받아들여 과학이건 산업이건 모든 분야에서 그들을 능가하게 되었다. 과연 그 이유는 무엇일까?

나는 지구상의 어느 나라보다 뛰어난 자연의 혜택을 일본이 누리고 있기 때문이라고 생각한다. 더불어 그렇듯 지리적으로 뛰어난 환경에서 대대로 살아오는 가운데 우수한 민족적 자질을 갖게 되었기 때문이라고 생각하지 않을 수 없다. 일본의 자연과 기후, 풍토가 세계적으로 뛰어나다는 사실은 새삼 말할 필요도 없겠지만 일본인의 뛰어난 자질은 오로지 수만 년에 걸친 천혜의 자연환경 덕분이라고 해야하리라.

게다가 아름다운 산과 맑은 물, 사면이 푸른 바다로 둘러싸인 땅, 온화한 기후, 비옥한 토지 등 모든 점에서 생물의 성장에 가장 알맞은 천혜의 자연을 가진 나라가 일본이다. 그러므로 물고기 한 마리, 나무 한 그루까지도 우수성을 자랑한다.

일본의 삼나무와 미국의 삼나무를 비교해보면 알 수 있고, 화초 하나만 보더라도 일본의 화초는 같은 종의 서양 화초에 비해 훨씬 아름답다. 최근 카네이션이나 튤립, 그 밖에 여러 종류의 서양 꽃들을 볼 수 있는데 하나같이 어린아이의 장난감처럼 그저 빨갛거나 노랗기만 할 뿐 꽃이나 잎사귀가 지닌 섬세한 아름다움이 부족하다. 스위트피를 일본의 완두에 비교해보면 쉽게 알 수 있다. 스위트피 꽃은 화려하긴 하나 조화造花처럼 깊이가 없는데 일본의 완두는 깊이가 있어 품위 있는 아름다움이 느껴지고 진한 잎사귀에는 윤기가 흐른다. 일본의 화초는 조화로 만들기 어렵다는 이야기를 들은 적이 있는데, 그 말이 맞다. 이른바 서양의 화초는 애초에 단조롭고 산뜻하기만 하여 장난감 같은 느낌이 드는 반면, 일본의 꽃은 깊이 있는 아름다움이 느껴지므로 이를 쉽게 모방할 수 없는 것이다.

나아가 농수산물도 예외일 수 없다. 예를 들어 자라는 조선이나 중국에서도 찾아볼 수 있지만 양쪽 다 일본에서 생산되는 자라의 맛을 따를 수 없다. 그런데 재미있게도 조선이나 중국의 자라를 일본에 가져와 3년 정도 사육하면 질이 완전히 바뀌어 맛이 좋아진다. 이는 자연환경이 그 산물에 얼마나 크게 영향을 미치는지를 보여주는 좋은 예다. 어쨌거나 태곳적부터 그러한 자연 가운데 살아온 일본인은 자연히 모든 점에서 뛰어난 자질을 갖추게 되었다.

꽃 하나에도 섬세한 아름다움이 깃들어 있듯이 뛰어난 자연 속에서 미를 추구해온 일본인의 예술이 자연스럽게 은은하고 깊이 있는 예술로 승화된 것은 어쩌면 당연한 일이 아니겠는가.

일본은 본래 천혜의 자연을 누려온 나라이고, 따라서 일본의 예술은 내용 면에서도 근본적으로 뛰어난 미를 갖고 있다. 미국의 삼나무가 아무리 크고 우람하며 나뭇결이 아름답다 해도 일본 삼나무에는 비할 수 없다. 모든 것이 그러하며 이러한 이유로 나는 오래전부터 일본을 자랑스러워했지만 최근 유행하는 일본에 대한 자긍심도 그와 같은 자각에서 비롯된 것은 아닐까? 다행히 최근의 일본주의에는 그러한 바탕이 깔려 있다. 그러므로 일본의 진수를 확실히 알아 진정한 일본의 특색과 미의식을 높일 수 있다면 그보다 기쁜 일은 없으리라. 1935년

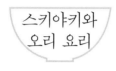

스키야키와 오리 요리

서양 음식에 대한 감상

일본을 떠나기 전부터 나는 프랑스의 오리 요리에 대해 많은 이야기를 들었다. 대개는 서양에 대한 일방적인 찬사 일색인지라 뭘 제대로 알고나 하는 말들인지 내심 의심스러웠다. 프랑스가 어떻다느니 미국이 어떻다느니 구구절절 설명하는 이들도 정작 일본에 대한 이야기가 나오면 도통 아는 것이 없으니 어처구니가 없을 뿐이다. 일본인이면서 일본을 잘 모르는 치들이니 외국에 가서 일본에 대해 무엇을 알려줄 수 있겠는가. 이는 일본에든 외국에든 커다란 손실이라 하지 않을 수 없다.

일본의 명물이라고 하면 그저 후지산과 게이샤, 나라_{奈良}의 사슴과 센베_{せんべい 구운 납작 과자}밖에 아는 게 없는 이들이 어떻게 자부심을 가지고서 일본을 이야기할 것이며 외국 사람들은 일본에 대해 무엇을 배우겠는가. 하물며 일본 요리에 대해서는 더욱 알 리가 없는 것이다.

예를 들어 뉴욕에서는 오래전부터 스키야키가 널리 알려져 있었지만 막상 가서 보니 도무지 스키야키라고 할 수 없는 요리였다. 속이 깊은 쇠냄비 속에 채소를 잔뜩 집어넣고 그 위에 보기에도 맛없는 고기 몇 점을 올린 다음 부글부글 끓인다. 그런 것을 일본을 잘 안다는 미국인이 희색이 만면하여 마치 오리가 먹이를 먹듯 우적우적 먹어치운다.

니가타_{新潟} 출신의 주인장은 어찌어찌하여 미국에 오게 되었으며 뉴욕에서 노동일을 하다가 아이디어를 내어 스키야키 식당을 차리게 되었다고 한다. 이야기를 나눠보니 니가타에 대해서나 도쿄에 대해 아는 게 별로 없었다. 그러니 모든 면에서 제대로 갖춰져 있을 리가 없었다. 가게 안을 둘러보자 마치 시골 박람회장처럼 촌스러운 그림이 덕지덕지 붙어 있었다.

주인장을 불러서 스키야키를 올바르게 만드는 법을 일러주자, 그는 "하, 스키야키가 그런 겁니까?" 하고 놀라는 것이었다.

프랑스의 오리 요리에 대해 이러쿵저러쿵하는 사람도 사실은 말로만 전해 들은 것일 뿐 실제로 먹어본 바는 없는 듯하다. 어쨌거나 한 마리에 1만 엔이나 하니 선뜻 먹자고 나서기도 힘들다. 취미고 식도락이고 내세울 형편이 아닌 것이다. 프랑스에서 일본인이 주로 찾는 곳은 변두리의 작은 술집 같은 데다. 게다가 가게가 아무리 작아도 배우려는 생각을 지니고 있어 주문도 질문도 자유롭게 하지 못한다. 하물며 라투르 다르장la tour d'argent같이 외관이 당당하고 정장 차림의 직원이 격식 있게 행동하는 오리 요리 전문점에서는 말 한마디 제대로 못하리라.

내가 라투르 다르장을 방문한 것은 서양화가인 오기스 다카노리荻須高德 씨 내외 그리고 소설가인 오오카 쇼헤이大岡昇平 씨와 함께 여행하던 때였다. 가게 안을 둘러보니 프랑스인보다는 외국인이 더 많은 듯했다. 우리는 여행 중이기도 했고 값이 비싸다 해도 한 마리를 주문해서 나눠 먹으면 된다는 생각에 식당 안으로 들어섰는데 턱시도 차림의 종업원이 은쟁반 위의 삶은 통오리점에서 수프를 덜어내고 있었다. 곧바로 우리에게 가져온 오리는 반쯤 익힌 것으로, 24만 3767번이라는 이른바 가게의 유래를 나타낸 번호표가 달려 있었다. 종업원은 오리를 자랑스럽게 보여주더니 번호표만 남겨두고는 오리를 도로 가져가버렸다.

나는 안내인에게 이렇게 말했다.

"저렇게 하면 맛있게 먹을 수가 없지. 그저 고기 찌꺼기를 먹는 것과 마찬가지라네. 찌꺼기에 맛있는 국물을 뿌린 것에 불과하니까. 다른 손님은 어떨지 모르겠지만 우리에게는 오리 살을 발라내지 말고 한 마리 통째로 가져다달라고 말해주게."

종업원은 안내인인 오기스 씨의 말을 듣고도 그저 웃기만 할 뿐 내 말을 요리사에게 전할 기색을 보이지 않았다. 그래서 나는 다시 한번 말했다.

"요릿집에서 내 돈으로 내가 먹겠다는데 거리낄 게 뭐 있나. 우리는 손님이라고 당당하게 말해주게."

급기야 나는 태어나서 처음으로 연기를 하게 되었다. 안내인에게 이렇게 통역해달라고 했다.

"이 손님은 일본의 도쿄 부근에 사는데 집 앞에 커다란 연못이 있고, 그 연못에 크고 작은 수천 마리의 오리를 키우고 있다. 유명한 오리 연구가로서 오리를 먹는 법, 오리 요리에 정통한 사람이다. 그는 오리에 일가견을 지닌 사람으로, '나는 오리를 저렇게 요리하는 게 마음에 들지 않는다'

고 한다."

안내인이 제대로 전달했는지도 모르겠지만 어쨌든 내 말대로 반쯤 익힌 오리가 통째로 나왔다. 옳거니, 나는 가져간 주머니 속에서 순한 맛이 나는 반슈다키노播州瀧野 간장과 고추냉이 가루를 꺼내 컵 안에 물을 붓고 고추냉이 가루를 넣은 후 테이블에 놓여 있던 식초를 섞었다. 내 요리법에 흥미를 느낀 듯 턱시도 차림의 종업원들이 우리 테이블 주위로 우르르 몰려들어 내가 하는 모습을 지켜보고 있었다. 굳이 으스댈 생각은 없었지만 그렇게 격식 있는 식당에서 이런 식으로 요리한 것은 전대미문의 일이리라. 그러니 나를 보기 위해 몰려드는 것도 어찌 보면 당연하다.

오오카 씨는 뉴욕에서 생활한 지 오래된 터라 몹시 기뻐하며 이렇게 말했다.

"오랜만에 느끼는 일본의 맛이군요. 원기가 회복되는 듯한 기분입니다. 새삼 일본의 맛이 얼마나 좋은지 깨달았어요."

한편 주문한 포도주의 맛은 별로였다. 이것이 과연 포도주인가 의심스러울 정도로 맛이 엉망이었다. 그도 그럴 것이 한 병에 70엔짜리인 값싼 포도주였던 것이다. 싸구려 포도주를 좋아하지 않는 나는 고급 브랜디가 있는지 물었다.

그러자 좋은 것이 있다며 지하 저장고로 나를 안내했다.

그곳에는 먼지를 뒤집어쓴 포도주들이 수만 병이나 쌓여 있었다. 잠시 앉아 기다리고 있는데 매니저로 보이는 사람이 와서 인사를 건넸다.

"일부러 이런 곳까지 찾아주셔서 영광입니다."

그가 가져온 브랜디는 굉장히 훌륭했다. 그는 입맛에 맞는다면 얼마든지 드시라며 자신이 선사하겠다고 했다. 과연 그 브랜디의 맛은 최고였다. 자리를 함께했던 신사가 신기해하며 계속 잔을 비우는 건 보기 좋지 않다면서 주의를 주었다.

"선물이라고 해서 염치없이 마시는 것은 일본인의 창피지요!"

프랑스에도 역시 예절이라는 것이 있으니 유명 레스토랑이라고 해서 괜히 겁낼 필요는 없다.

아울러 앞에서 계속 오리 요리를 이야기했지만 정확히 이때의 오리란 식용으로 사육하는 집오리를 가리킨다. 일본인은 집오리건 야생 물오리건 모두 '오리'로 통칭하는 습관이 있지만 라투르 다르장의 오리는 모두 집오리였다. 간장에 고추냉이를 섞은 양념장을 곁들인 오리 요리는 집오리치고는 상당히 맛이 괜찮았다. 1954년

요리 이야기

요리에 관한 이야기라고? 그런 이야기가 무슨 소용이 있을까 생각할지도 모르겠다. 그러나 가쓰오부시나 다시마로 국물을 우려내는 방법에 대해 설명한다고 치자. 가쓰오부시나 다시마에는 여러 종류가 있고 품질도 제각각이며 국물을 우려내는 방법에도 말로 표현하기 어려운 요령이 있다. 다케우치 세이호竹内栖鳳 근대 일본의 서양화가는 문하생에게 되도록 붓을 쥔 손에 힘을 뺄 것, 주의 깊게 그릴 것 그리고 나머지는 '깨달음'이라고 했다는데, 요리도 결국은 '깨달음'이다.

*

설탕은 몇 그램, 맛술은 어느 정도를 넣으라고 알려준다 한들 맛내는 비결을 알 수는 없다. 나로서는 요릿집의 요리 는 아름다운 맛을 내지 못한다고 생각하는 바다. 요리는 다섯 명이 안 되는 인원으로 먹어야 한다. 솔직히 말하면 내가 만들고 당신이 먹는 자리, 즉 두 사람이 마주 보고 먹는 자리여야 그 진정한 맛을 알 수 있다.

*

무엇보다 화학조미료를 넣어 만든 요리는 안 된다. 최근에는 모든 요리에서 화학조미료 맛밖에 나지 않는다. 요리사로서 자부심을 지닌 예전 사람들은 화학조미료 따위는 거들떠보지도 않았는데 요즘은 너도나도 화학조미료로 대충 맛을 속이려 드니 참으로 한심한 일이다.

*

나는 옛날부터 먹는 것을 좋아했지만 전문적으로 요리를 하게 될 줄은 몰랐다. 나는 맛에 까다로운 편이어서 어릴 적부터 항상 식탁 위에 오른 음식에 맛이 있네 없네 하며 비평을 했다. 한 번쯤은 그냥 먹으라고 어머니에게 꾸중을 들은 적도 있다. 요릿집에서 먹는 자반고등어는 맛을 평가하기 어렵다고 하지만 나는 어릴 적부터 어떤 자반고등어가 맛있는지를 알았다. 다만 요리사가 되리라고는 생각지도 못했다.

젊은 시절 나는 도쿄에서 오카모토 잇페이岡本─平 일본 근대 만화를 개척한 만화가이자 작사가의 부친에게 신세를 진 적이 있다. 어느 날 잇페이의 부친이 잇페이와 나를 불러놓고 "돈이 있다면 너희는 어떤 즐거움을 누려보고 싶은가" 하고 물으셨는데 나는 "도자기를 만들어보고 싶다"고 대답했다. 그때 잇페이는 "사람은 평생의 대부분을 잠으로 보내니 이불만큼은 좋은 것을 갖고 싶다"고 대답했다. 당시만 해도 요리는 내 머릿속에 전혀 없었다.

*

호시가오카星岡의 유래를 굳이 밝히자면, 벤리도便利堂 미술작품이 담긴 그림엽서를 전문으로 판매하는 갤러리 상점으로, 1887년 교토에서 창업의 나카무라 다케시로中村竹四郎가 여유가 있다 하고 나도 서화를 좋아해서 히가시나카도오리東仲通り에 다이가도大雅堂라는 이름의 화랑을 함께 열게 된 것이 계기였다. 다이가도에 단골손님이 생기면서 장어 요리 등을 주문하여 대접하곤 했는데, 솔직히 내 입맛에는 그 요리가 맞지 않았다. 그래서 맛좋은 토란이 생기면 그것을 삶기도 하고 가지 요리를 하거나 자반연어를 구워 먹기도 했다. 그러자 내가 만든 요리를 이 사람 저 사람이 한 젓가락씩 집어 먹더니 요릿집 요리보다 맛이 좋다며 요리법을 가르쳐달라고 했다. 요리를 좋아하는 나로서는 흔쾌히 허락하게 되었다. 그러다가 아는 사람들만 먹기에는 아까우니 '미식 구락부' 회원들을 위해 요리를 해달라는 부탁을 받았다. 그래서 1인분에 2엔을 받고 요리를 하게 되었는데, 그중 한 사람이 유명한 식도락가인 에기 마코토江木衷 일본의 변호사이자 법학자에게 꼭 내 요리를 먹여보고 싶으니 20엔짜리 요리를 만들어달라고 부탁했다. 나는 20엔이나 하는 비싼 요리를 만들어본 적이 없어서 조금 당황했지만 일단 만들어보기로 했다. 내 요리가 흡족했던지 에기 마코토 씨는 여러 미식가를 데리고 나타났다. 나중에는 좁은 히가시 나카도오리가 내 요리를 맛보러 온 사람들이 타고 온 자전거들로 빽빽해지는 바람에 경찰에게 주의를 받을 정도였다.

이후 간토關東 대지진이 일어났고, 나는 지진으로 인해 맛있는 음식을 먹지 못하게 된 사람들을 위해 시바芝 공원에 갈대발을 친 작은 '하나노 차야花の茶屋'라는 요릿집을 열기로 했다. 하나노 차야가 크게 성공하자 다른 곳에 좀더 큰 가게를 내라는 조언과 함께 호시가오카에 관한 이야기가 나왔다. 가게를 넓혀 옮길 만한 곳을 찾아다니던 중 마침 마음에 드는 건물을 발견했고, 나는 나가오 한페이長尾半平 일본의 토목 기술자라는 분의 소개로 후지타 겐이치藤田謙一 일본의 사업가 씨에게 돈을 빌려 호시가오카를 시작했다.

*

그때의 경험에 비춰 말하건대 영리를 추구해서는 진정한 요리의 맛을 알 수 없다.

*

진지한 자세로 맛있는 요리를 만들다보면 그에 맞는 그릇을 찾게 마련이다. 그런 그릇을 원했던 300년 전의 중국 요리는 아마 그 어떤 요리보다 더 예술적이고 맛있었으리라. 중국에 그릇다운 그릇이 사라진 현재 중국 요리가 그저 기름지고 느끼하기만 할 뿐 먹는 이를 감동시키지 못하는 맛없는 음식이 되어버린 것은 당연한 일이다.

*

무슨 일이든 즐거운 마음으로 해야 한다. 돈벌이가 되는 것만 챙기고 하나에서 열까지 이해득실만 따진다면 결코 돈도 벌지 못하고 남들에게 인정받을 수도 없다. 도쿄 신바시新橋에 일류 초밥집이 하나 있는데, 그곳의 주인은 능숙한 손놀림으로 조개를 썰면서 "오늘은 물 좋은 조개가 20개밖에 없어 이것밖에 못 샀지만 정말 질이 좋군"하며 혼자 기뻐한다. 그런 마음이기에 맛있는 요리가 만들어지고 일류 초밥집이 되는 것이다.

*

흔해빠진 중국 요리를 좋아하고 돈가스 같은 음식으로 때우면서 무덤덤하게 살아가는 요즘의 일본인은 다도와는 한참 거리가 멀 것이다. 참으로 안타까운 일본의 모습이 아닌가?

*

내가 건강한 이유는 먹고 싶은 때에 먹고 싶은 것을 알맞게 먹기 때문이다. 물론 그러려면 자신의 식욕을 솔직하게 인정하는 훈련이 요구된다. '무엇이 먹고 싶은가?' 하는 질문에 그 자리에서 확실히 대답할 수 있는, 식욕에 대한 존중과 정직함을 지녀야 한다. 다음은 자연의 섭리에 순응하는 것이다. 먹고 싶을 때 먹을 뿐이지 끼니때가 되었다고 해서 꼭 먹어야 하는 것은 아니다.

*

산새처럼 살고 싶다. 해가 뜨면 잠에서 깨고 해가 지면 잠드는 산새처럼. 자연의 이치에 따르는 것만이 미를 발견할 수 있는 길이다.

*

결국 생활의 근원인 음식은 영양 지식을 활용한 것이어야 한다. 본래 그 사람이 타고난 체질이나 하는 일, 나이에 따라 몸이 원하는 영양소는 달라질 수밖에 없다. 그래서 자신의 식욕을 솔직하게 느낄 필요가 있다. 이를 토대로 각 요리의 맛이 정해진다.

재료의 묘미를 살린다

누가 뭐래도 일본 요리는 밥을 얼마나 잘 짓는가에 달려 있다. 요즘은 밥을 잘 짓는 사람이 드물다. 쌀이 갖고 있는 모든 특징을 충분히 발휘시키지 못하는 것은 결국 쌀에 대해 잘 모르기 때문이다. 물의 양과 불의 세기는 조절하지만 정작 중요한 때에 한눈팔면 쌀의 진정한 맛을 살리지 못한다. 쌀의 맛과 가치를 알지 못한다면 맛없는 밥을 먹을 수밖에 없다.

무슨 일이든 그렇지만 사물의 묘미를 알고 그것을 활용하는 것이 중요하다.

미식가

언젠가 산장을 방문한 구로타 하쓰코黑田初子 요리 연구가 씨로부터 치즈를 선물받고서 내가 크게 기뻐하자 헤어지면서 그녀는 이렇게 말했다.

"집에 아직 많으니 돌아가서 더 보내드릴게요."

"이런, 그렇게 말씀하시면 안 돼요. 저는 호시가오카를 운

영할 때 제 요리를 마음에 들어하는 손님들이 조금 더 줄 수 있느냐 물으면 부엌에 남아돌 정도로 많아도 '유감스럽지만 이제 없습니다'라고 말했어요. 그러면 손님은 그 요리를 오랫동안 잊지 못하고 '아, 맛있군. 또 먹고 싶다'고 생각하지만 달라는 대로 진탕만탕 드리면 금방 잊어버리고 말지요" 하고 말해주었다.

본말전도 本末轉到

스스로 요리를 잘 안다는 이들은 어느 곳의 도미를 어떤 식으로 요리해서 어느 부위를 언제 먹으면 좋다는 등의 말을 늘어놓곤 한다. 그러나 정작 부엌에서 가쓰오부시를 깎기에 좋은 대패를 가진 사람은 거의 없다. 가쓰오부시를 깎는 방법이나 좋은 가쓰오부시를 선별할 줄 아는 안목을 지닌 이가 별로 없다는 말이다.

꼭 비싼 도미로 탕을 끓이지 않고도 얇게 깎은 가쓰오부시로 국물을 우려낼 수 있다. 비록 10엔어치밖에는 안 되는 가쓰오부시지만 그 국물 속에 파나 다른 푸른 채소를 넣으면 세 사람이 먹을 수 있는데, 도미 눈알을 넣고 끓인 탕보다 훨씬 훌륭한 국이 만들어진다. 적은 돈으로 눈이 휘둥그레질 만큼 맛있는 국이 완성되는 것이다. 그런데도 요리사들은 값싼 가쓰오부시를 아끼고 비싼 재료만 고집하려 드니 한심한 일이다.

요리의 옷

그릇은 요리의 옷이라 해도 과언이 아니다. 나는 요리와 그릇은 수레의 양 바퀴처럼 성쇠의 운명을 함께한다고 생각한다. 그런 의미에서 중국 요리는 명나라 시대가 전성기였음을 알 수 있다. (당시 일본에서는 칠기가 발달했다.) 그것은 중국 역사 속에서 식기로서 가장 적합했던 아름다운 진사백자, 청화백자, 금채자기, 청자 등 후대의 작가들은 만들 수 없는 명기(그릇)가 왕성하게 제작되었기 때문이다. 좋은 요리가 좋은 그릇을 요구했다고 봐야 할 것이다. 동시에 당시 중국에서는 요리의 최고 경지를 이해함으로써 미술 공예 중에서도 특히 도자기가 지닌 아름다움을 발견하고 좋은 요리를 즐겼다는 뜻이기도 하다. 그것을 일본이 받아들여 오늘날 다도를 즐기고 음미하게 되었으니 과연 일본은 미술의 나라다. 세계 어느 곳에서도 이러한 예는 찾아보기 어려울 것이다.

그러나 현재 중국은 요리도, 그릇도, 서예도, 그림도 모두 쇠락하여 뛰어난 작품의 자취는 찾아보기 어려워졌다.

색미심경色味心經

세상살이는 갈수록 격심한 풍파에 떠밀리고 있다. 누구도 그 거센 흐름을 막을 수 없다. 인간은 줏대 없이 세상의 흐름에 휩쓸리고 있으며 작가 또한 그 흐름을 피할 수 없다.

예를 들면 음식 하나를 먹으려 해도 묵묵히, 조용히, 차분하게 먹을 수가 없다. 눈으로 이것저것을 보고 귀로 여러 가지 소리를 들은 후에야 가까스로 음식에 입을 댈 수 있는 게 요즘 세상의 모습이다. 옛날 인도 사람들은 식사를 신성시했다는 이야기를 고서古書에서 읽은 적이 있다. 그들은 물건을 받을 때의 자세, 즉 몸가짐이나 마음가짐으로써 모든 주고받는 행위를 신중히 했던 것 같다. 상대로부터 무언가를 받을 때에는 반드시 경건하고 침착한 자세를 취했기 때문에 음식을 먹을 때도 조용하고 차분한 마음가짐으로 천천히 먹었다.

나는 옛 인도 사람들의 식사에 대한 마음가짐을 존경한다. 격식을 차린 서양의 식사 예절 자체를 거부하는 것은 아니지만, 가능하면 그런 자리엔 끼고 싶지 않으며 교제 수단으로 활용되는 근대의 식사 예절도 흉내 내고 싶지 않다.

그래서 나는 집안사람들의 모임이 아닌 회식이나 사람이 많이 모이는 자리는 절대 사절한다. 이따금 요릿집에서 나를 찾는 전화가 걸려와도 모두 거절해버린다. 물론 상대방이 나를 힘들게 하려고 불러내는 것이 아니라 그림에 관한 이야기를 듣고자 하는 호의적인 마음으로 초대한다는 것을 알지만, 나는 그런 식사 자리가 불편해서 가지 않기로 했다.

개성을 잃은 음식

맛있는 음식을 먹고자 한다면 다른 사람에게 의존하지 말고 산새나 들짐승처럼 자신이 좋아하는 것을 직접 골라서 자유롭게 먹으면 된다. 식사에도 물론 예술성이 존재한다. 그러나 대부분의 사람은 자신이 무엇을 좋아하는지 제대로 알지 못한다.

음식에 관한 한 여자들의 일이라고 치부하여 음식에 대해 아는 바가 없음을 후회하면서도, 아내의 요리에 아예 체념하거나 어리석게도 대수롭지 않은 요리에 입맛을 다시면서 거침없이 음식에 관해 떠들어댄다. 형편이 좋아서 집이라도 짓게 되면 다른 사람에게 설계를 의뢰하고, 옷을 고를 때도 가게 주인에게 의지한다. 심지어 돈을 어떻게 쓸 것인가에 대해서까지 다른 사람에게 묻는 등 평범한 삶을 살아가려 한다.

세상은 이러한 사람을 일컬어 지혜롭고 상식이 있다고 한다. 그림을 살 때도 오래된 것은 위험하다며 새로운 그림에 집착한다. 이런 자들의 상식이 통용될수록 오늘날 개성은 사라지고 말 것이다. 사실은 인생 공부를 게을리하고 있다는 말 아닌가?

음식에 대한 이해

요리에도 제왕의 근성이 필요하다. 라디오나 텔레비전에 소개되는 변변치 못한 요리로는 쩨쩨하고 시시한 인간의 범주를 벗어나기 어려우니, 나로서는 그것이 걱정이다.

삶의 의지를 갖고 살아가는 존재에게는 음식, 즉 먹이에 대한 충분한 이해가 필요하다. 짐승이나 새, 물고기, 벌레까지도 그 점을 깨우치고 있는데 만물의 영장인 인간이 음식을 이해하지 못한다면 무지의 저주에서 벗어나지 못하리라.

나의 전좌교훈典座敎訓[*]

어쨌거나 보이지 않는 곳일수록 청결하게 해야 한다는 엄중한 경고를 하고 싶다. 냄비를 반짝반짝 닦고 개수대를 깨끗이 해두면 그곳을 흘러내려가는 쓰레기도 깨끗하게 보이

---

[*] 일본 선종 불교의 조동종曹洞宗을 창시한 도원道元 선사가 쓴 책. 도원 선사가 중국으로 건너가 수행을 시작했을 때의 체험이 담겨 있다. '전좌典座'란 승려의 침식寢食 전반을 맡아보는 중을 뜻한다.

는 법이다. 쓰레기통은 쓰레기를 버리는 곳으로만 여기지 말고 그릇이나 다른 요리 도구와 똑같이 취급해야 한다.

무엇보다 요리사의 개성을 중시하고 인격을 존중하는 것이 중요하다고 생각한다. 그렇지 않으면 좋은 요리를 기대할 수 없다. 나는 주위를 청결히 한 가운데 아름다운 인격을 갖추고 마음에서 우러난 요리를 만들 수 있도록 요리사들을 이끌어주고 싶다. 그렇게 1년 정도 가르치면 그들도 조금씩 변화하여 눈길 닿는 곳곳이 크게 달라질 것이다.

*

요릿집을 경영하면서 수익성을 따지지 않을 수는 없다 해도 호시가오카가 다른 곳과 구별되는 점이 있다면 운영 방식이 대범하고 자잘한 문제에 구애를 받지 않았다는 점이다. 눈앞의 이익에만 급급하지 말아야 한다. 큰 것을 얻으려거든 대범하게 해야 한다. 보통 요릿집에서 1인분에 5엔을 받는다면 5엔 속에 이것저것 다 포함하여 손해 보지 않으려 한다. 그래서 이것은 얼마 저것은 얼마 하는 식으로 일일이 가격을 매긴다. 하다못해 작은 쓰케모노漬物 한 접시까지 계산서에 올린다.

그러다보니 손님은 결국 예산을 초과하게 되고, 돌아가는 길에는 왠지 바가지를 쓴 듯한 기분이 든다. 쓰케모노 정도는 큰 그릇에 푸짐하게 담아내도 좋지 않을까? 무엇이건 대범한 마음으로 임해야 한다. 좀스럽고 인색한 마음으로는 안 된다. 나는 나와 함께 일하는 요리사들에게도 종종 이렇게 말한다. 경제적인 면은 내가 책임질 테니 걱정 마라, 맛있는 요리만 만들면 된다, 솜씨만 발휘할 수 있으면 된다. 하나하나 주판알을 튕기며 계산하다보면 눈앞에 좋은 물건이 있어도 선뜻 손을 내밀지 못하게 마련이다. 1년 전체 매출을 따지면 충분히 수지타산을 맞출 수 있다. 어떤 일이건 올바른 마음가짐과 지식이 뒷받침되어야 한다.

*

우리 요릿집에서도 주방 사람들이나 여종업원에게 봉사료를 주려는 손님들이 있지만 나는 받지 않는 것을 원칙으로 하고 있다. 부득이한 경우에는 계산대에서 받는다. 주방 사람들에게도 매달 정해진 급여 외에 다른 비용은 지급하지 않되 충분한 생활비를 지불하고 있다. 뜻밖의 보너스를 받을지도 모른다는 생각을 염두에 두면 요리에 집중할 수 없기 때문이다. 종업원들도 마찬가지다. 치졸하게 봉사료에 연연하다보면 어느덧 비열해질 수 있다.

외부로 출장을 갈 때도 상대방이 식사를 대접하겠노라 청하는 일이 종종 있는 모양이지만 일체 거절하도록 주의를 준다. 요리사라면 자신의 솜씨에 미치지 못하는 음식을 먹는 식의 몰지각한 행동을 해서는 안 된다. 배가 좀 고프더라도 먹지 말고 돌아오라고 한다. 그 덕분에 듬직하고 신뢰할 수 있는 요리사로 성장하게 된다. 그렇게 아침부터 밤까지 잔소리를 늘어놓으면서 엄격히 가르치다보면 점점 더 요리에 대한 이해가 넓어지고 자신의 부족함을 깨닫게 된다. 이렇듯 요리에 대해 엄밀한 식견을 갖추면서 평범한 요리사들과 격차를 벌려나가는 것이다. 여기서 더 나아가 요리의 도를 깨우친다면 더할 나위 없겠지만 젊은 사람에게 그것까지 바라는 건 무리이리라.

*

돈을 쓰는 법도 마찬가지다. 처음에는 비싼 옷을 마구 사들이거나 터무니없이 비싼 신발을 사는 등 쓸데없는 곳에 돈을 물 쓰듯 쓰지만 점점 취미가 고상해지면서 올바르게 돈 쓰는 법을 배우게 된다. 돈이란 자신에게나 타인에게 도움이 되지 않는다면 쓸모없는 것이다. 그저 모으기만 해서도 안 된다. 게다가 '어차피 우리는' 또는 '우리 같은 처지에'라는 말을 하는데 애당초 그런 말을 하는 것 자체가 옳지 않다. 자신을 비하하다니, 그런 어리석은 일이 또 있을까? 아무 생각 없이 그런 말을 하는 사람을 보면 화가 나서 한

대 치고 싶을 정도다. 자신이 얼마나 귀한 존재인 줄도 모르면서 무슨 일을 할 수 있겠는가?

*

이른바 지식인이라는 자들이 떠들어대는 요리 이야기란 신뢰하기 어렵다. 한번은 O씨가 이런 글을 썼다. "세상에는 이상한 초밥도 있다. 식초를 사용하지 않고 만든 초밥 말이다." 유부초밥에 관한 이야기로, 이토록 터무니없는 말이 또 있을까? 또한 K씨의 책에서는 "도쿄의 요릿집은 자라를 요리할 때 자라에게 행주를 물려 머리를 잡아당긴 후 칼을 내리친다"고 쓰여 있다. 마치 도쿄의 모든 요릿집에서 그렇게 하는 것처럼 들린다. 대체 어느 요릿집에서 봤는지는 모르겠지만 도쿄의 요릿집에서 그런 식으로 자라를 잡는 곳은 없을 것이다. 아무래도 K씨가 직접 그렇게 하고 있는 모양이다. 한편 K씨는 도쿄 어느 집의 부인이 서너 시간 삶은 자라를 내놓았는데 맛이 매우 좋았다고 자랑했다. 그러나 자라는 5분이나 10분 정도 삶으면 충분하다. 서너 시간씩 오래 삶으면 자라 살이 흐물흐물해져서 형체도 남지 않을 것이다. 아무튼 지식인은 머리로만 알 뿐 실제 세세한 부분까지는 알지 못한다. 한문투성이의 어려운 중국 책 따위를 읽을 수 있는 덕분에 아무런 도움도 안 되는 어려운 말들만 잔뜩 늘어놓는 경우가 종종 있다.

매일매일 그저 맛있는 음식만 먹으면 만사형통인 인생

내가 보기에 일류 요릿집의 주인이라고 해서 맛있는 음식만 먹는 것은 아니다. 세상에 유명한 미식가라는 사람들도 맛있는 음식만 먹지는 않는다.

하늘이 내린 부자라 불리며 돈의 구애를 받지 않았던 이와사키岩崎 미쓰비시 그룹의 창업자나 미쓰이三井 미쓰이 그룹의 창업자도 물론 기호의 차이는 있겠지만 늘 맛있는 음식만 먹었다고는 할 수 없다. 그래서 자랑까지는 아니지만 사실상 일본 최고 미식의 대가는 바로 나라고 생각한 적이 있다. 과거 50년의 인생에서 미식에 관한 한 과연 겨룰 만한 대상이 있을까 하고 생각했던 것이다.

사실 미식가라 하는 이들 또는 맛있는 음식을 먹고 자랑하는 이들은 대개 이상한 사람이다. 『비미큐신美味求眞』의 선생정치가이자 미식가였던 기노시타 겐지로木下謙次郎를 가리키며, 『비미큐신』은 1925년에 발표한 그의 수필집, 『식食』의 선생, 신문 기자인 유명한 ○○선생, 노인 문학박사인 ○○선생, 의학박사인 ○○선생, 더 옛날로 거슬러 올라가면 미식가인 ○○선생, 학교의 요리 선생, 요릿집 주인, 일본 요릿집의 요리사, 라디오의 요리 프로

그램 진행자 등, 내가 아는 한 지금까지 나를 압도할 정도의 미식가는 없는 것 같다.

어쩌다 미식가라 불리는 사람들도 대개는 하찮은 수준이다. 그들은 고작 평범한 음식 몇 가지를 알고 있는 것에 불과하다. 시시한 것에 소란을 떨며 변변찮은 것을 부풀려 말하는 경우가 많다는 사실을 부정할 수 없다. 많은 사람은 맛있는 음식을 먹고 싶다고 말하지만 그 내용을 살펴보면 전부 사소한 것뿐이다. 미식가라면 정말 제대로 된 최고의 음식을 먹고 나서 미식을 논할 정도가 돼야 하는데 대개는 그렇지 못하다. 어이없는 희망을 꿈꾸면서 말로만 큰소리칠 뿐이다.

예로부터 인간이 색욕에는 무관심한 채 식욕에만 몰두한다는 건 쉬운 일이 아니다. 아울러 썰고, 끓이고, 삶는 등의 조리법도 이치에 맞지 않는 게 있다.

요리사 중에는 우주의 섭리를 아는 이가 한 명도 없는 것 같다. 천혜의 산물을 내주어도 무지하여 그 맛을 살리지 못하거나 헛된 솜씨를 부려 어리석게도 망쳐놓기가 예사다. 이는 요리사가 배우지 못했거나 혹은 어설프게 알고 있기 때문이다. 그러한 사정을 모르는 사람들, 그런 이들에게 배우고 익힌 어설픈 요리가 이치에 맞기를 바랄 수는 없으리

라. 이치와 조화가 부족한 요리가 맛있을 리는 없다.

영양을 연구하는 사람이 만든 요리가 올바른 조리법에 위배되고 조리 결과도 엉망인 것은 바로 그 때문이다. 영양식 연구는 앞으로 조리에 관심이 많은 학자, 즉 일류 요리사 이상의 조리 실력을 갖춘 학자가 담당해야 할 것이다. 그렇지 않고서는 맛 좋은 완전한 영양식은 포기할 수밖에 없다.

내가 늘 입에 달고 사는 말이지만 사실 음식에 정통하기란 쉬운 일이 아니다. 실제로 나는 내 집이 아닌 곳에서 만든 음식을 즐겁고 맛있게 먹을 수 없다는 점 때문에 괴롭다. 다른 사람으로부터 맛있는 음식을 대접받는 즐거움 따윈 애초에 포기한 입장이다보니 즐거워야 할 여행도 언짢은 기억으로 끝나고 마는 경우가 많다. 여행지 숙소에서 나오는 음식을 맛있게 먹을 수 없기 때문이다. 대개 일류 요릿집이라는 곳에서도 마찬가지로 음식을 즐기지 못할 때가 많다. '이 요리는 맛이 형편없고, 저 요리도 그저 그렇군' 하는 식으로 요리를 평가하니, 맛을 즐기지 못하는 게 당연하다. 이렇듯 다른 사람들은 모두 맛있게 먹는데 유독 나만 음식의 맛을 즐기지 못하는 우울한 현실은 어쩌면 그동안 내가 지나치게 미식을 추구해온 탓이 아닐까 싶기도 하다. 지나치게 아는 것이 결코 좋은 것만은 아닌 셈이다. 1953~1959년

일본
요리에서
중요한
것들

새로 고용한 요리사에게

재료 본연의 맛을 살려라

호시가오카사료星岡茶寮에서 새 요리사를 채용할 때 교토 출신을 뽑은 이유는 호시가오카의 간부들이 모두 교토 출신이라서가 아니라 일본 요리란 것이 교토에서부터 발달했기 때문이다. 교토는 이른바 일본 요리의 시조다.

이제는 시대가 변해서 교토 역시 좋지 않은 풍조가 스며들어 본래의 미풍양속과 산물을 잃어가고 있다. 그래도 가정 요리에서는 여전히 옛것을 사랑하고 궁리하는, 진정한 요리라 할 수 있는 흐름이 마르지 않는 강물처럼 그 명맥을 이어오고 있다. 미약하나마 그 속에는 우리가 배울 점이 적지 않다. 일본 지역을 통틀어 옛 교토만큼 참된 요리, 합리적인 요리, 자연스러운 요리, 낭비 없는 요리, 아름다운 요리가 발전한 곳은 없을 것이다.

반면 요릿집의 요리, 요리사의 요리는 아무리 여러 명이 실력을 발휘한다 한들 마음을 흔들기에는 역부족이다. 요리 맛을 내는 방법도 믿을 수 없을 정도로 엉성하다. 이것이 과연 교토의 전통 깊은 일류 요릿집의 실력을 이어받은 요리란 말인가? 한 가지 분명한 사실은 이제 교토의 요리도 내리막길로 치닫고 있으며, 크게 변질되었다는 생각을 떨치기 힘들다는 것이다.

가정집의 요리는 만드는 이의 솜씨를 자유롭게 발휘할 수 있다. 만드는 이의 개성이 자연스럽게 담기기 때문에 요리 본래의 의미를 잃는 경우가 드물다. 그러나 요릿집의 요리는 세상과 고객의 눈치를 살피다보니 정말 중요한 요리사의 개성을 잃게 되고, 어느덧 비합리적인 요리가 되어버린다. 그리고 마침내는 정체를 알 수 없는 이상한 요리를 하게 되는 것이다.

애초에 여러분은 요릿집의 요리에 대한 크나큰 오해를 갖고 있다. 공연히 잘난 체하며 식재료의 특질을 없애고, 모양을 바꾸고, 색을 바꾸고, 맛을 다르게 하여 어떤 식재료로 만든 요리인지 일반인들은 알기 어렵게 만드는 게 요릿집답다는 생각이다. 이는 단연코 배척해야 할 나쁜 인식이다. 요리의 본뜻은 어디까지나 재료 본래의 맛을 살리는 것에 있다. 어패류, 채소, 건어물 모두가 그렇다.

혹 이런 말을 하는 사람도 있을 것이다. 그렇다면 콩의 모양을 완전히 바꾼 두부도 잘못된 것이 아니냐. 두부는 재료의 본질을 바꾼 요리로서는 크게 성공한 사례로, 논의 대상에서 제외하는 것이 타당하다. 『도후햐쿠친豆腐百珍』두부 요리의 조리법을 해설한 요리책에서는 두부를 변형시켜 정체를 알 수 없는 요리를 선보이고 있는데, 그런 것이야말로 억지스러운 요리로서 두부의 참맛을 음미할 수 없게 만드는 유치한 식도락에 불과하다. 정말 두부로 만들었을까 하는 의심만 부추길 뿐이다.

미숙한 요리사는 늘 요리의 근본을 잘못 이해하여 저급한 요리를 만들면서 스스로 지혜로운 척하지만 사실은 남에게 폐만 끼칠 뿐이다. 두부를 맛있게 먹고자 할 때 사려 깊은 사람이라면 유도후나 구운 두부, 튀김 두부 등 그 재료를 살릴 만한 최선의 요리법을 찾고자 노력할 것이다. 그와 동시에 재료 자체를 음미하려 할 것이다. 사실 이 정도도 깨달

지 못했고 이 정도의 총명함도 갖추지 못했다면 요리사로서
의 자격이 없다.

요컨대 요리의 근본은 식재료, 즉 생선, 채소, 고기 무엇
이든 간에 그 본연의 맛을 바꾸지 않으려는 마음가짐에 중
요성이 있다. 이는 서양 요리나 중국 요리에서도 마찬가지
겠으나 특히 일본 요리에서는 재료의 깊은 맛을 살리는 게
중요하므로 더욱 명심해야 할 일이다.

서양 요리나 중국 요리에는 식재료 본연의 맛이 부족한
경우가 많기 때문에 요리에 보조적인 맛을 다양하게 가미해
서 일종의 혼합된 맛을 내는 게 특징이다. 그러나 일본 요리
는 품질이 뛰어나고 맛있는 식재료가 풍부하기 때문에 보
조적인 맛은 가쓰오부시 하나로 충분하다. 물론 교토에서는
가쓰오부시 외에 다시마도 함께 사용해 간단하게 일본 요리
의 보조적인 맛을 낸다.

거의 모든 요리에서 천연의 맛을 뛰어넘는 것은 없다. 무
의 맛, 콩의 맛, 정어리 한 마리의 맛, 참치 한 조각의 맛이라
도 절대로 인위적으로는 만들 수 없다.

올해 일흔이 넘은 사쿠라이櫻井 공학박사는 요리에 정통하
다고 자처하는 사람이다. 그는 과거 문예춘추사에서 개최한
식품 관련 좌담회에서 나에게 "일본에는 조미료나 보조적

인 맛의 종류가 거의 발명되지 않았다"며 개탄하듯 말한 적이 있다. 그러나 그것은 일본의 문명이 뒤떨어진 탓도 아니고 과학이 발전하지 못한 탓도 아니다. 식품을 보조하는 맛이나 조미료의 수가 적다는 것은 그 나라의 식재료가 맛있다는 것을 의미한다. 서양 요리에 보조적인 맛을 내는 조미료가 풍부하다고 떠들어대는 사쿠라이 박사의 말은 결국 서양의 식재료가 질이 낮아서 재료 본연의 맛이 뒤떨어진다는 사실을 단적으로 드러내는 것이나 다름없다.

추측건대 화학조미료인 '아지노모토味の素'를 만들어낸 스즈키鈴木 씨의 가정에서도 평소 가쓰오부시를 사용할 게 분명하다. 내가 이렇듯 같은 이야기를 끈질기게 되풀이하는 이유는 자연의 맛을 뛰어넘는 인공의 맛은 없다는 사실을 강조하고 싶기 때문이다.

그런 만큼 조리에 뜻을 두고 있는 자라면 자연의 맛을 가장 귀하게 여겨야 하며, 이 점을 요리의 가장 중요한 요소로서 새겨두어야 한다. 그리고 어떻게 하면 재료 천연의 맛을 더 잘 살릴 수 있는지를 늘 연구해야 한다.

아사쿠사의 김 하나를 구울 때도, 강판에 무를 갈 때도 천연의 맛을 살리거나 죽일 수 있다. 아침상에 오른 된장국에도, 낫토에도 삶과 죽음의 호흡이 있다. 특히 하루 세끼의 밥을 지을 때 그 재료를 살리고 죽이는 방식에 따라 최고급 쌀이 평범한 쌀로 전락하기도 하고 그 반대 현상이 일어나기도 한다.

쌀에 관한 이야기가 나온 김에 덧붙이자면, 나는 요즘 요리사 중에 쌀밥을 제대로 맛있게 지을 줄 아는 사람이 과연 얼마나 될까 걱정하는 사람 중 한 명이다. 애당초 쌀밥을 일본 요리에서 가장 중요한 것으로 인식하는 요리사가 있을까? 솔직히 말하자면 쌀밥이야말로 요리 중에서도 가장 중요한 요리로, 연회에서 쌀밥은 요리를 완성하는 역할을 한다. 불완전한 밥은 온갖 정성을 들여 만든 다른 요리까지 물거품으로 만들 수 있을 만큼 밥맛이야말로 전체 요리에 커다란 영향을 끼친다. 일류 요리사에게 밥을 지을 수 있는지 묻는다면 오래 기다릴 필요도 없이 '아니오'라는 대답을 듣게 될 것이다. 그는 당연히 쌀밥을 요리의 하나로 인식하지 않기 때문이다. 그래서 밥을 못 짓는 것이 요리사의 치욕이라고는 꿈에도 생각지 않을뿐더러 오히려 밥을 짓는 요리사야말로 요리사의 치욕이라고까지 생각할 것이다.

실제로 요리사들 사이에 이 같은 일이 비일비재한 것을 보면 그들이 잘못된 요리 의식을 갖고 있다고 말하지 않을 수 없다. 오늘날 일본 요리는 갈수록 본질에서 벗어나 설 자리를 잃어가고 있다. 비속한 중국 요리의 기세에 밀리고, 서양 요리의 침략에 잠식되고 있다. 이제 정통 일본 요리의 자취는 값싼 저급 요리와 최고의 재료를 이용한 연회 요리에 미약하게 남아 있고, 일부 가정 요리에서 그 명맥을 이어갈 뿐이다.

밥을 먹어야 제대로 먹은 것 같다고 여기던 일본인이 일본 요리에 등을 돌리는 요즘 세태는 무지하고 무능한 일본 요리사들에게 그 책임을 돌려야 할 것이다. 아울러 요리사는 먹는 이의 입장이 되어 그 욕구를 잘 헤아려야 한다. 또한 먹는 이의 욕구와 실제가 다를 수도 있다는 점을 알고 있어야 한다. 요리사는 그러한 차이를 알고 요리에 임해야 하는 사람인 것이다.

요리사가 먼저 이 점을 깊이 유의하지 않으면 아무리 오랫동안 요리 실력을 갈고닦아도 최고 요리사라는 명예를 얻을 수 없다. 쉽고 누구나 할 수 있는 것처럼 보이지만 사실 요리는 생각 없이 우매하게 덤벼서는 될 일이 아니다.

요리도 사람이다

요릿집을 찾아다니며 음식의 맛과 정취를 즐기는 자, 이른바 술자리를 즐기는 손님으로부터 이따금 식도락에 대해 이야기를 듣는데, 요리사 또는 요릿집 주인의 허를 찌르는 주제들이 있다. 크게 공감되는 이야기가 있는 반면 더러 이치에 맞더라도 실제에 응용할 수 없는 이야기도 있다.

심한 경우에는 논리에 맞지도 않고 자기 위주로 생각한 것으로, 식도락을 즐긴다고 해서 반드시 요리를 잘 안다고 할 수 없음을 깨닫게 하므로 그들의 이야기 중에는 종종 논할 가치가 없는 것도 있다. 예를 들어 앞에서도 간단히 다루었지만, 의식 있는 어느 미식가가 생선이든 채소든 자연스럽게 자란 제철 식품만이 최고라고 주장한다고 치자. 이는 미식을 아는 사람이라면 누구나 무릎을 치며 바로 동의할 만한 발언으로, 계절의 향미를 존중해야 한다는 지혜가 담겨 있다. 이에 따라 그 미식가의 말에 깊이 공감한 사람들은 요릿집, 특히 일류 요릿집에서 제철 식품을 사용하지 않고 만든 요리에 반감을 가질 수도 있다. 진정한 제철의 향미를 느낄 수 없는 채소, 예컨대 3월 무렵에 가지나 호박으로 만든 요리가 나온다면 요릿집의 무지함을 조롱하면서 안타깝게 여길 것이다. 물론 이는 반박의 여지가 없는 반응이지만 미식가의 주장대로 실천하자면 요릿집이나 요리사는 생계가 막막해질지도 모른다. 제철 식품이 좋다는 미식가의 말은 당연하지만 그 말을 전적으로 수용하기에는 모순이 있으며, 결코 만족할 수도 없다는 놀라운 사실에 직면하게 된다. 이처럼 인간은 순리에 따라서만 살 수는 없다는 사실을 깨닫게 된다.

가을 무렵 제철을 맞은 송이버섯의 향미가 절정에 이르렀을 때 삼류 요릿집은 어떨지 모르지만 일류나 이류 요릿집에선 득의양양하게 제철 송이버섯을 이용해 야심찬 요리를 선보이곤 한다. 그러나 의도와는 달리 고객의 환심을 얻는 데 실패하곤 한다. 대개 제철 식품이 좋다며 까다롭게 구는 사람들은 삼시 세끼 연달아 제철 식품만 먹느라 쉽게 질려버리고 만다. 아무리 계절의 향미가 뛰어나다고 해도 끼니마다 먹는다면 모처럼의 미식도 그 가치를 잃게 된다.

또한 중류 이상의 생활을 하는 사람이라면 원하는 제철 식품을 구입하여 집에서도 충분히 맛볼 수 있다. 물론 상류 가정에서는 계절마다 송이버섯이나 은어, 과일 등의 식재료가 넘쳐날 것이다. 게다가 품질도 맛도 좋아 먹는 이를 기쁘게 하는 제철 식재료들은 풍부하기 때문에 가격도 저렴하다. 이 가을에 일류나 이류 요릿집, 즉 값비싼 고급 요리를 내놓는 요릿집에서 제철 식품에만 집착한다면 요릿집을 경영하는 데 성공하기 어려울 게 뻔하다. 나는 이런 이치를 경험상 확실히 터득했다.

그렇다고 해서 요릿집의 요리가 순리를 거슬러도 된다고 생각하진 않는다. 당연히 순리에 따라야 한다. '합리성'을 고려하지 않는 요리는 요리로서 존재하기 어렵다. 하지만 명승 료칸이 크게 꾸짖고 부정했던 것처럼 요릿집 요리가 실제로 불합리하기 그지없고, 억지스러우며 무의미하다는 사실은 정말 유감스럽다.

여기에는 고객이 화려한 외양의 요리를 고집하는 탓도 있겠지만, 대부분의 요리사가 무지, 무능, 수양이 결여된 데서 비롯된 것이라고 봐야 한다.

그러한 선상에서 호시가오카사료에 새로 들어온 여러분은 조리장에서의 허와 실을 어떻게 판단해야 할지 몰라 혼란에 빠질 것이다. 바야흐로 요리는 매우 어려운 일이라는 점을 깨달아야 한다. 앞서 얄팍한 생각으로는 절대 요리해선 안 된다고 한 말은 바로 이를 두고 한 것이다. 경박한 지식이나 우물 안 개구리 같은 생각으로, 창피도 모르고 자각이나 반성도 없이 저급한 기술만 자랑하는 요리를 일본 요리라 오판하고 있다. 마땅히 각성을 촉구하고 철퇴를 내리쳐 일본 요리에 대해 확실한 식견을 갖추도록 해야 한다.

돌이켜 생각하면 인간의 삶 자체가 허상을 쫓고 있는 것 아닌가. 여기서 벗어날 수 없는 이상, 요리 또한 허실虛實을 꿰뚫어봐야 한다는 것은 말할 필요도 없으리라. 결국은 학문의 문제이고 수양의 문제이므로 그저 자기라는 인간을 갈고닦는 데 경주하는 것밖에는 다른 도리가 없다.

자기를 갈고닦는 문제는 가장 중요한 일이지만 여러분이나 나나 하루아침에 얻을 수 있는 것이 아니므로 일단 그 중요성을 이해하는 것만으로 충분하다. 그러한 마음가짐만 확실하다면 언젠가는 저절로 몸에 배어 인격적이고도 지혜를 갖춘 요리사의 길로 들어설 수 있을 것이다.

그런데 왜 요리사들은 이처럼 요리를 불순하고 불합리한 것으로 만들어버렸을까? 이치를 아는 이들 눈에는 가소롭게만 보이는 일들을 되풀이해왔기 때문일 것이다. 나는 앞서 요리사의 무지가 원인이라고 지적했지만 어째서 무지한지에 대해서는 말하지 않았다. 여러분 스스로도 깨닫고 있겠지만, 요리사들은 하나같이 배우려 하지 않았다는 것이 근본적인 이유다. 그들은 책을 보지 않을뿐더러 세상일에 대해서도 너무 모른다.

세상사를 알지 못하고 배우지도 못한 자가 세상의 모든 계급을 상대로 요리를 하니, 어찌 무모하다 하지 않을 수 있겠는가? 어찌 모순이라고 하지 않을 수 있겠는가? 요리사가 만든 요리를 먹는 이들은 장관에서 노동자까지 다양하다.

노동자들의 입맛은 비교적 까다롭지 않은 편이라 크게 문제될 게 없다. 그리고 요리사의 생활과 노동자의 생활은 별반 다르지 않으므로 요리에도 큰 차이는 없을 것이다. 그러나 귀부인이나 장관을 위해 요리를 만들 경우 요리만 만들어온 이의 삶이나 지식으로는 도저히 상류층의 취미와 기호를 맞추기 어렵다.

다만 다행인지 불행인지, 대부분의 상류 계급은 요리에 크게 집착하지 않으며 의외로 음식에 대해 무지하다. 게다가 그들이 요구하는 요리도 따지고 보면 지적 허영심을 채우기 위한 것이어서 요리사들은 어물쩍 흉내만 낸 채 넘어갈 수도 있다. 그러나 머리가 좋고 경제적으로도 풍요로우며 지적인 생활을 하는 이가 요리에 대해 식견까지 갖춰 음식을 깐깐하게 따진다면 요리사들은 도저히 지금처럼 태평하게 있을 수 없을 것이다.

머리도 나쁘고 지혜롭지도 않고 배우지도 않고 천재도 아닌 요리사가 오늘날 요리로 밥을 먹고 살 수 있는 건 결국 머리 좋은 자가 직접 요리를 만들지 않으려 하는 덕분이다. 이는 미숙한 인간이 만든 요리를 미숙하지 않은 인간이 먹는 셈이다. 여기에 생각이 미치면 이미 주객의 균형이 깨져버린 무모함에 부끄러움을 느끼지 않을 수 없다. 결국 작고 한 이노우에 후작과 같이 미식과 기호에 정통하고 직접 요리도 하는 사람이 다른 사람에게 요리를 맡기지 않은 것은 매우 당연한 일이다.

　요리를 둘러싼 사정을 모르는 사람이라면 이노우에 후작이 평소 직접 주방에서 칼질을 하고 간을 맞추고 값진 그릇에 음식을 담는 모습을 봤을 때 굉장히 특이한 부류라고 생각했을 것이다. 그러나 알 만한 이들은 실로 당연한 일이라고 생각함과 동시에 후작이 자신의 삶에 충실하고 음식에 대한 취미와 기호가 철저했음을 인정할 것이다. 더불어 이노우에 후작이 자신의 능력과 기호를 만족시킬 만한 요리사를 원했으나 결국 발견하지 못했다는 사실까지 깨달았으리라.

　결국 음식에 대한 취미와 기호에 철저한 상류계급을 만족시키고자 할 때 비록 교육이나 학문을 갖추지 못했을지언정 상류계급의 요리사가 아니면 고위층의 마음을 사로잡을 수 없다는 이론이 성립된다.

　나는 이노우에 후작의 "서예는 그 사람의 인품을 드러낸다"는 말에 크게 공감하며, 그와 마찬가지로 요리 또한 만든 이의 인품이 묻어나는 것임을 믿어 의심치 않는다. 결국 문제는 사람이며, 어쨌거나 요리는 결코 단순하지 않다. 모든 계층의 사람들에게 훌륭한 음식으로써 만족을 안겨주려면 각 계층의 요리를 철저히 알고 있어야 함은 물론이요 때와 상황에 맞는 적절한 요리를 만들어낼 수 있는 비결도 익혀야 한다.

예를 들어 한 가정에서조차 노인의 입맛, 젊은이의 입맛, 남자의 입맛, 여자의 입맛, 아이의 입맛이 존재한다. 게다가 그들이 배고픈지, 건강한지, 때와 상황은 어떤지 등 갖가지 여건을 고려해야 한다. 계절마다 다른 옷을 입는 것과 같이 요리도 계절마다 다르다. 그래서 안이한 태도로는 요리를 할 수 없다고 역설하는 바다. 1931년

"나 자신이 생각해도 신기하다 싶을 정도로 몰두했던 일은 음식, 즉 미식에 관한 탐구다. 변변찮은 음식을 먹고도 아무 문제를 못 느끼는 사람을 보면 한숨이 나올 정도다. 나는 지금도 여전히 직접 밥을 지어 먹는다. 하루 세끼 만족스러운 식사가 아니면 마음이 편치 않기 때문이다. 평생 맛있는 음식을 먹으며 살고 싶다."

로산진이 생전에 한 말이다.
로산진은 미식가였다.

서예에 뛰어났고, 그림을 그렸고, 낙관을 새겼으며, 고미술을 더없이 사랑했고, 안목이 뛰어날 뿐 아니라 요리에 정통했고, 인생 후반기에는 도자기를 빚으며 여생을 즐겼던 다재다능한 예술가 로산진이 평생 동안 변함없이 추구한 것은 역시 미식이었다.

오늘날 보는 이의 입장이나 견해가 각기 달라 로산진의 예술 중에서도 탁월한 것은 역시 서예라고 하는 사람이 있는가 하면 "아니다, 화가로서 로산진의 재능을 새겨봐야 한다. 로산진의 회화는 그가 만년에 빠져 있던 취미 수준의 도예를 뛰어넘는다. 근대 일본 회화사에서 높이 평가받을 자격이 충분하다"고 말하는 이도 있다. 한편 로산진의 본령은 역시 도예였다고 반박하는 이들도 있다.

로산진이 세상을 떠난 지 어언 15년이 지나 로산진의 예술에 대한 평가가 엇갈리고 있는 가운데 많은 사람이 한목소리로 높이 평가하는 분야는 요리로서 그는 많은 요리 문하생을 키워냈으며 본인도 자부심을 지녔다. 요리는 서예나 그림, 도예와는 달리 형태를 남기지 않기에 후세에 전해지기 어렵고 평가하기 쉽지 않은 만큼 로산진을 이야기할 때 자칫 잊히기 쉬운 부분이다. 그러나 뛰어난 맛, 재료를 다루는 솜씨, 요리와 그릇의 조화, 요리를 그릇에 예쁘게 담는 감각 등 로산진의 요리는 요릿집의 수준을 훌쩍 뛰어넘었다.

로산진과 친했던 요리계의 대가인 가네다나카金田中 도쿄에 위치한 유명한 요릿집의 오카조에 데쓰오岡副鐵夫 가네다나카의 창업주는 "로산진을 요리의 세계에만 가둬놓기는 아깝지만 그는 특히 요리에 관해서는 천재였다. 전통적인 일본 요리의 장점을 잘 헤아려 새로운 근대 일본 요리를 개척한 이가 바로 로산진이다. 로산진만큼 격조 높고 요리에 대한 확고한 식견을 갖춘 인물은 없다. 로산진은 좋은 요리보다는 진심을 담은 요리를 만들었다고 할 수 있다"고 말한다.

또한 통찰력 있는 비평가였던 아오야마 지로青山二郎 일본의 미술평론가 씨는 호시가오카 시대에 로산진과 친분을 맺어 일주일에 서너 번씩 만나 여러 요리를 맛봤는데, 로산진의 요리에 대해서는 "흠잡을 만한 게 전혀 없었다"고 평했다. 그는 또 "일본 요리는 특별한 요리법이 있는 게 아니다. 단지 좋은 재료를 선택하여 재료 본연의 맛을 살리는 것과 때맞춰 먹는 것이다. 로산진은 요리에 관한 한 정신적 스승을 다도가로 받아들였다. 로산진은 각 유파의 다도가를 초대하여 다도를 배우고, 올바른 식사법을 내게 가르쳐주었다. 식사 예절을 가르쳐준 것은 유치원 선생님이지만 결정적으로 미식에 대한 가르침을 준 것은 고바야시 히데오小林秀雄 일본의 문예

^{비평가} 선생과 로산진이다"라며 젊은 날의 추억을 회상했다.

로산진의 요리는 재평가될 필요가 있다. 로산진이 남긴 미식에 관한 이야기는 그를 재평가하는 하나의 계기가 될 것이다.

로산진은 유례를 찾아보기 힘들 정도로 특이한 미식가였다. 그러나 76년의 생애에서 청년기까지는 생계조차 벅찬 생활을 했다. 로산진은 1883년 교토의 가미가모 신사^{上賀茂神社}에 속한 사가^{社家}에서 태어났다. 사가란 장례나 경마와 같은 제례 신사의 신관^{神官}이나 그 외에 신사의 업무에 종사하는 가문으로서, 사가라고 해도 신주^{神主}를 내는 7개 가문과, 그를 포함해 신관을 내는 21개 가문, 그 아래에 씨족을 이루는 140개 가문이 가미가모 신사의 사가로 정해져 있었고, 로산진의 생가인 기타오지^{北大路}가는 사가 중에서 씨족에 속해 있었다.

알기 쉽게 설명하면 기타오지가는 신주가 되지는 못하고 다만 신사를 지키는 가난한 집안이었다. 신사로부터 기껏해야 1년에 4~8섬의 쌀밖에 수확하지 못하는 한두 마지기의 전답을 하사받았고, 1년에 두 번의 제사 그리고 황궁 · 친왕이 거주하는 사원, 즉 황족이 머무는 궁에서 일하고 받는 대가가 유일한 현금 수입원이었다. 로산진이 태어나기 전해에 그의 아버지는 스스로 목숨을 끊었다. 그러잖아도 궁핍했던 로산진의 집은 가장을 잃자 형편이 더욱 어려워졌다. 로산진은 이렇듯 가난 속에서 태어났다.

태어난 지 이레도 지나지 않아 로산진(본명은 후사지로房次郞)은 히에잔比叡山을 넘어 사카모토坂本에 사는 가난한 농부의 집에 수양아들로 보내졌다. 이른바 먹는 입을 줄이기 위한 고육지책이었다. 훗날 작가인 곤 도코今東光 씨와의 대담에서 로산진은 자신의 성장에 대해 다음과 같이 고백했다.

나는 정말 찢어지게 가난한 집에서 태어났어요. 너무 가난해서 아이를 키울 수가 없었지요. 그래서 마치 내다버리듯 남의 집에 수양아들로 주었습니다. 그 정도로 우리 집은 곤궁했던 것이죠. 수양아들로 보내진 집도 가난하기는 마찬가지여서 나는 여러 집을 떠돌았습니다. 그래서 제게는 부모가 여러 명 있습니다. 친부모님 밑에서 자란 적이 없어요. 형제도 없고 숙부나 백부 같은 친척 얼굴도 모른 채 이 나이가 되었습니다. 그래서 가족 간의 정이란 걸 몰라요. 인간의 애정이란 것이 과연 어떤 것인지 전혀 알지 못합니다(쓴웃음). 그렇게 살아왔습니다.

소학교 4학년을 마친 후 그는 교토 시내의 '와야쿠야和藥屋'에 견습 점원으로 들어가 일을 배우기 시작했다. 당시의 수양아버지는 후쿠다 다케조福田武造라는 목판사였다. 다케조는 술과 도박에 빠져 집을 비우는 일이 잦았고, 집에 쌀이 떨어져도 신경 쓰지 않았다. 수양어머니인 후사ふさ는 매정한 인물로, 의붓자식인 후사지로를 돌보지 않았다. 자식을 와야쿠야의 견습 점원으로 보냈으니 부모라면 작업복이라도 챙겨줘야 했건만 기온祇園의 게이샤 출신이었던 후사는 후사지로의 옷을 챙기기는커녕 빨래조차 해주지 않았다. 그래서 며칠이나 옷을 갈아입지 못해 옷에 이가 끓으면 심부름 가는 길에 다카세高瀬 강가에서 이를 털어내곤 했다. 옷을 벗어 탁탁 털면 이들이 후드득 쏟아질 정도였다. 후사지로는 누가 볼까 신경 쓰며 다리 위에서 몇 번이나 옷을 털어 이를 잡았다.

그는 용돈을 받지 못했기 때문에 여름이 되면 나팔꽃 화분을 만들어 내다 팔았다.

후쿠다가의 집은 작았는데 뒤편 변소 처마 밑에 나팔꽃을 심었습니다. 한여름이 되면 나팔꽃에 비료를 주어야 한다는 얘기를 듣고 깻묵이나 청어를 썩혀서 주었습니다. 굉장히 더웠어요. 뜨겁게 달궈진 기와가 불덩이 같았습니다. 그때 이를 잡아서 기와 위에 올려놓으면 금방 말라붙어서 참깨처럼 보였지요(웃음). 가만히 보고 있으면 비탈진 기와를 따라 이가 쭈르륵 미끄러졌어요. 그것이 또 재미있었지요(웃음). 나팔꽃에 비료를 주러 가서는 이를 잡아 기와에 올려놓고 쭈르륵 미끄러뜨립니다. 그런 식으로 꽤 많은 이를 잡았을 거예요.(도코 씨와의 대담 중에서)

　평범한 집안에서 태어난 아이라면 노느라 정신없을 나이에 후사지로는 곁눈으로 보고 배운 부엌일을 해야만 했다. 그가 밥을 짓기 시작한 것은 아홉 살 되던 해의 봄으로, 아침에 일어나면 장작더미를 밟고 올라가 선반 위의 쌀을 꺼내다 스스로 밥을 지어 먹고 학교에 갔다.

　하루하루 양식을 걱정하며 살아야 하는 가난한 집에서 자랐음에도 불구하고 천성은 속일 수 없는 것인지 어린 시절부터 로산진은 좋은 그릇을 볼 줄 알았고 날카로운 미각을 지녔던 것 같다.

　어릴 때부터 식탁에 오른 반찬을 까다롭게 평가했는지, 맛있다거나 맛없다거나 말이 많았던가 봅니다. 한번쯤은 아무 말 말고 그냥 먹으라고 어머니에게 혼이 났으니까요. 요릿집에서도 자반고등어 맛을 구별할 줄 아는 이가 별로 없다는데 나는 어릴 때부터 어떤 것이 맛있는 자반고등어 인지 금세 알았어요.

수양아버지인 다케조는 일솜씨도 변변치 않으면서 놀기 좋아하는 식도락가였던 듯, 맛있는 음식을 찾아다니기에 바빴다. 소년 후사지로는 그런 수양아버지의 심부름을 자주 했다고 한다.

아마 여덟 살인가 아홉 살 때의 일일 거예요. 호리카와堀川 의 나카다치우리中立賣에 야생 고기를 파는 가게가 있었어 요. 식성이 좋았던 수양아버지는 나를 그곳으로 보내 멧돼 지 고기를 사오라고 심부름을 시키곤 했습니다. 5전을 쥐 고 가서 멧돼지 고기를 사고 파 세 뿌리를 덤으로 얻어왔 지요. 쇠고기를 사러 갈 때는 3전만 갖고 갔어요. 그런 주 제에 마블링이 좋은 소고기를 달라고 했지요(웃음). 당시 에는 물건 값이 굉장히 쌌습니다. 5전으로 멧돼지 고기를 사고 파까지 덤으로 얻을 정도였으니까요. 그런데 가게 주 인이 멧돼지 고기를 빨간 살코기만 주는 겁니다. 그러면 나는 그러지 말고 지방이 섞인 부분을 달라고 부탁했지요. 다행히 젊은 가게 주인은 심성 좋은 사람이어서 내 부탁을 들어주었습니다. 고기에 대해 잘 안다고 칭찬하면서요. 그러면 무척 기뻤습니다. 역시 내가 제대로 말한 거구나 싶어서요(웃음). 그러면서도 속으로는 잘못 달라고 한 건 아닌가 걱정했지요.

그는 자신이 고른 멧돼지 고기를 마치 귀한 보물처럼 껴안고 신이 나서 집으로 돌아갔다. 수양아버지인 다케조는 꾸러미를 풀어 하얗게 지방이 오른 고기를 보고는 후사지로의 머리를 쓰다듬으며 평소와는 달리 부드러운 목소리로 '좋은 고기'라며 기뻐했다.

먹어보니 과연 맛있었다.

후에 로산진은 '멧돼지 고기의 맛'이라는 제목으로 이때의 이야기를 글로 썼다. 로산진이 음식의 맛을 확실히 자각한 것은 이때가 처음이며, 로산진의 천부적인 미각은 식도락가였던 수양부모와 살면서 눈에 띄게 자라났다.

다행히 와야쿠야에서의 일도 견딜 만했고, 타고난 근성을 발휘하여 열심히 일했다. 그러던 어느 날 심부름을 가다가 아부라노고지油小路에 있는 '가메마사龜政'라는 배달 전문 요릿집 앞을 지나게 되었다. 후사지로는 가게 처마에 걸린 외등에 거북이 그려져 있는 걸 보고 걸음을 멈추었다.

맛있겠다는 생각을 하며 잠시 넋을 잃은 채 꼼짝하지 않았다. 그날 이후로 로산진은 가메마사 앞을 지날 때마다 그 등을 바라봤다. 때로는 울타리 위로 기어올라가 처마에 걸려 있는 외등의 거북이 그림을 자세히 살펴보기도 했다. 그리고 '나중에 저런 그림을 그리는 화가가 되고 싶다'는 꿈을 꾸었다. 외등의 거북 그림은 가메마사의 젊은 주인이 그린 것으로, 훗날 다케우치 세이호竹內栖鳳 근대 일본 화가의 선구자가 그린 것이었다.

나는 스무 살 때 교토에서 도쿄로 옮겨갔습니다. 서예를 연구하기 위해서였지요. 그때도 이미 청년 서예가 아무개로 통했지만 좁은 교토를 벗어나 도쿄로 가고 싶었습니다. 느닷없이 서예 학원을 차리고 그것으로 생활을 꾸려갔습니다. 그리고 책 표지 글씨를 써주는 일도 했지요. 지금도 사용되는 『지쓰교노니혼實業之日本』1897년 대일본실업학회가 창간한 잡지의 제호題號 서체는 스물너덧 살 때 중국 육조 시대의 서풍을 연구하여 광고 문자로 디자인한 것입니다. 그런데 서예로 밥벌이를 하려다보니 역시 경쟁이 치열하고 선배가 많

아 그들을 뛰어넘기 어려웠지요. 결국 때가 오기를 기다리
는 수밖에 없었어요.

하늘은 아직 로산진의 편이 아니었다. 프랑스 유학에서
돌아온 서양화가의 그림이 잘 팔리는 걸 보고 로산진은 자
신도 서예의 본고장인 중국에 다녀오기로 결심했다. 로산진
의 나이 스물다섯 때의 일이다. 그러나 운 나쁘게도 중국에
신해혁명이 일어나 로산진은 중국행을 단념할 수밖에 없었
다. 결국 로산진은 조선에서 3년 정도를 머물며 인쇄국에 근
무했다.

조선인 판목 기술자가 한 명 있었지만 일본인 서예가가 낫
지 않겠냐며 설득해서 가까스로 일자리를 얻었다. 비록 박
봉이었지만 여러 가지를 배울 기회가 되었다. 전각에 흥미
를 느껴 배우다보니 서른 살이 되어 일본에 돌아왔을 때
는 어느덧 전각가가 되어 있었다. 우선 교토에서 다케우치
세이호나 도미다 게센富田溪仙, 야마모토 슌쿄山元春擧 등 당시
일류 화가들의 낙관을 새겼다. 지금도 그렇지만 우에노上野
의 전람회에 출품된 전각은 진부하여 볼품없지만 내가 새
긴 전각은 개성이 있었기 때문에 일류 화가들에게 사랑을

받아 유행했다. 도쿄로 돌아와 다이칸大觀, 세손青邨, 기요카타淸方, 교쿠도玉堂의 낙관을 새기게 되었다.

로산진은 요리가로 세상에 이름을 날리기 전, 서예나 전각에 몰두해 오랜 세월 수양해왔다. 10대 후반부터 40세까지 사반세기에 걸쳐 매우 고달픈 시간을 보냈던 로산진은 훗날 그 시절을 회고하며 다음과 같이 말했다.

결코 쉽지 않은 시절이었다. 먹고살기가 힘들어 늘 마음고생을 했지만 자존심이 강했던 나는 그 시절을 극복해냈다. 굶어 죽을 지경이 되었어도 꿋꿋하게 버텼다.

그 어려운 시절 뼈를 깎는 고통 속에서 젊은 로산진은 훗날 일제히 꽃피울 서예와 그림, 전각, 고미술 등에 전념했다.

궁핍한 와중에도 로산진은 먹는 음식만큼은 자신의 입에 맞지 것은 먹지 않았다. 로산진이 가나자와金澤의 호소노 엔다이細野燕台 일본의 사업가이며 다도가 집에서 신세를 지고 있을 무렵 호소노는 모자가 없던 로산진에게 5엔을 주며 모자를 구입하도록 했다. 곧 모자를 사러 나갔던 로산진이 집으로 돌아왔을 때 그의 손에는 모자 대신 싱싱한 연어 한 마리가 들려 있었다. 그가 모자 가게로 가기 위해 사이강犀川을 지날 때 사람들이 구름처럼 모여든 것을 봤다. 무슨 일인가 궁금하여 그도 사람들 사이로 비집고 들어가 보니 강으로 흘러든 연어 한 마리를 잡으려 사람들이 쫓아다니고 있었던 것이다.

저 연어는 분명 맛있을 거라는 생각이 스치자 그는 연어를 잡고 싶은 마음이 간절해져 모자는 까맣게 잊은 채 연어잡이에 빠져들고 만 것이었다.

오랫동안 불우한 삶을 견뎌낸 로산진이 일상생활에서나 예술에서 황금기를 맞이한 것은 호시가오카사료 시절이었다. 로산진의 나이 42~53세까지 약 12년간이다. 이 시기에 로산진의 예술적인 재능은 만개했고, 요리 솜씨를 마음껏 펼쳐 보인 것도 바로 이때다.

호시가오카의 유래를 굳이 밝히자면, 벤리도의 나카무라 다케시로가 한가하다고 하고 나도 서화를 좋아해서 둘이 함께 히가시나카도오리에 다이가도라는 이름의 화랑을 열게 된 것이 계기였다. 다이가도에 단골손님이 생기면서 장어 요리 등을 주문하여 대접하곤 했는데, 솔직히 나로서는 그 요리가 별로 맛이 없었기 때문에 맛좋은 토란이 생

기면 그것을 삶거나 가지로 요리를 하거나 자반연어를 구
워 먹곤 했다. 그러자 이 사람 저 사람이 내가 만든 요리를
한 젓가락씩 집어 먹게 되었고 나중에는 요릿집 요리보다
낫다며 요리법을 가르쳐달라고 했다. 요리를 좋아하는 나
도 흔쾌히 허락했다. 그러다가 아는 사람들만 먹기에는 아
까우니 '미식 구락부' 회원들을 위해서도 요리를 해달라
고 졸라댔다. 그래서 1인분에 2엔씩 받고 요리를 하게 되
었고, 그중 누군가가 유명한 식도락가인 에기 마코토에게
내가 만든 요리를 꼭 먹어보게 하고 싶으니 20엔짜리 요
리를 만들어달라고 부탁했다. 나는 20엔이나 하는 비싼
요리를 만들어본 적이 없어서 조금 당황했지만 일단 도전
해보기로 했다. 에기 마코토 씨는 내 요리를 마음에 들어
했고 이번에는 에기 씨가 여러 미식가를 데리고 나타났다.
나중에는 좁은 히가시나카도오리가 내 요리를 맛보러 온
사람들이 타고 온 자전거들로 빽빽해지는 바람에 경찰에
게 주의를 받을 정도였다.

'미식구락부'라는 이름이 어떻게 생겼는가 하면 당시 오
사카아사히大阪朝日 신문에 다니자키 준이치로谷崎潤一郎 일본의
소설가의 『미식 구락부』가 연재되고 있었는데 그 이름을 무
단으로 가져다 쓴 것이었다. 그렇게 한 이유는 다니자키의

『미식 구락부』는 중국 요리에 관한 이야기였지만 내 것은 일본 요리였기 때문이다.

그러던 중에 간토대지진이 일어났고, 나는 지진으로 인해 맛있는 음식을 먹지 못하게 된 사람들을 위해 마음을 먹고 시바 공원에 갈대발을 친 작은 '하나노 차야'라는 요릿집을 열었다. '하나노 차야'가 크게 성공하자 다른 곳에 좀 더 큰 가게를 내라는 말과 함께 호시가오카에 관한 이야기가 나왔다. 건물이 마음에 들어서 나는 나가오 한페이長尾半分平라는 분의 소개로 후지타 겐이치藤田謙一 씨에게 돈을 빌려 호시가오카에서 장사를 시작했다.

고지마치구麴町區 나가타정永田町 2초메 57번지, 이곳에 호시가오카사료가 있었다. 현재 힐튼호텔이 서 있는 자리가 바로 그곳이다. 호시가오카사료는 회원제로 운영되었으며, '미식 구락부'가 모태였다.

호시가오카를 시작할 때 나는 가진 돈이 한 푼도 없었지만 '미식 구락부' 회원들이 500엔, 1000엔 기부해준 덕분에 호시가오카의 설비를 갖출 수 있었다.

호시가오카사료는 나카무라 다케시로와 공동으로 경영했는데, 요리와 인사, 종업원 교육 등은 전부 로산진이 주도적으로 담당했다. 고객은 장관을 비롯하여 귀족, 일류 회사의 사장 등이었다. 자리는 100석이 채 안 되었는데, 보통 요릿집과 여관에서처럼 회식을 하며 떠들거나 게이샤를 부르지 않았고 여종업원은 손님에게 술을 따르지 않는 규칙이 있었다. 이는 상류층 신사들이 밀담 등을 나누는 데 방해가 되지 않도록 한 배려였다.

그윽한 멋을 풍기는 산뜻하고 맵시 있는 건물 안에서 정재계 명사들은 로산진이 만든 일본 요리를 조용히 맛보는 가운데 장관들의 인사가 비밀리에 결정되고 차기 사장이 논의되며 조선과 타이완의 총독 등도 결정되었다고 한다.

호시가오카사료에서 사용하는 모든 그릇은 로산진이 직접 빚은 것이었다.

음식을 맛있게 먹으려면 시시한 그릇에 담아내서는 그 맛을 낼 수 없다. 이는 여성의 옷과 같아서 신바시新橋 부근의 게이샤가 그 옷 덕분에 아름답게 보이는 것처럼 먹는 음식 또한 그렇다. 나는 교토 시내의 고조자카五條坂 거리에서 파는 요즘 그릇을 싫어하여 골동품을 찾아다닌다.

300~500년 정도 거슬러 올라가야 겨우 마음에 드는 그릇을 찾을 수 있는데 그런 옛 골동품 그릇은 그리 많지 않다. 그래서 직접 만들어보자는 생각에 도자기 제작에 손을 대기 시작했다.

오늘날 로산진이라 하면 도예가라는 명성을 떠올리는 사람이 많지만 그것은 사실 호시가오카사료를 시작한 이후부터다.

1936년 로산진은 자신이 시작한 호시가오카사료에서 쫓겨났다. 호시가오카사료가 명성을 유지할 수 있었던 것은 순전히 로산진의 재능 덕분이었기에 그가 떠난 호시가오카는 더 이상 옛 자취를 찾아볼 수 없게 되었다. 새로운 일본 요리의 길을 개척한 로산진의 활약도 호시가오카를 떠나면서 끝나버렸다.

이후 로산진은 가마쿠라에 호시가오카라는 이름의 가마 터를 마련하여 은거하며 오로지 도자기에만 몰두했다.

젊었을 때는 생각지도 못했는데 어느새 나는 도예가가 되어 있다. 음식을 맛있게 먹기 위해 직접 그릇을 만들기 시

작한 사람은 아마도 내가 처음이지 않을까? 오로지 식도
락만 추구하다보니 지금은 수천수만 개가 넘는 도자기를
만들고 있다. 도자기에 손을 대기 시작한 이후로 그 재미
에 푹 빠져 가마쿠라에 자리를 잡은 지 벌써 30년이나 되
었다.

실제로 로산진은 엄청난 양의 도자기를 만들었다. 그중에
서도 역시 식기가 가장 많다. 많은 작품이 높게 평가받고 있
지만 격조 높은 걸작이나 빼어난 작품은 역시 식기들이다.
식기를 만드는 로산진의 손끝에는 이미 조리되어 상 위에
오르길 기다리는 요리가 준비되어 있는 것이나 다름없었다.
'내 요리는 이런 그릇에 담고 싶다'는 로산진의 바람이 식기
의 형태를 빚고 장식을 더하여 기능적인 아름다움을 담아냈
다. 요리와 식기의 조화를 통해 일본의 미학을 담으려 노력
했던 로산진의 자취는 특히 식기에 짙게 남아 있다고 여겨
진다.

음식의 참맛을 한층 이끌어내려면 음식 자체를 음미하는
것만으로는 부족하다. 아무래도 음식에 어울리는 아름다
운 옷을 입혀 먼저 눈을 만족시켜야 한다. 그 옷이 바로 식

기다. 의상이 볼품없으면 아무리 미인이라도 아름다워 보이지 않는 것처럼 식기가 볼품없으면 요리의 격이 떨어진다. 눈과 혀를 최고로 만족시키지 못하게 된다.

이렇게까지 철저하게 식도락을 추구하려면 당연히 엄격한 안목과 그에 상응하는 재력이 요구된다.

로산진은 1959년 12월 21일 이른 아침, 요코하마橫浜시 주젠十全병원에서 숨을 거뒀다. 향년 76세. 친어머니인 도메トメ 씨도 같은 해에 세상을 떠났다. 로산진이 병원에 입원하게 된 직접적인 원인은 전립선 비대증이었다. 11월 4일에 입원해서 12월에는 오른쪽 옆구리에 작은 구멍을 뚫어 도뇨관을 삽입하고 소변을 배출하게 되었다. 의식을 잃기 전 로산진은 병실에서 무료함을 달래기 위해 옆방 환자에게 놀러 오라는 멋진 초대장을 보냈는데, 이것이 고인의 마지막 필적이었다.

미식은 1년 내내 즐길 수 있습니다.

그러고 보니 로산진의 생애는 미식으로 시작하여 미식으로 끝났다고 할 수 있다.

로산진은 타고난 미식가였다.

로산진은 역시 호시가오카 시절에 미식에 관해 많은 말을 남겼다. 이 책에 담긴 수많은 이야기는 그 시절의 것들이다.

1974년 5월 20일
편집인 히라노 마사아키平野雅章*

---

* 1931년 치바현千葉県 후쓰富津에서 태어났다. 와세다대학 문학부를 졸업하고, 기타오지 로산진에게 사사했으며, 미술과 요리를 연구했다. 일본풍속사학회 회원이다. 저서로는『돗포: 로산진 예술론집獨步: 魯山人藝術論集』『음식 속담 사전食物ことわざ辞典』『음식세시기たべもの歳時記』『일본 요리 탐구 전서日本料理探求全書』등이 있다.

1883년 일본의 교토에서 태어난 로산진은 글씨와 그림, 도예 등에 뛰어난 재능을 발휘했다. 그리고 그러한 그가 평생 변함없이 추구했던 것은 미식이었다.

로산진은 철저한 미식가였고, 일류 요릿집 '호시가오카사료'의 요리사이자 경영자였으며, 재능 있는 문필가였고, 도예가로서 '식기'에 대한 미의식을 갖춘 사람이었다. 이 책은 그런 그의 요리에 관한 생각이 담겨 있는 유일한 책으로, 전반부에는 로산진이 미식으로 꼽는 다양한 요리를 소개하고 있고 후반부에는 요리에 대한 로산진의 견해를 담고 있다.

흔히 미식이라 하면 일반 사람들과는 다소 거리가 먼 고가高價의 특별한 식재료를 떠올리거나 호사스런 취미를 가진 이들이나 먹는 것으로 오해하기 쉽다. 물론 이 글에서는 값비싼 참치 회나 전복 요리, 은어 요리, 또는 독특한 도롱뇽 요리나 두꺼비 요리 등에 대해서도 이야기하고 있지만, 한국에서도 흔히 먹는 고사리나물, 두부, 계란찜 등에 대해서도 언급하고 있다. 사실 미식의 세계는 그리 어려운 게 아니라는 얘기다.

로산진의 대단한 점은 이 책에 나온 바와 같이 요리를 하나의 '종합예술'로 승화시켰다는 점이다. 특히 그는 '식재료 본연의 맛을 살려야 한다'는 점을 강조했다. 최고의 식재료를 선택하여 정성을 다해 요리하고 그에 어울리는 그릇에 담아내는 것이야말로 요리사가 해야 할 일이고 '요리의 참된 의미'임을 깨우치고 있다.

또한 그는 요리와 미식에 대해 다음과 같이 조언한다.

"자기 돈을 내고 사 먹지 않으면 미각을 키울 수 없다."

"질릴 정도로 먹고 나서야 비로소 그 음식의 맛을 확실히 알 수 있다."

"요리란 깨달음이지 만드는 것이 아니다."

"요리에 가장 중요한 요소는 진심어린 마음이다."

"가장 정성이 깃든 요리는 어머니와 아내가 만든 요리다."

한편 평소에 음식을 맛있게 먹으려면 어떻게 해야 하는지에 대해서도 이야기한다. 대표적으로 음식을 맛있게 먹으려면 배가 고파야 한다고 말하는데 이는 '시장이 반찬'이라는 우리의 옛 속담과도 일맥상통한다. 제철 채소가 가장 맛있다거나 음식을 맛있게 먹어야 몸에도 좋다는 말 또한 공감이 가는 대목이다.

그렇다면 로산진의 시대로부터 이미 70~80년이 흐른 오늘날 우리의 식생활은 어떤 모습일까? 바쁜 현대인들은 맛있는 음식을 찾아다니기보다는 일단 끼니를 때우기에 급급하다. 그런 반면 풍요로워진 생활로 인해 더 맛있는 음식을 찾아다니는 사람들도 있다. 그러나 대부분의 사람은 음식을 배고픔을 해결하기 위한 수단으로 여기고 있지 않을까? 먹거리에 대한 관심은 높아졌지만 우리를 만족시킬 만큼 정성을 다한 요리를 찾아보기는 쉽지 않다.

1930년대에 이미 로산진은 정성이 부족한 인스턴트 요리나 식재료의 장점을 무시한 요리, 농산물 유통의 잘못된 풍조 등을 꼬집고 있는데, 오늘날 그러한 경향은 더욱 강해지고 있다. 텔레비전 프로에서 올바르지 않은 먹거리, 정성과 맛보다는 돈벌이에 급급한 먹거리를 고발할 때마다 과연 우리는 무엇을 먹어야 할지 고민스럽기까지 하다.

　요리에 관한 관심도 높아지고 그에 비례하여 다양한 요리 정보가 넘쳐나는 요즘 같은 때에 예술 작품에 작가의 혼이 담겨 있는 것처럼 요리에는 그것을 만든 이의 됨됨이를 느낄 수 있다는 로산진의 말이 가슴에 깊이 남는다.

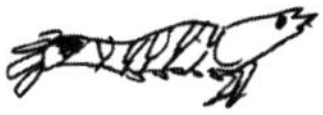

요리를 대하는 마음가짐

초판 인쇄   2019년 1월 30일
초판 발행   2019년 2월 11일

지은이   기타오지 로산진
옮긴이   이민연
펴낸이   강성민
편집장   이은혜
기획   노만수
마케팅   정민호 정현민 김도윤
홍보   김희숙 김상만 이천희

펴낸곳   (주)글항아리 | 출판등록 2009년 1월 19일 제406-2009-000002호
주소   10881 경기도 파주시 회동길 210
전자우편   bookpot@hanmail.net
전화번호   031-955-1936(편집부) 031-955-8891(마케팅)
팩스   031-955-2557

ISBN   978-89-6735-592-0 03800

이 도서의 국립중앙도서관 출판시도서목록(CIP)은 서지정보유통지원시스템 홈페이지
(http://seoji.nl.go.kr)와 국가자료공동목록시스템(http://www.nl.go.kr/kolisnet)에서
이용하실 수 있습니다. (CIP제어번호 : CIP2019001745)